Iwan Turgenew

Ein Adelsnest

Übersetzt von Paul Fuchs

Klassiker in neuer Rechtschreibung, Band 169

Iwan Turgenew: Ein Adelsnest

Übersetzt von Paul Fuchs.

Erstdruck in der russischen Literaturzeitschrift »Sowremennik« im Januar 1859. Hier in der Übersetzung von Paul Fuchs, Leipzig, Verlag von Christian Ernst Kollmann, 1862, erschienen unter dem Titel »Das adelige Nest«.

Der Text wurde behutsam an die neue deutsche Rechtschreibung angepasst.

Neu herausgegeben und mit einer Biografie des Autors versehen von Klara Neuhaus-Richter, Berlin 2023.
knr@henricus-verlag.de

Umschlaggestaltung von Rainer Richter unter Verwendung einer Porträtzeichnung von Josefine Weinschrott.

Gesetzt aus der Minion Pro, 11 pt

ISBN 978-3-8478-5321-3

Bibliografische Information der Deutschen Nationalbibliothek:
Die Deutsche Nationalbibliothek verzeichnet diese Publikation in der Deutschen Nationalbibliografie; detaillierte bibliografische Daten sind im Internet über www.dnb.de abrufbar.

Erster Teil

1.

Ein heller Frühlingstag neigte sich zum Abend; hoch am klaren Himmel standen kleine rosafarbene Wölkchen und schienen dem Azurblau nicht vorbeizuschwimmen, sondern in dessen Tiefe zu dringen.

Vor dem offenen Fenster eines hübschen Hauses in einer der entlegenen Straßen der Gouvernementsstadt O. im Jahre 1842 saßen zwei Frauen; die eine fünfzig Jahr alt, die andere, schon ein altes Mütterchen, stand den Siebzigen nahe. Erstere hieß Maria Dmitriewna Kalitin; ihr Mann, ein gewesener Gouvernementsprokurator und seiner Zeit als Geschäftsmann bekannt, von heftigem und entschlossenem, galligem und eigensinnigem Charakter, war vor ungefähr zehn Jahren gestorben; er hatte eine ziemlich gute Erziehung erhalten, hatte studiert, doch von armem Stande, hatte er früh die Notwendigkeit, sich einen Weg durchs Leben zu bahnen und sich Geld zu erwerben, begriffen. Maria Dmitriewna hatte ihn aus Liebe geheiratet; er war nicht übel, klug und, wenn er es wollte, sehr liebenswürdig. Maria Dmitriewna, eine geborene Pestoff, hatte in ihrer Kindheit schon die Eltern verloren, einige Jahre in Moskau in einem Institute verbracht, und lebte seit ihrer Rückkehr von dort, an fünfzig Werst von Moskau, auf ihrem väterlichen Rittergute Pokrowskoie mit ihrer Tante und ihrem ältesten Bruder.

Bald siedelte sich dieser Bruder nach Petersburg über, wo er in Staatsdiensten stand, und behandelte sowohl Schwester als auch Tante sehr schlecht, bis ein plötzlicher Tod seinem Leben ein Ende machte. Maria Dmitriewna erbte Pokrowskoie, blieb aber dort nicht lange; das zweite Jahr nach ihrer Hochzeit mit Kalitin, der es verstanden hatte, in einigen Tagen ihr Herz zu fesseln, wurde Pokrowskoie für ein anderes Rittergut umgetauscht, das viel einträglicher war, sich aber durch seine Lage nicht auszeichnete und kein Schloss hatte, – zu gleicher Zeit kaufte sich Kalitin ein Haus in O., wo er sich auch mit seiner Frau niederließ. Das Haus hatte einen großen Garten, der mit dem einen Ende an das Feld, außerhalb der Stadt stieß, also – entschied

Kalitin, der kein Freund von ländlicher Ruhe war, – ist es ganz und gar nicht nötig, im Sommer sich auf des Gut zu begeben. Oft seufzte Maria Dmitriewna im Stillen nach ihrem hübschen Pokrowskoie mit dem fröhlichen Flüsschen, den breiten Wiesen und dem grünen Wäldchen; doch niemals wagte sie ihrem Manne zu widersprechen und hatte tiefe Ehrfurcht vor seinem Geist und seiner Weltkenntnis. Als er nach einer Ehe von fünfzehn Jahren starb, einen Sohn und zwei Töchter hinterlassend, war Maria Dmitriewna schon so sehr an ihr Haus gewöhnt, dass sie selbst nicht mehr O. verlassen wollte.

In ihrer Jugend galt Maria Dmitriewna für eine hübsche Blondine und selbst in ihrem fünfzigsten Jahre hatten ihre Züge viel Angenehmes, obgleich sie etwas aufgedunsen und fett geworden waren. Sie war mehr sentimental als gut, und selbst in ihren reifen Jahren hatte sie die Gewohnheiten eines Institutsmädchens bewahrt; sie hatte sich verwöhnt, war leicht aufgeregt und weinte sogar, wenn man ihren Gewohnheiten zu nahe trat; dagegen war sie sehr liebenswürdig und freundlich, wenn alle ihre Wünsche erfüllt wurden. Ihr Haus gehörte zu den angenehmsten in der Stadt. Ihr sehr bedeutendes Vermögen war nicht sowohl von den Eltern durch Erbschaft übergegangen, als von ihrem Manne erworben worden. Ihre beiden Töchter hatte sie bei sich; ihr Sohn dagegen wurde in einem der besten Regierungsinstitute in Petersburg erzogen.

Die alte Dame, die mit Maria im Fenster saß, war dieselbe Tante, die Schwester ihres Vaters, mit welcher sie einst einige einsame Jahre in Pokrowskoie verbracht hatte. Diese Tante hieß Martha Timotheewna Pestoff; man nannte sie sonderbar, denn sie hatte einen unabhängigen Charakter, schenkte einem jeden reinen Wein ein und hielt sich bei sehr kargen Mitteln so, als ob sie Tausende zu verzehren hätte. Sie hatte den verstorbenen Kalitin nicht leiden können, und als ihre Nichte ihn geheiratet hatte, zog sie sich auf ihr Gütchen zurück, wo sie zehn Jahre lang bei einem Bauer in einer schmutzigen Hütte lebte. Maria Dmitriewna fürchtete sie. In ihrem Alter selbst ihr schwarzes Haar und ihren scharfen Blick bewahrend, klein, mit spitzer Nase, hatte Martha Timotheewna schnelle Bewegungen, hielt sich gerade und sprach schnell und vornehmlich mit feiner und hell klingender Stimme. Sie trug beständig eine weiße Haube und eine weiße Jacke.

»Was hast du denn«, fragte sie plötzlich Maria Dmitriewna, »was seufzest du denn, meine Liebe?«

»So«, sprach diese, »was für wunderschöne Wolken!«

»Tun dir, also die Wolken leid?«

Maria Dmitriewna gab keine Antwort.

»Warum kommt denn Gedeonowsky nicht?«, sagte Martha Timotheewna, rasch ihre Stricknadeln bewegend. Sie strickte eine große wollene Schärpe. »Er hätte mit dir geseufzt, – oder uns etwas vorgelogen.«

»Sie urteilen immer streng über ihn! Sergei Petrowitsch ist ein ehrenwerter Mann.«

»Ehrenwert!«, sprach die Alte mit vorwurfsvollem Tone.

»Und wie war er meinem verstorbenen Manne ergeben!«, sagte Maria Dmitriewna. »Auch jetzt kann er nicht gleichgültig an ihn denken.«

»Eine große Sache! Dieser hat ihn an den Ohren aus dem Schmutze herausgezogen«, murmelte Martha Timotheewna vor sich hin, und ihre Stricknadeln bewegten sich noch schneller in ihren Händen.

»Er sieht so fromm aus«, begann sie von Neuem, »sein Kopf ist schneeweiß, aber sobald er nur den Mund auftut, lügt er einem etwas vor oder macht Klatschereien. Und das soll ein Staatsrat sein! Nun freilich, ein Popensohn!«

»Wer hat keine Fehler, Tante? Diese Schwäche hat er freilich. Sergei Petrowitsch hat keine Erziehung erhalten, spricht nicht Französisch, aber Sie mögen sagen, was Sie wollen, es ist ein angenehmer Mann.«

»Freilich, er küsst dir fortwährend die Hände. Dass er nicht Französisch spricht, ist kein großes Unglück, ich selbst bin nicht stark im französischen ›Dialekt‹. Besser wäre es, er spräche gar keine Sprache – wenigstens würde er dann nicht lügen. Da kommt er aber auch«, fügte Martha Timotheewna hinzu, auf die Straße hinausblickend. »Wie schreitet er doch einher, dein angenehmer Mann. Ist er aber doch lang, täuschend einem Storche ähnlich!«

Maria Dmitriewna brachte ihre Locken in Ordnung, – Martha Timotheewna blickte spöttisch auf sie.

»Was hast du aber da nur, wenn ich mich nicht irre, ein graues Haar? Du musst deine Palaschke tüchtig auszanken, kann sie nicht achtsamer sein?«

»Aber Tante, Sie haben immer ...«, murmelte ärgerlich Maria Dmitriewna und fing mit den Fingern auf der Sehne des Sessels an zu trommeln.

»Sergei Petrowitsch Gedeonowsky!«, kreischte ein rotbäckiger à la Kosak gekleideter Knabe durch die Türe, hereinspringend.

2.

Es trat ein Mann von hohem Wuchse herein, gekleidet in einen eleganten Rock, in kurze Hosen, graue Handschuhe aus sämischen Leder und in zwei Halstücher, ein schwarzes oben und ein weißes darunter. Alles an ihm atmete Anstand und Lebensart, von seinem wohlgeformten Gesichte und den glatt gekämmten Haaren an, bis zu seinen Stiefeln ohne Absätze. Er grüßte zuerst die Hausfrau, dann Martha Timotheewna und, nachdem er langsam seine Handschuhe ausgezogen, nahte er der Hand von Maria Dmitriewna. Nachdem er selbige ehrfurchtsvoll zweimal geküsst hatte, setzte er sich, ohne sich zu beeilen, auf einen Sessel und sagte lächelnd und mit den Fingerspitzen spielend:

»Befindet sich Elisabeth Michailowna wohl?«

»Ja«, erwiderte Maria Dmitriewna, »sie ist im Garten.«

»Und Helene Michailowna?«

»Lenchen ist auch im Garten. Gibt es nichts Neues?«

»Wie sollte es nicht etwas geben, wie sollte es nicht!«, erwiderte der Gast langsam blinzelnd und seine Lippen ausstreckend. »Da hier ist meinethalben meine Neuigkeit und eine sehr wunderbare: Fedor Iwanitsch Lawretzky ist angekommen.«

»Fedia!«, rief Martha Timotheewna. »Lügst du wirklich nicht, mein Teurer?«

»Nicht im Geringsten, ich habe ihn mit eigenen Augen gesehen.«

»Nun, das ist noch kein Beweis.«

»Er hat sehr zugenommen«, fuhr Gedeonowsky fort, sich den Schein gebend, als hätte er die Bemerkung Martha Timotheewnas nicht gehört. »Er ist, noch breitschultriger geworden und Röte spielt auf seinem ganzen Antlitze.«

»Er hat zugenommen?«, sprach gedehnt Maria Dmitriewna. »Mir scheint er keine Ursache zu haben, zuzunehmen.«

»Ja«, erwiderte Gedeonowsky, »ein anderer an seiner Stelle würde sich schämen, sich unter Leuten zu zeigen.«

»Und warum das?«, unterbrach ihn Martha Timotheewna. »Was ist das für ein Unsinn. Ein Mann ist in seine Heimat zurückgekehrt, wo anders soll er denn hin? Und wenn er noch irgendeine Schuld trüge!«

»Ein Mann ist immer schuld, erlaube ich mir Ihnen, gnädige Frau, zu bemerken, wenn sich seine Frau schlecht aufführt.«

»Das sagst du, Freund, weil du selbst niemals verheiratet gewesen bist.«

Gedeonowsky lächelte gezwungen.

»Erlauben Sie zu fragen«, sagte er nach kurzem Schweigen, »wem diese hübsche Schärpe bestimmt ist?«

Martha Timotheewna warf einen scharfen Blick auf ihn.

»Sie ist dem bestimmt«, entgegnete sie, »der niemals klatscht, nicht den Schlauen spielt und nicht falsch ist, wenn es einen solchen Mann auf Erden gibt. Fedia kenne ich sehr gut, seine einzige Schuld ist, dass er seine Frau verwöhnt hat. Nun, er hat sich aber auch aus Liebe verheiratet, und aus diesen Liebesehen wird niemals etwas Vernünftiges«, fügte die Alte hinzu, einen Seitenblick auf Maria Dmitriewna werfend und aufstehend. »Zerreiße du jetzt, Freundchen, mit der Zunge, wen du willst! – Meinethalben auch mich; ich gehe fort, und werde nicht stören«, und Martha Timotheewna entfernte sich.

»So ist sie immer«, sprach Maria Dmitriewna, ihre Tante mit den Augen begleitend.

»Das bringen einmal ihre Jahre mit sich! Was ist zu tun!«, bemerkte Gedeonowsky. »Zum Beispiel sagte Ihre Frau Tante: ›Wer nicht den Schlauen spielt.‹ Wer spielt aber nicht jetzt den Schlauen? Das bringt einmal das Jahrhundert mit sich. Einer meiner Freunde, ein höchst achtbarer Mann und, muss ich Ihnen sagen, ein Mann von nicht geringem Stande, hatte die Gewohnheit zu sagen: ›Heutzutage das Huhn selbst nicht ohne Schlauheit dem hingeworfenen Körnchen naht, sucht immer von der Seite ihm beizukommen.‹ – Wenn ich Sie aber betrachte, gnädige Frau, Sie haben wirklich den Charakter eines Engels; dürfte ich Sie um Ihre schneeweiße Hand bitten?«

Maria Dmitriewna lächelte schwach und streckte Gedeonowsky ihre fette Hand hin, den fünften Finger getrennt haltend. Er drückte dieselbe an seine Lippen, sie rückte ihren Sessel zu ihm und fragte, etwas zu ihm gebeugt, ihn halblaut:

»Also haben Sie ihn gesehen? Ist er in der Tat ganz und gar nichts, – gesund, fröhlich?«

»Fröhlich, als ob nichts geschehen wäre«, erwiderte Gedeonowsky leise.

»Und haben Sie nicht gehört, wo seine Frau jetzt ist?«

»Die letzte Zeit war sie in Paris; jetzt hat sie sich, wie man sagt, nach Italien übergesiedelt.«

»Es ist schrecklich, in der Tat. – Fedias Lage; ich weiß nicht, wie er es verträgt. Jedermann trifft auf Erden zuweilen Unglück, das ist wahr; über ihn hat aber, kann man sagen, ganz Europa geschrien.«

Gedeonowsky seufzte tief.

»Ja, ja, sie hat, sagt man, mit Künstlern und Pianisten, oder wie man dort sagt, mit Löwen und allerhand Tieren Bekanntschaft gemacht; sie soll jedes Schamgefühl gänzlich verloren haben.«

»Schmerzlich, sehr schmerzlich«, sagte Maria Dmitriewna, »besonders für mich, als einer Verwandten. Denn wie Sie, Sergei Petrowitsch wissen, ist er mein Vetter.«

»Freilich, freilich! Wie sollte ich nicht alles wissen, was Ihre Familie angeht? – Können Sie so etwas glauben??«

»Wird er zu uns kommen, was meinen Sie?«

»Man sollte es glauben; übrigens will er, wie man hört, auf sein Gut reisen.«

Maria Dmitriewna blickte zum Himmel empor.

»Ach, Sergei Petrowitsch, wenn ich daran denke, wie wir Frauen doch vorsichtig sein müssen!«

»Die Frauen sind, Maria Dmitriewna, nicht alle einander ähnlich. Es gibt, zum Unglück, solche, die einen unbeständigen Charakter haben, … nun, auch die Jahre; man hat ihnen auch nicht von klein auf Moral eingeschärft.«

Sergei Petrowitsch zog aus seiner Tasche ein kariertes blaues Taschentuch und begann es auseinander zu legen. »Es gibt freilich solche Frauen« – Sergei Petrowitsch berührte mit dem einen Ende des Schnupftuchs erst das eine, dann das andere Auge –, »aber im Allgemeinen zu reden, wenn man bedenkt, das heißt … In der Stadt ist es ungewöhnlich staubig«, schloss er.

»Mama, Mama!«, rief, in die Stube hereinlaufend, ein hübsches elfjähriges Mädchen. »Wladimir Nikolaitsch kommt zu Pferde zu uns!«

Maria Dmitriewna stand auf; Sergei Petrowitsch stand ebenfalls auf und grüßte.

»Ich habe die Ehre, Helene Michailowna, ergebenst zu grüßen«, sagte er, und aus Schicklichkeit sich in einen Winkel zurückziehend, begann er seine lange und regelmäßige Nase zu schnauben.

»Was hat er für ein schönes Pferd!«, fuhr das Mädchen fort. »Eben war er an der Gartentür und sagte mir und Lieschen, dass er an die Treppe heranreiten würde.«

Man vernahm Hufschlag und ein schlanker Reiter auf einem schönen braunen Pferde zeigte sich auf der Straße und hielt am offenen Fenster.

3.

»Guten Tag, Maria Dmitriewna!«, rief der Reiter mit klangvoller und angenehmer Stimme. »Wie gefällt Ihnen mein neuer Kauf?«

Maria Dmitriewna trat ans Fenster.

»Guten Tag, Woldemar! Ach, was für ein schönes Pferd! Bei wem haben Sie es gekauft?«

»Bei einem Remonteur … viel hat er aber von mir genommen, der Spitzbube.«

»Wie heißt es?«

»Orlandow … aber dieser Name ist dumm, ich will ihn verändern … *Eh bien, eh bien, mon garçon...* kannst du nicht ruhig stehen?«

Das Pferd schnaubte, trampelte mit den Füßen und bewegte unruhig das schaumbedeckte Maul.

»Lenchen, streicheln Sie es, fürchten Sie nichts.«

Das Mädchen streckte die Hand aus dem Fenster, Orlandow bäumte sich plötzlich und warf sich auf die Seite. Der Reiter fand sich aber gleich zurecht, drückte das Pferd fest zwischen seine Schenkel, gab ihm einen tüchtigen Schlag mit der Reitgerte auf den Hals und stellte es, so sehr es sich auch widersetzte, wieder vor das Fenster.

»*Prenez garde, prenez garde*«, wiederholte Maria Dmitriewna.

»Lenchen, streicheln Sie es doch!«, sagte der Reiter, sich irgendeine Freiheit herauszunehmen.

Das Mädchen streckte wieder ihre Hand aus dem Fenster und berührte schüchtern die zitternden Nüstern Orlandows, der fortwährend auffuhr und am Gebiss nagte.

»Bravo!«, rief Maria Dmitriewna. »Jetzt steigen Sie aber ab und kommen Sie zu uns.«

Geschickt wandte der Reiter sein Pferd, bohrte ihm die Sporen in die Seiten und, nachdem er im kurzen Galopp die Straße durchritten hatte, trabte er in den Hof ein. Einen Augenblick später trat er, die Reitgerte in der Hand, aus der Türe des Vorzimmers in den Saal; in demselben Augenblicke zeigte sich auf der Schwelle der entgegengesetzten Tür ein schlankes, hochgewachsenes Mädchen von ungefähr neunzehn Jahren.

4.

Der junge Mann, den wir eben den Lesern vorgeführt haben, hieß Wladimir Nikolaitsch Panschin. Er diente in Petersburg als Beamter für besondere Aufträge im Ministerium des Innern. In die Stadt O. war er im zeitweiligen Auftrage der Regierung gekommen und stand dem Gouverneur, General Sonnenberg, dessen entfernter Verwandter er war, zur Verfügung. Panschins Vater, ein verabschiedeter Stabsrittmeister, bekannter Spieler, ein Mann mit süßlichen Augen, abgelebtem Gesichte und nervösem Zittern in den Lippen, hatte sich sein Leben lang in hohen Kreisen bewegt, besuchte die englischen Clubs beider Residenzen und galt für einen geschickten, obgleich nicht sehr zuverlässigen, aber angenehmen Lebemann. Trotz seiner Geschicklichkeit befand er sich fast fortwährend an der äußersten Grenze der Armut und hinterließ seinem einzigen Sohne ein kleines und in der größten Unordnung befindliches Vermögen; dagegen hatte er sich, freilich nach seiner Art, um dessen Erziehung gekümmert. Wladimir Nikolaitsch sprach Französisch vortrefflich, Englisch gut, Deutsch schlecht. So muss es auch sein: Ordentliche Leute schämen sich, gut Deutsch zu sprechen, aber ein deutsches Wörtchen bei einigen meist spaßhaften Gelegenheiten in die Welt zu schicken, ist erlaubt; »*c'est même trés chic*«, wie sich die Petersburger Pariser ausdrücken. Mit seinem fünfzehnten Jahre verstand es Wladimir Nikolaitsch, ohne verlegen zu sein, in jeden Saal zu treten, sich in demselben angenehm zu unterhalten und zur passenden Zeit sich zu entfernen.

Panschins Vater hatte seinem Sohne viele Verbindungen verschafft; wenn er zwischen zwei Robber oder nach einem geschickten großen

Schlemm mischte, vergaß er es nicht, irgendeinem großen Herrn, einem Liebhaber von Commerspielen, ein paar Worte über seinen Woldemar zuzuflüstern, Wladimir Nikolaitsch, seinerseits, als er sich auf der Universität befand, die er mit dem Rang eines wirklichen Studenten absolvierte, hatte die Bekanntschaft einiger jungen Leute von vornehmen Stande gemacht und sich Zugang in die besten Häuser verschafft. Überall wurde er gut aufgenommen; denn er hatte ein angenehmes Äußeres, war gewandt, witzig, immer gesund und zu allem bereit; wo es nötig war, achtungsvoll, wo es möglich war, frech, ein vortrefflicher Kamerad, *un charmant garçon*; ein vielen verschlossenes Reich eröffnete sich ihm. Früh begriff Panschin die Geheimnisse der Lebensweisheit; er verstand es, die Gesetze der Welt aufrichtig zu achten, verstand es, mit einem halb spöttischen Ernste sich mit Unsinn zu befassen und sich den Schein zu geben, dass er alles Ernste für Unsinn halte; – er tanzte vortrefflich, kleidete sich nach englischer Mode. In kurzer Zeit hatte er sich den Ruf eines der liebenswürdigsten und geschicktesten jungen Leute in Petersburg verschafft.

In der Tat war Panschin sehr geschickt, – nicht weniger als sein Vater, – aber er war auch sehr begabt. Zu allem hatte er Talent; er war guter Sänger, geschickter Zeichner, schrieb Verse, war ein sehr leidlicher Schauspieler; kaum achtundzwanzig Jahre alt, war er schon Kammerjunker und hatte einen ziemlich hohen Rang. Panschin hatte festes Vertrauen in sich, in seinen Geist, in seinen Scharfsinn; kühn und fröhlich und festen Schrittes ging er vorwärts; sein Leben floss so schön dahin. Er war gewohnt, allen zu gefallen, Jungen und Alten, und bildete sich ein, er kenne die Menschen, besonders die Frauen; freilich kannte er ihre gewöhnlichen Schwächen. Den Künsten nicht fremd, fühlte er in sich Glut und einige Hingebung und Begeisterung, und infolgedessen erlaubte er sich verschiedene Abweichungen von den Regeln des Weltlebens. Er lebte flott, schloss Bekanntschaften mit Leuten, die nicht zur sogenannten Welt gehörten und hielt sich im Allgemeinen frei und einfach; in der Seele aber war er kalt und listig, und während der wildesten Orgien beobachtete und bemerkte sein kluges, braunes Auge alles; dieser kühne, dieser freie Jüngling konnte sich niemals vergessen, konnte sich niemals ganz hinreißen lassen. Zu seiner Ehre muss man hinzufügen, dass er niemals mit seinen Eroberungen prahlte. In das Haus von Maria Dmitriewna fand er Eingang sofort nach seiner Ankunft in O. und war bald dort wie zu Haus. Maria Dmitriewna war ihm von ganzem Herzen zugetan.

Panschin grüßte freundlich alle, die sich im Zimmer befanden, drückte die Hand von Maria Dmitriewna und Elisabeth Michailowna, gab Gedeonowsky einen leichten Schlag auf die Schulter und, sich auf seinen Absätzen herumdrehend, fing er Lenchen auf und küsste ihr die Stirn.

»Und Sie fürchten sich nicht, solch ein böses Pferd zu reiten?«, fragte ihn Maria Dmitriewna.

»Um Gottes willen! Mein Pferd ist ja sanft wie ein Lamm; ich will Ihnen aber sagen, was ich fürchte, nämlich Preference mit Sergei Petrowitsch zu spielen; gestern habe ich bei den Belenizyns ihm Hab und Gut verspielt.«

Auf Gedeonowsky spielte ein feines und demütiges Lächeln: Er buhlte um die Gunst des jungen, glänzenden Beamten aus Petersburg, des Lieblings des Gouverneurs. In seinen Gesprächen mit Maria Dmitriewna sprach er oft von den außerordentlichen Fähigkeiten Panschins. Denn, meinte er, wie sollte man auch ihn nicht loben? Der junge Mann bahnt sich einen Weg in der höhern Sphäre des Lebens, ist ein ausgezeichneter Beamter und hat nicht den geringsten Stolz. Übrigens galt Panschin auch in Petersburg für einen guten Beamten; die Arbeit ging ihm flink von den Händen, er sprach von ihr wie im Spaße und wie es einem Weltmanne, der keine besondere Bedeutung seinen Bemühungen gibt, geziemt, doch war er ein »guter Arbeiter«. Die Obern lieben solche Untergebene; er selbst aber zweifelte nicht, dass er, wenn er es nur würde wollen, mit der Zeit Minister werden könne.

»Sie sagen, Sie hätten mir viel verspielt?«, meinte Gedeonowsky. »Wer hat aber vorige Woche von mir zwölf Rubel gewonnen? Und noch ...«

»Ein schlauer Fuchs, ein schlauer Fuchs!«, unterbrach ihn Panschin mit einer freundlichen, aber etwas verächtlichen Nachlässigkeit, und näherte sich, ihm keine Aufmerksamkeit mehr schenkend, Liesen.

»Ich konnte hier die Ouvertüre aus dem Oberon nicht finden«, begann er. »Madame Belenizyn prahlte zwar, sie hätte die ganze klassische Musik, aber in der Tat hat sie nichts als Polkas und Walzer; ich habe schon nach Moskau geschrieben, und in einer Woche werden Sie diese Ouvertüre haben. Apropos, ich habe gestern eine neue Romanze geschrieben; die Worte sind auch von mir. Wollen Sie, dass ich Sie Ihnen vorsinge? Ich weiß nicht, was an meiner Arbeit ist; Madame Belenizyn fand die Romanze sehr hübsch, aber ihre Worte haben gar keinen Wert. Ich möchte Ihre Meinung hören; übrigens glaube ich, ist es besser nachher.«

»Warum denn nachher?«, mischte sich Maria Dmitriewna in das Gespräch. »Warum denn nicht jetzt?«

»Wie Sie befehlen«, meinte Panschin mit einem frohen und süßen Lächeln, das sich bei ihm immer ebenso schnell zeigte, als es sich verlor; er rückte mit seinem Knie einen Stuhl an das Piano, setzte sich auf denselben und, nachdem er einige Akkorde gegriffen hatte, begann er, die Worte stark betonend, folgende Romanze:

Der Mond schwimmt hoch, von Wolken rings umzogen
  In bleicher Zahl;
Doch von der Höhe lenkt des Meeres Wogen,
  Sein Zauberstrahl,
Gleich stürmischem Meer, erkannte dich mein Herze
  Als Mondenschein
Und es bewegt sich jetzt – in Freud und Schmerze –
  Durch dich allein.
Es hat mein Herz, vor Lieb' und stummen Qualen
  Jetzt keine Ruh';
Mir ist so schwer … doch fremd, gleich Mondesstrahlen
  Bist Stürmen du.

Das zweite Couplet sang Panschin mit besonderem Ausdruck und besonderer Kraft, die stürmische Begleitung ahmte die Bewegung der Wellen nach. Nach den Worten »Mir ist so schwer ...« seufzte er leise, schlug die Augen nieder und senkte die Stimme – *morendo*. Als er geendigt hatte, lobte Liese das Motiv, Maria Dmitriewna sagte: »Es ist reizend«, Gedeonowsky aber rief: »Himmlisch! Sowohl Poesie als auch Harmonie sind gleich himmlisch!« – Lenchen blickte mit kindlicher Ehrfurcht auf den Sänger. Mit einem Worte; das Werk des jungen Dilettanten gefiel allen Gegenwärtigen ausnehmend; im Vorzimmer aber, an der Tür des Saales stand ein eben gekommener schon alter Mann, welchem, dem Ausdrucke seines Antlitzes und den Bewegungen seiner Schultern nach zu urteilen, Panschins Romanze, obgleich sie sehr hübsch war, kein besonderes Vergnügen verschafft hatte! Nachdem er einige Augenblicke gewartet, und den Staub von seinen Stiefeln mit einem dicken Schnupftuch abgewischt hatte, kniff er seine Augen zusammen und seine Lippen nahmen einen finsteren Ausdruck an, er bückte seinen ohnedies schon gekrümmten Rücken noch tiefer und trat in den Saal hinein.

»Ach, Christophor Fedorowitsch, wie geht es?«, rief vor allen andern Panschin und sprang von seinem Stuhle auf. »Ich ahnte nicht, dass Sie hier seien, in Ihrer Gegenwart hätte ich mich niemals entschlossen, meine Romanze zu singen, denn ich weiß, Sie sind kein Freund von leichter Musik.«

»Ich habe nichts gehört«, sagte in schlechtem Russisch der Eingetretene und blieb, nachdem er alle gegrüßt hatte, ungeschickt in der Mitte der Stube stehen.

»Sie kommen, Monsieur Lemm, meiner Liese eine Stunde zu geben?«, fragte Maria Dmitriewna.

»Nein, nicht an Elisabeth Michailowna, sondern an Helene Michailowna.«

»Ja so, sehr schön, Lenchen, geh mit Herrn Lemm hinauf.«

Der Alte folgte dem Mädchen, Panschin aber hielt ihn auf.

»Gehen Sie nach der Stunde nicht fort, Christophor Fedorowitsch«, sagte er. »Elisabeth Michailowna will mit mir eine Sonate von Beethoven vierhändig spielen.«

Der Alte brummte etwas in den Bart, Panschin aber fuhr auf Deutsch, die Worte schlecht aussprechend, fort:

»Elisabeth Michailowna hat mir die geistliche Kantate gezeigt, die Sie ihr gewidmet haben, – eine reizende Komposition! Glauben Sie ja nicht, dass ich ernste Musik nicht zu würdigen weiß, – im Gegenteil! Sie ist zuweilen langweilig, aber dafür sehr nützlich.«

Der Alte wurde bis hinter die Ohren rot; warf auf Liesen einen Seitenblick und eilte aus dem Zimmer.

Maria Dmitriewna bat Panschin die Romanze zu wiederholen; er entgegnete aber, er wünsche nicht die Ohren des gelehrten Deutschen zu zerreißen, und schlug Liesen vor, Beethovens Sonate vorzunehmen. Da seufzte Maria Dmitriewna und schlug ihrerseits Gedeonowsky vor, mit ihr in den Garten zu gehen. »Ich möchte«, sagte sie, »mit Ihnen noch etwas sprechen und Sie um Rat wegen unseres armen Fedia fragen.«

Gedeonowsky zeigte seine Zähne, dankte, nahm mit zwei Fingern seinen Hut, auf dessen Krempe seine Handschuhe glatt und sauber lagen, und entfernte sich mit Maria Dmitriewna. In der Stube blieben nur Panschin und Liese; sie brachte die Sonate und schlug sie auf, beide setzten sich schweigend ans Klavier. Undeutlich drangen von oben die Töne von Skalen, gespielt von Lenchens noch unsicheren Händen.

5.

Christoph Theodor Gottlieb Lemm war im Jahre 1786 in Sachsen, in der Stadt Chemnitz, von armen Musikern geboren. Sein Vater blies das Waldhorn, seine Mutter spielte die Harfe, er selbst spielte, noch nicht fünf Jahr alt, auf drei verschiedenen Instrumenten. – Acht Jahr alt verlor er seine Eltern, von seinem zehnten Jahre an aber verdiente er sich selbst sein Brot durch seine Kunst.

Lange führte er ein unstetes Leben, spielte überall – in Gasthäusern, auf Jahrmärkten, auf Bauernhochzeiten und Bällen; endlich kam er in ein Orchester und immer höher und höher rückend, gelangte er bis zum Musikdirektor. Als ausübender Künstler stand er nicht hoch, die Musik aber kannte er gründlich. In seinem achtundzwanzigsten Jahre wanderte er nach Russland aus; ihn hatte ein großer Herr, der selbst die Musik nicht leiden konnte, aber ein Orchester aus Eitelkeit hielt, verschrieben. Fast sieben Jahre lebte Lemm bei ihm als Kapellmeister und verließ ihn mit leeren Händen. Der große Herr hatte sich ruiniert, wollte ihm einen Wechsel geben, schlug ihm aber auch dies später ab und bezahlte ihm keinen Pfennig. – Man riet ihm, nach Hause zurückzukehren; doch wollte er Russland, das große Russland, dies Saatfeld für Künstler, nicht als Bettler verlassen; er entschloss sich zu bleiben und sein Glück zu versuchen. Während zwanzig Jahren jagte der arme Deutsche dem Glücke nach, war bei verschiedenen Herrschaften, lebte in Moskau und in Gouvernementsstädten, litt und ertrug so manches, lernte die Armut kennen, kämpfte und rang. Doch der Gedanke, in seine Heimat zurückzukehren, verließ ihn in allen Drangsalen, die er zu ertragen hatte, nicht; dieser Gedanke allein hielt ihn aufrecht. Doch das Schicksal wollte ihn nicht mit diesem letzten und ersten Glücke erfreuen: In seinem fünfzigsten Jahre, krank, vor der Zeit alt geworden, blieb er in der Stadt O. fest sitzen und blieb dort auf immer. Er hatte jetzt ganz die Hoffnung aufgegeben, jemals das ihm verhasste Russland zu verlassen, und fristete sein Leben mühsam durch Stundengeben. Das Äußere Lemms sprach nicht für ihn. Er war von kleinem Wuchse, ging gebeugt, hatte schiefe Schultern, einen eingefallenen Bauch, große und flache Füße, weißlichblaue Nägel an den festen und biegsamen Fingern der sehnigen, roten Hände; sein Gesicht war reich an Runzeln, seine Wangen waren eingefallen und die Lippen, die unaufhörlich zuckten und kauen schienen, waren zusammengekniffen, was bei seiner gewöhnlichen Schweigsamkeit ihm einen fast boshaften Ausdruck verlieh. Seine grauen Haare hingen in Büscheln über der niedrigen Stirn, wie eben verloschene Kohlen glühten seine kleinen, unbeweglichen Augen; er trat schwer auf, bei jedem Schritte seinen ungelenken Körper bewegend. Einige seiner Bewegungen erinnerten an die unbeholfenen Gesten einer Eule im Käfig, wenn sie sieht, dass man auf sie blickt, aber selbst mit ihren ungeheuren gelben, erschreckt und schläfrig blinzelnden Augen kaum etwas zu unterscheiden vermag. – Der veraltete, unerbittliche Schmerz hatte auf den armen Musikus seinen unauslöschbaren Stempel geprägt, hatte seine ohnehin nicht schöne Figur verzerrt und verunstaltet; doch für den, welcher es verstand, nicht bei den ersten Eindrücken stehen zu bleiben, zeigte sich etwas Gutes, Ehrliches, etwas Ungewöhnliches in diesem halb zertrümmerten Wesen. Verehrer Bachs und Händels, Kenner seiner Sache, begabt mit lebhafter Einbildungskraft und jener Kühnheit des Gedankens, die der germanischen Rasse allein zugänglich ist, wäre Lemm – wer weiß? – in die Reihe der großen Komponisten seines Vaterlandes getreten, hätte sein Leben ihn anders geführt; – doch er war unter keinem glücklichen Sterne geboren! Viel hatte er in seinem Leben geschrieben – doch es gelang ihm nicht, irgendeines seiner Werke gedruckt zu sehen: Er wusste die Sache nicht geschickt anzufangen, bei passender Gelegenheit einen Bückling zu machen, zur rechten Zeit ein Wort für sich einzulegen. Einst, vor langer Zeit hatte einer seiner Verehrer und Freunde, auch ein Deutscher und ebenfalls arm, auf eigene Rechnung zwei seiner Sonaten herausgegeben; diese blieben aber unangerührt auf den Lagern der Musikalienhandlungen, und verschwanden spurlos, als hätte sie jemand des Nachts ins Wasser geworfen. – Endlich ward Lemm für alles gleichgültig; auch nahmen die Jahre das Ihrige, er wurde gefühllos, zu Holz, wie seine Finger zu Holz geworden waren. Allein mit einer alten Köchin, die er aus einem Armenhause genommen hatte – verheiratet war er niemals gewesen – lebte er in O. in einem kleinen Häuschen, nicht weit vom Hause der Kalitin; spazierte viel, las die Bibel, das Gesangbuch und Shakespeare in der Schlegel'schen Übersetzung. Seit Langem hatte er nichts mehr komponiert, doch wahrscheinlich wusste Liese, seine beste Schülerin, sein Herz zu bewegen; er schrieb für sie eine Kantate, von der Panschin eben gesprochen hatte. Die Worte dieser Kantate hatte er dem Gesangsbuch entlehnt, einige Verse hatte er selbst hinzugedichtet. Die Kantate bestand aus zwei Chören, – der Chor der Glücklichen und der Chor der Unglücklichen; zu Ende schlossen beide Frieden und sangen zusammen: »Allmächtiger Gott, erbarme dich über uns Sünder und halte uns fern von allen listigen Gedanken und irdischen Hoffnungen.« Auf dem Titelblatt, das sehr hübsch geschrieben und sogar mit Zeichnungen verziert war, stand: »Nur die Gerechten haben recht. – Geistliche Kantate. Komponiert und dem Fräulein Elisabeth Kalitin gewidmet, seiner teuren Schülerin, von ihrem Lehrer H. T. G. Lemm.« Die Worte: »Nur die Gerechten haben recht« und »Elisabeth Kalitin« waren von Strahlen umgeben, unten stand noch: »Für Sie allein.« Deswegen errötete Lemm und hatte einen Seitenblick auf Liese geworfen; ihm schnitt es durchs Herz, als Panschin in seiner Gegenwart von seiner Kantate sprach.

6.

Laut und entschlossen griff Panschin die erstere Akkorde der Sonate, er spielte den Bass. Liese aber begann ihre Partie nicht. Er hielt inne und blickte auf sie. – Liesens Augen, die auf ihn fest geheftet waren, drückten Unwillen aus; ihre Lippen lächelten nicht, ihr ganzes Gesicht war streng, fast traurig.

»Was haben Sie?«, fragte er.

»Warum haben Sie nicht Ihr Wort gehalten?«, sagte sie. »Ich habe Ihnen die Kantate von Christophor Fedorowitsch unter der Bedingung gezeigt, dass Sie ihm nichts davon sagen sollten.« –

»Verzeihen Sie, Elisabeth Michailowna, es ist mir entfahren.«

»Sie haben ihn betrübt und mich auch; jetzt wird er auch mir misstrauen.«

»Was soll ich tun, Elisabeth Michailowna? Von Jugend auf kann ich nicht gleichgültig einen Deutschen sehen, es zieht mich, sozusagen, ihn zu necken.«

»Was sagen Sie da, Wladimir Nikolaitsch! Dieser Deutsche ist arm, steht allein da, ist vom Schicksal geknickt – und er tut Ihnen nicht leid? Und Sie möchten ihn necken?«

Panschin wurde verlegen.

»Sie haben recht, Elisabeth Michailowna«, murmelte er, »an allem ist meine Unbedachtsamkeit schuld. Nein, widersprechen Sie mir nicht, ich kenne mich selbst sehr gut; meine Unbedachtsamkeit hat mir schon vielen Schaden gebracht, ihr verdanke ich, dass man mich für einen Egoisten hält.«

Panschin schwieg. Worüber er auch sprach, das Gespräch endigte gewöhnlich damit, dass er von sich selbst zu reden begann, und dies kam aus seinem Munde so hübsch und weich, so herzlich, als wäre es unwillkürlich.

»In Ihrem Hause zum Beispiel«, fuhr er fort, »ist Ihre Mutter mir gewogen, sie ist so gut; Sie, – nun ich weiß nicht, was Sie von mir meinen; Ihre Tante dagegen kann mich ganz einfach nicht ausstehen. Ich muss sie auch durch ein dummes, unüberlegtes Wort beleidigt haben; denn sie liebt mich nicht, nicht wahr?«

»Ja«, sagte Elisabeth Michailowna etwas zögernd, »Sie gefallen ihr nicht.«

Panschin eilte mit den Fingern über die Tasten und ein kaum bemerkbares spöttisches Lächeln glitt über seine Lippen.

»Nun, und Sie«, sagte er, »scheine ich auch Ihnen ein Egoist zu sein?«

»Ich kenne Sie wenig, doch ich halte Sie nicht für einen Egoisten, im Gegenteil, ich muss Ihnen dankbar sein ...«

»Ich weiß, ich weiß, was Sie sagen wollen«, unterbrach sie Panschin, und wieder glitten seine Finger über die Tasten. »Für die Noten, für die Bücher, welche ich Ihnen bringe, für die schlechten Zeichnungen, mit welchen ich Ihr Album schmücke, und so weiter. Das alles kann ich aber tun und dabei doch Egoist sein. Ich wage es zu glauben, dass Sie sich mit mir nicht langweilen und dass Sie mich nicht für einen schlechten Menschen halten; immerhin aber denken Sie, dass ich, wie soll ich mich doch ausdrücken, um eines Witzes willen, weder Vater noch Freund schonen würde.«

»Sie sind zerstreut und vergesslich, wie alle Weltleute«, sagte Liese, »das ist alles.«

Panschin runzelte etwas seine Stirn.

»Hören Sie«, sagte er, »wir wollen lieber von mir ganz und gar nicht reden, lassen Sie uns die Sonate spielen. Um eins nur bitte ich Sie«, fügte er hinzu, mit seiner Hand die Blätter des auf dem Notenpult liegenden Heftes glättend, »denken Sie von mir, was Sie wollen, nennen Sie mich sogar Egoist – nun meinethalben! Nur nennen Sie mich nicht einen Weltmann, dieses Wort ist mir unerträglich ... *Anch'io sono pittore.* Auch ich bin Künstler, obgleich ein ziemlich schlechter, – und dies, nämliche dass ich ein schlechter Künstler bin, will ich Ihnen gleich mit der Tat beweisen. Lassen Sie uns anfangen.«

»Fangen wir meinethalben an«, sagte Liese.

Das erste Adagio wurde ziemlich glücklich überwunden, obgleich Panschin einige Schnitzer machte. Seine eigenen Kompositionen und was er einstudiert hatte, spielte er sehr hübsch, vom Blatte aber las er sehr schlecht. Der zweite Teil der Sonate aber, ein ziemlich schnelles Allegro, ging ganz und gar nicht; beim zwanzigsten Takte hielt es Panschin, der ein paar Takte zurückgeblieben war, nicht aus und rückte lachend seinen Stuhl fort.

»Nein«, rief er, »heute kann ich nicht spielen, gut dass uns Lemm nicht gehört hat, er wäre sonst in Ohnmacht gefallen.«

Liese stand auf, klappte den Deckel des Klavieres zu und wandte sich zu Panschin.

»Was werden wir jetzt tun?«, fragte sie.

»Ich erkenne Sie an dieser Frage! Unmöglich können Sie mit gekreuzten Armen sitzen. Nun, wenn Sie es wünschen, wollen wir zeichnen, so lange es noch nicht ganz dunkel geworden ist. Vielleicht wird die andere Muse, die Muse der Zeichnenkunst, – wie nannte man sie doch, ... ich habe es vergessen. Wo ist Ihr Album? Ich erinnere mich, dass meine Landschaft noch nicht beendigt ist.«

Liese ging in ein anderes Zimmer, um ihr Album zu holen, Panschin aber nahm, als er allein war, ein Batistschnupftuch aus seiner Tasche und blickte von der Seite auf seine Hände. Er hatte sehr hübsche und weiße Hände; auf dem Zeigefinger der Linken trug er einen schlangenförmigen goldenen Ring. Liese kehrte zurück; Panschin setzte sich ans Fenster und öffnete das Album. »Aha«, rief er, »Sie haben meine Landschaft abzuzeichnen begonnen – das ist wunderschön. Sehr gut!

Hier nur, – geben Sie mir den Bleistift, – sind die Schatten nicht dunkel genug. Sehen Sie!« Und Panschin zeichnete einige kühne und lange Striche. Er zeichnete beständig eine und dieselbe Landschaft: an dem Vorderplan große Bäume mit wild herabhängendem Laube, in der Ferne eine Wiese, und zackige Berge am Horizont. Liese blickte über seine Schulter auf seine Arbeit.

»In der Zeichnung, wie im Leben im Allgemeinen«, sagte Panschin, den Kopf bald rechts, bald links wendend, »sind die Hauptsache – Leichtigkeit und Kühnheit.«

In diesem Augenblicke trat Lemm ins Zimmer und wollte, nachdem er trocken gegrüßt hatte, sich entfernen; Panschin aber warf Album und Bleistift auf die Seite und vertrat ihm den Weg.

»Wohin wollen Sie aber, mein lieber Christophor Fedorowitsch? Wollen Sie denn nicht bleiben und mit uns Tee trinken?«

»Ich muss nach Hause«, sagte Lemm mit finsterer Stimme, »ich habe Kopfschmerzen.«

»Nun, was ist das für Unsinn; bleiben Sie hier und trinken Sie Tee mit uns. Wir wollen zusammen über Shakespeare streiten.«

»Ich habe Kopfschmerzen«, wiederholte der Alte.

»Wir hatten in Ihrer Abwesenheit uns an Beethovens Sonate gemacht«, fuhr Panschin fort, ihn freundlich bei der Taille ergreifend und fröhlich lächelnd, »doch wollte die Sache nicht gehen. Denken Sie sich nur, ich konnte nicht zwei Noten richtig hintereinander spielen.«

»Sie hätten doch lieber Ihre Romanze noch einmal gesungen«, erwiderte Lemm, die Hände Panschins wegnehmend, und ging heraus.

Liese eilte ihm nach. Sie holte ihn auf der Treppe ein.

»Christophor Fedorowitsch«, sagte sie ihm auf Deutsch, ihn bis zum Torwege auf dem grünen und kurzen Rasen begleitend; »ich stehe vor Ihnen schuldig da – verzeihen Sie mir!«

Lemm schwieg.

»Ich habe Wladimir Nikolaitsch Ihre Kantate gezeigt; ich war versichert, dass er sie zu schätzen wissen wird, – und wirklich, sie hat ihm sehr gefallen.«

Lemm blieb stehen.

»Es hat nichts zu bedeuten«, sagte er auf Russisch und fügte dann in seiner Muttersprache hinzu: »Er versteht aber nichts. Wie? Sehen Sie das nicht? Er ist Dilettant, und das ist alles!«

»Sie sind gegen ihn ungerecht«, erwiderte Liese, »er versteht alles und kann fast alles machen.«

»Ja, alles Numero zwei, leichte Ware, eilige Arbeit; dies gefällt, und er gefällt; nun – und bravo! Aber ich ärgere mich nicht; diese Kantate und ich, wir sind zwei alte Namen; ich schäme mich ein wenig, – doch das bedeutet nichts.«

»Verzeihen sie mir, Christophor Fedorowitsch!«, sagte Liese aufs Neue.

»Es ist nichts, es ist nichts!«, wiederholte er auf Russisch. »Sie sind ein gutes Mädchen … aber da kommt jemand zu Ihnen. Leben Sie wohl. Sie sind ein sehr gutes Mädchen!«

Und Lemm ging eiligen Schrittes zur Pforte, durch welche eben ein ihm unbekannter Mann, in einem grauen Paletot und breiten Strohhut trat. Er grüßte diesen sehr artig (er hatte die Gewohnheit alle unbekannten Gesichter in O. zu grüßen, von den Bekannten wandte er sich auf der Straße weg, – er hatte sich dies zur Regel gemacht), ging an ihm vorbei und verschwand hinter dem Zaune. Der Unbekannte blickte ihm erstaunt nach, und ging, nachdem er Liese einige Augenblicke fest angesehen, gerade auf sie zu.

7.

»Sie erkennen mich nicht«, sagte er, seinen Hut abnehmend, »ich aber habe Sie erkannt, obgleich acht Jahre seit der Zeit, dass ich Sie das letzte Mal gesehen habe, entschwunden sind, Sie waren damals noch ein Kind. – Ich heiße Lawretzky. – Ist Ihre Mutter zu Hause? Kann man sie sehen?«

»Meine Mutter wird sehr erfreut sein, Sie zu sehen«, entgegnete Liese, »sie hat von Ihrer Ankunft schon gehört.«

»Sie heißen, wenn ich mich nicht irre, Elisabeth?«, sagte Lawretzky, die Treppe hinaufgehend.

»Ja.«

»Ich erinnere mich Ihrer sehr wohl, schon damals hatten Sie solch ein Gesicht, das man nicht vergisst. Ich brachte Ihnen damals immer Konfekt.«

Liese errötete und dachte: »Was ist das doch für ein Sonderling.« Lawretzky blieb einen Augenblick im Vorzimmer stehen, Liese trat ins Gastzimmer, wo die Stimme und das Gelächter Panschins erklangen; er teilte eine Stadtklatscherei Marie Dmitriewna und Gedeonowsky mit, die eben aus dem Garten zurückgekehrt waren, und lachte selbst laut über das, was er erzählte. Bei dem Namen Lawretzky geriet Maria Dmitriewna in Unruhe, erblasste und ging ihm entgegen.

»Guten Tag, Guten Tag, mein teurer Cousin!«, rief sie mit gedehnter und fast weinerlicher Stimme. »Wie froh bin ich Sie zu sehen!«

»Guten Tag, meine gute Cousine!«, erwiderte Lawretzky und drückte ihr freundlich die ausgestreckte Hand. »Wie befinden Sie sich?«

»Setzen Sie sich, mein teurer Feodor Iwanitsch, ach, wie bin ich froh! Erlauben Sie erstens, Ihnen meine Tochter vorzustellen, Liese.«

»Ich habe mich Elisabeth Michailowna schon selbst vorgestellt«, unterbrach sie Lawretzky.

»Monsieur Panschin ... Sergei Petrowitsch Gedeonowsky ... aber setzen Sie sich doch, ich sehe Sie vor mir und traue auf Ehre meinen Augen nicht. Wie befinden Sie sich?«

»Wie Sie sehen, ich strotze vor Gesundheit; aber auch Sie, Cousine, Sie sind in den acht Jahren nicht magerer geworden!«

»Wenn man es bedenkt, wie lange wir uns nicht gesehen haben«, sprach Maria Dmitriewna sinnend, »woher kommen Sie jetzt? Wo ließen Sie ... das heißt, – ich wollte sagen«, verbesserte sie sich eilig, »ich wollte sagen, bleiben Sie lange bei uns?«

»Ich komme jetzt aus Berlin«, entgegnete Lawretzky, »und reise morgen auf mein Gut – wahrscheinlich auf lange Zeit.«

»Sie werden doch, wie selbstverständlich, in Lawriky wohnen?«

»Nein, nicht in Lawriky; ich habe aber, ungefähr fünfundzwanzig Werst von hier, ein kleines Dörfchen; dorthin will ich mich begeben.«

»Es ist das kleine Dörfchen, das Sie von Glaphira Petrowna geerbt haben?«

»Dasselbe.«

»Aber um Gottes willen, Jegor Iwanitsch! Sie haben in Lawriky ein so schönes Haus.« Lawretzky runzelte kaum merklich die Stirn.

»Ja ... aber in jenem Dörfchen ist auch ein kleines Häuschen; und für jetzt brauche ich nichts mehr. Dieser Ort – ist für mich jetzt der passendste.«

Maria Dmitriewna ward wieder so verlegen, dass sie sich sogar gerade richtete und die Arme spreizte. Panschin kam ihr zu Hilfe und begann ein Gespräch mit Lawretzky. Maria Dmitriewna beruhigte sich, stützte sich auf die Lehne des Sessels und schaltete nur von Zeit zu Zeit ein kleines Wörtchen ein. Bei alledem blickte sie so trübselig auf ihren Gast, seufzte so bedeutungsvoll, und schüttelte so traurig den Kopf, dass jener es nicht aushielt und sie endlich ziemlich scharf fragte, ob sie gesund sei.

»Gott sei Dank«, entgegnete Maria Dmitriewna, »und warum diese Frage?«

»So, mir schien es, dass Sie sich nicht ganz wohlfühlten.«

Maria Dmitriewna machte eine würdevolle und etwas beleidigte Miene. »Wenn es so ist«, dachte sie, »so ist es mir ganz einerlei; dir scheint, Freund, alles, wie der Gans das Wasser zu sein; ein anderer hätte vor Schmerz die Auszehrung bekommen und du wirst bald vor Fett platzen.«

Mit sich selbst machte Maria Dmitriewna keine Zeremonien, gegen andere aber und laut brauchte sie gewähltere Ausdrücke.

Lawretzky sah in der Tat nicht einem Schlachtopfer des Geschickes ähnlich. Von seinem rotwangigen, echt russischem Gesichte, mit hoher weißer Stirn, etwas dicker Nase und breiten, regelmäßigen Lippen, wehten Steppengesundheit, feste, langdauernde Kraft. Er war vortrefflich gebaut und die blonden Haare auf seinem Kopfe lockten sich, wie bei einem Jünglinge. In seinen blauen hervorstehenden und etwas unbeweglichen Augen bemerkte man, wenn auch nicht Tiefsinn oder Müdigkeit, aber doch etwas Ähnliches, und seine Stimme klang zu gleichmäßig.

Panschin ließ inzwischen das Gespräch nicht stocken. Er lenkte es auf die Vorteile der Zuckersiedereien, worüber er ohnlängst zwei französische Broschüren gelesen hatte, und begann mit ruhiger Bescheidenheit deren Inhalt mitzuteilen, ohne übrigens diese selbst auch nur mit einem einzigen Worte zu erwähnen.

»Ach, das ist ja Fedia!«, erklang plötzlich in der Nachbarstube hinter der halb offenen Tür die Stimme von Martha Timotheewna. – »Fedia, in der Tat!« – Und die Alte eilte in das Gastzimmer. Lawretzky hatte nicht Zeit, sich vom Stuhle zu erheben, als sie ihn schon umarmt hatte. – »Lass dich doch betrachten, lass dich doch betrachten!«, sagte sie, sich von seinem Gesichte entfernend. »Ach, wie gut siehst du aus! Älter bist du geworden, aber wirklich nicht hässlicher. Warum küssest du aber meine Hände? – Küsse mich selbst, wenn dir meine runzeligen

Wangen nicht zuwider sind. Nicht wahr, nach mir hast du nicht gefragt; ob wohl die Tante noch lebe oder nicht? Und doch bist du in meinen Armen geboren, du Taugenichts. Nun, das ist aber alles einerlei; wie solltest du an mich denken? Recht hast du aber getan, dass du gekommen bist. Was aber«, fügte sie hinzu, sich zu Maria Dmitriewna wendend, »hast du ihm schon etwas vorgesetzt?«

»Ich habe nichts nötig«, beeilte sich Lawretzky zu sagen.

»Nun, trinke wenigstens eine Tasse Tee. Du großer Gott! Und solltest keine Tasse Tee trinken. Liese geh und sorge dafür, aber schnell. Ich erinnere mich, er war, als kleiner Bursche, ein großer Vielfraß, – und auch jetzt liebt er wahrscheinlich zu essen!«

»Martha Timotheewna, ich habe die Ehre ...«, sagte Panschin von der Seite zu der in Eifer geratenen alten Dame tretend, und sie tief grüßend.

»Verzeihen Sie, mein Herr«, erwiderte Martha Timotheewna, »in meiner Freude habe ich Sie nicht bemerkt. – Deiner Mutter bist du ähnlich geworden, der guten Frau«, fuhr sie, sich aufs Neue zu Lawretzky wendend, fort. »Du hattest nur deines Vaters Nase, und deines Vaters Nase ist dir geblieben. Bleibst du lange bei uns?«

»Morgen, Tante, reise ich ab.«

»Wohin?«

»Zu mir nach Wasiliewskoie.«

»Morgen?«

»Morgen.«

»Nun, wenn morgen, so morgen. Du musst es am besten wissen, was du zu tun hast. Höre aber, erst musst du kommen, um Abschied zu nehmen.« Die Alte kniff ihn in die Wange. »Ich dachte nicht, dich zu sehen; nicht, dass ich gerade zu sterben beabsichtigte; nein, ich lebe wenigstens zehn Jahre noch; wir alle, wir Pestoffs, wir leben lange. Dein Großvater nannte uns zweileberig; aber wer konnte es wissen, wie lange du dich noch im Auslande herumtreiben würdest. Nun, brav siehst du aus, brav; hebst aus jeden Fall, wie früher, deine zehn Pud mit einer Hand auf? Dein verstorbener Vater, verzeih es mir, war toll genug, etwas Gutes aber hat er getan, dass er dir einen Schweizer zum Hauslehrer gab; erinnerst du dich, wie ihr euch gegenseitig Faustschläge austeiltet? Gymnastik nennt man's, nicht wahr? Aber was gackere ich da, wie eine Henne! Ich störe nur Herrn Panschin in seinen Dissertationen; übrigens lasst uns lieber Tee trinken! Ja, und kommt, ihn auf der Terrasse trinken; wir haben schöne Sahne – ihr habt ihresgleichen nicht in euren London und Paris. Kommt – kommt, und du, Fedia, gib mir den Arm. Oh, was für einen dicken Arm du doch hast!«

Alle standen auf und gingen auf die Terrasse, mit Ausnahme Gedeonowskys, welcher sich still entfernte. Während des ganzen Gesprächs Lawretzkys mit der Hausfrau, mit Panschin und Martha Timotheewna saß er in einem Winkel, aufmerksam mit den Augen blinzelnd und mit kindlicher Neugier die Lippen spitzend; er eilte jetzt die Nachricht von der Ankunft des neuen Geistes in der ganzen Stadt zu verbreiten. –

Folgendes geschah an diesem Tage, um elf Uhr abends: Unten auf der Schwelle des Gastzimmers nahm Wladimir Nikolaitsch, eine günstige Gelegenheit benutzend, Abschied von Liesen und sprach zu ihr, sie an der Hand haltend: »Sie wissen, was mich hierherzieht, Sie wissen, warum ich so oft in Ihr Haus komme.« Liese antwortete ihm nichts und lächelte nicht, blickte aber, die Augenbrauen etwas erhebend, auf den Boden, ohne jedoch ihre Hand wegzuziehen.

Oben aber, im Zimmer von Martha Timotheewna, beim Lichte einer Ampel, die vor trüben, alten Heiligenbildern hing, saß Lawretzky, die Ellbogen auf die Knie gestützt; die gute Alte strich, vor ihm stehend, von Zeit zu Zeit und schweigend seine Haare. Mehr als eine Stunde verbrachte er bei ihr, nachdem er von der Hausfrau Abschied genommen; kein Wort fast sagte er seiner alten guten Freundin und sie fragte ihn nicht aus …; was war auch zu fragen? Auch so verstand sie alles, auch so nahm sie teil an allem, was sein Herz überfüllte.

8.

Feodor Iwanitsch Lawretzky – wir müssen den Leser um Erlaubnis bitten, auf einige Zeit den Faden der Erzählung zu unterbrechen – stammte aus einer altadligen Familie. Der Stammvater der Lawretzky hatte sich während der Regierung Wassili des Finstern aus Preußen übergesiedelt und von ihm zweihundert Tschetwert Land im Kreise Beschest erhalten. Viele der Lawretzkys verwalteten verschiedene Ämter, dienten unter Fürsten und angesehenen Leuten in entfernten Woiwodschaften; doch keiner derselben erhob sich höher als bis zum

Slolnik oder erwarb sich ein großes Vermögen. Reicher und bemerkenswerter als die übrigen Lawretzkys war der Urgroßvater Feodor Iwanitschs, Andrei, ein hartherziger, zügelloser, kluger und listiger Mann. Bis zum heutigen Tage spricht man noch von seiner Verachtung aller Gesetze, von seinem jähzornigen Charakter, seiner wahnsinnigen Verschwendung und seiner unersättlichen Habgier.

Er war sehr dick und hoch, hatte ein braunes und bartloses Gesicht, stieß mit der Zunge an, und schien immer schläfrig; je leiser er aber sprach, desto mehr zitterten alle, die ihn umgaben. Auch eine Frau hatte er gefunden, die zu ihm passte; sie hatte hervorstehende Augen, eine Nase, die dem Schnabel eines Habichts ähnlich sah, ein rundes und gelbes Gesicht, war Zigeunerin von Geburt, jähzornig und rachsüchtig, stand in nichts ihrem Manne nach, der sie bald ins Grab gebracht hätte, und den sie nicht überlebte, obgleich sie im ewigem Zwist und Hader lebten.

Andreis Sohn, Peter, der Großvater von Feodor, war seinem Vater nicht ähnlich; es war ein einfacher Steppenjunker, mit ziemlich tollen Einfällen, Schreihals und Trendler, grob, aber nicht boshaft, gastfreundlich und Liebhaber von Treibjagden.

Er war über dreißig Jahre alt, als er von seinem Vater ein Gut mit zweitausend Leibeigenen, das schuldenfrei und wohlgeordnet war, erbte; doch bald hatte er einen Teil seines Vermögens vergeudet, den andern verkauft, und sein Hausgesinde verwöhnt. Gleich schwarzen Raben, krochen von allen Seiten bekannte und unbekannte kleine Leute in seinen geräumigen, warmen und unreinlichen Gemächern zusammen. Dieses alles aß, was gerade da war, wurde aber satt, betrank sich und schleppte fort, was es nur konnte, den freundlichen Wirt pressend und ehrend. Dieser auch, wenn er nicht bei Laune war, beehrte seine Gäste – mit dem Namen: »Faulenzer und Halunken«, und langweilte sich doch ohne sie.

Die Gemahlin von Peter Andreiitsch war eine stille, sanfte Frau; sie hieß Anna Pawlowna, stammte aus einer benachbarten Familie und er hatte sie nach des Vaters Wahl und auf dessen Befehl geheiratet. Sie mischte sich in nichts, empfing freundlich alle Gäste und liebte es, selbst auszufahren, obgleich das Pudern, nach ihren Worten, ihr mehr zuwider war als der Tod. »Man setzt einem«, erzählte sie in ihrem Alter, »eine Kappe von Werg auf, kämmt alle Haare in die Höh, beschmiert sie mit Talg, bestreut sie mit Mehl, steckt eiserne Stecknadeln hinein, sodass man sich nachher nicht reinwaschen kann; aber ohne Puder kann man nicht ausfahren, die Leute würden sich beleidigt fühlen, – ein wahre Qual!« – Sie liebte es in einer Eguipage, die mit feurigen Pferden bespannt war, spazieren zu fahren, war bereit, von morgens bis abends Karten zu spielen, und bedeckte immer mit der Hand ihren Pfennigverlust, wenn ihr Mann an den Spieltisch trat; ihre ganze Mitgift aber, all ihr Geld hatte sie ihm völlig zur Verfügung gestellt. Sie hatte von ihm zwei Kinder: einen Sohn, Iwan, den Vater Feodors, und eine Tochter, welche Glaphira hieß. Iwan wurde nicht zu Hause, sondern bei einer reichen alten Tante, der Fürstin Kubensky, erzogen. Sie bestimmte ihn zu ihrem Erben, – ohne dem hätte sich der Vater nicht von ihm getrennt – kleidete ihn wie eine Puppe, gab ihm allerhand Lehrer, vertraute ihn der Obhut eines Hauslehrers, eines Franzosen, gewesenen Abbés, eines Schülers von Jean Jacques Rousseau, eines gewissen Mr. Courtin de Vaucelles, eines geschickten und feinen Intriganten, *die fine fleur* der Emigration, wie die Fürstin sich ausdrückte, an und endigte damit, dass sie, fast siebzig Jahre alt, diese feine Blume heiratete; sie verschrieb auf seinen Namen ihr ganzes Vermögen und starb bald nachher, geschminkt, parfümiert mit *à la Richelieu*, umgeben von kleinen Negern, dünnfüßigen Windspielen und kreischenden Papageien auf einem krummen Diwan aus den Zeiten Ludwigs XV. mit einer emaillierten Tabakdose, einer Arbeit Petitots in ihren Händen – und zwar von ihrem Manne verlassen. Der einschmeichelnde Herr Courtin hatte es vorgezogen, sich mit ihrem Gelde nach Paris zu begeben. Iwan war kaum neunzehn Jahr, als dies unerwartete Gewitter sich über seinem Haupte entlud. Er wollte nicht in seiner Tante Haus bleiben, wo er, der eben noch der reiche Erbe gewesen, jetzt auf Gnadenbrot lebte; oder in Petersburg, wo die Gesellschaft, in der er aufgewachsen, sich plötzlich vor ihm verschloss; zum Dienst von den unteren Stufen an, einem schweren und dunklen Dienst, fühlte er Abscheu (das geschah im Anfang der Regierung des Kaisers Alexander); notgedrungen musste er auf seines Vaters Gut zurückkehren. Schmutzig, arm, elend, schien ihm sein heimatliches Nest; die Einsamkeit und der Schmutz des Steppenlebens beleidigten ihn auf jedem Schritte; es nagte an ihm die Langeweile, aber auch alle im Hause, seine Mutter ausgenommen, blickten unfreundlich auf ihn. Seinem Vater gefielen nicht seine Residenzgewohnheiten, seine Fracks, Chapeaux, seine Flöte, seine Reinlichkeit, in welcher er nicht ohne

Unrecht Ekel ahnte; auch klagte und brummte er oft auf den Sohn. »Nichts will ihm hier gefallen«, sagte er, »bei Mittag spielt er den Ekeln, isst nicht, kann den üblen Geruch, die dumpfe Luft nicht ertragen; er ist außer sich, wenn er Betrunkene sieht; in seiner Gegenwart darf man es auch nicht wagen, jemanden durchzuprügeln, dienen will er auch nicht; er sagt, er hätte eine zu schwache Gesundheit: Pfui Teufel, welch zärtliche Puppe! Und das alles kommt daher, weil Voltaire in seinem Kopfe sitzt.« Der Alte liebte weder Voltaire noch auch den »ungläubigen« Diderot, obgleich er keine Zeile aus ihren Werken gelesen hatte – das Lesen war nicht seine Sache.

Peter Andreiitsch hatte recht; wirklich saßen im Kopfe seines Sohnes Diderot und Voltaire – und nicht sie allein – auch Rousseau und Raynal und Helvetius und viele andere ihnen ähnliche Schriftsteller saßen in seinem Kopfe, – doch in seinem Kopfe allein. Der gewesene Lehrer Iwan Petrowitschs, der verabschiedete Abbé und Enzyklopädist begnügte sich, die ganze Masse der Weisheit des achtzehnten Jahrhunderts in ihn hineinzuschütten, und er ging umher, von ihr voll; und sie befand sich in ihm, ohne sich aber mit seinem Blute zu vermischen, ohne in seine Seele zu dringen, ohne zur festen Überzeugung geworden zu sein. Ja, – konnte man aber vor fünfzig Jahren auch Überzeugung von einem jungen Manne fordern, wenn wir noch jetzt nicht zu derselben herangewachsen sind? Iwan Petrowitsch genierte auch die Gäste seines väterlichen Hauses; er ekelte sich vor ihnen, sie fürchteten ihn. Mit seiner Schwester Glaphira, welche zwölf Jahre älter war als er, konnte er sich nicht befreunden. Diese Glaphira war ein besonderes Geschöpf; hässlich, bucklig, mager, mit breit ausgeschlitzten strengen Augen und einem feinen, zusammengedrückten Munde, erinnerte sie durch ihr Gesicht, durch ihre Stimme, durch ihre eckigen schnellen Bewegungen an ihre Großmutter, die Zigeunerin, Andreis Gemahlin. Fest ihrem Ziele nachstrebend, herrschsüchtig, wollte sie nichts von Heirat hören. Die Rückkehr Iwan Petrowitschs wollte ihr ganz und gar nicht gefallen; so lange die Fürstin Kubensky ihn bei sich hatte, hoffte sie wenigstens die Hälfte des väterlichen Erbteiles zu erhalten. Was den Geiz betrifft, war sie ihrer Großmutter ganz ebenbürtig.

Übrigens war Glaphira auf ihren Bruder neidisch; er war so wohlerzogen, sprach so schön Französisch und sie konnte kaum »bongschur« und »kommang wu portewu« sagen. Freilich verstanden ihre Eltern kein Französisch, aber deshalb war sie nicht glücklicher. – Iwan

Petrowitsch wusste nicht, was er vor Gram und Langeweile tun sollte; nicht ganz ein Jahr hatte er im Dorfe zugebracht und ihm schien's, er lebe dort über zehn Jahre. Nur gegen seine Mutter erleichterte er sein Herz und stundenlang saß er in ihren niedrigen Gemächern, das nicht allzu kluge Geplauder der alten Frau anhörend, und überaß sich an Eingemachtem.

Unter den Stubenmädchen von Anna Pawlowna befand sich ein sehr hübsches Mädchen mit hellen sanften Äugelein, gut und bescheiden, Malania oder deutsch Melanie genannt. Sie war Iwan Petrowitsch schon aufgefallen, als er sie das erste Mal sah; er liebte sie, liebte sie ihres schüchternen Ganges, ihrer bescheidenen Antworten, ihrer sanften Stimme, ihres sanften Lächelns wegen; täglich erschien sie ihm reizender. Auch sie liebte Iwan Petrowitsch von ganzer Seele, wie nur russische Mädchen lieben können, und gab sich ihm hin.

Auf einem Landgute kann nichts lange geheim bleiben, bald wussten alle von der Verbindung des Junkers mit Melanie; die Kunde von dieser Verbindung drang endlich auch bis zu Peter Andreiitsch. Zu einer andern Zeit hätte er wahrscheinlich solch eine unwichtige Sache nicht beachtet; er war aber schon lange seinem Sohne gram und freute sich jetzt auf die Gelegenheit, den Petersburger Weisen und Modenarren zu beschämen. Ein furchtbarer Sturm erhob sich; Melanie wurde in ein dunkles Zimmer gesperrt, man forderte Iwan Petrowitsch zu seinem Vater, Anna Pawlowna eilte auf den Lärm herbei. Sie suchte ihren Mann zu beruhigen, Fedor Andreiitsch hörte aber auf nichts mehr; gleich einem Geier stürzte er aus seinen Sohn los, warf ihm Sittenverderbnis, Gottlosigkeit und Heuchelei vor, ließ an ihm den langverhaltenen Groll gegen die Fürstin Kubensky aus, überschüttete ihn mit Schimpfworten.

Anfangs schwieg Iwan Petrowitsch und hielt sich zurück, doch als ihm sein Vater mit einer erniedrigenden Strafe drohte, hielt er es nicht mehr aus. »Der Gottesverächter Diderot ist wieder auf der Szene«, dachte er, »so schicke ich ihn denn zur Attacke, wartet nur; staunen sollt ihr alle.« Und mit ruhiger, gleicher Stimme, obgleich innerlich an allen Gliedern zitternd, sagte er seinem Vater, er hätte unrecht ihn der Sittenverderbnis zu zeihen; er hätte nicht im Geringsten die Absicht, seine Schuld zu beschönigen, doch wolle er sie sühnen, und mit desto größerem Vergnügen, da er allen Vorurteilen fernstehe, nämlich – er sei bereit, Melanie zu heiraten.

Als er diese Worte aussprach, erreichte er zweifelsohne sein Ziel; es erstaunte nämlich Peter Andreiitsch dergestalt, dass er die Augen weit aufsperrte und auf einige Augenblicke die Sprache verlor; doch bald kam er wieder zu sich und, wie er war, in einem mit Grauwerk gefütterten Schlafrock und mit Babuschen auf bloßen Füßen, warf er sich mit vorgestreckten Fäusten auf Iwan Petrowitsch, der, als wäre es absichtlich, diesen Tag die Haare *à la Titus* und einen neuen englischen blauen Frack, Stiefeln mit Quasten und elegante enge lederne Hosen trug.

Laut schrie Anna Pawlowna auf und bedeckte sich das Gesicht mit den Händen; ihr Sohn aber lief davon, lief durch das ganze Haus, sprang in den Küchengarten, lief dann in den Garten, aus dem Garten auf die Landstraße und lief ohne sich umzusehen, bis er seines Vaters schwere Tritte und sein lautes, oft unterbrochenes Geschrei nicht mehr hinter sich hörte.

»Halt, Spitzbube!«, schrie dieser. »Halt, sonst verfluche ich dich!« Iwan Petrowitsch verbarg sich bei Nachbarn und Fedor Andreiitsch kehrte nach Hause, matt und schweißtriefend, zurück, und kaum atmen könnend, sagte er, er enterbe seinen Sohn und versage ihm seinen Segen, befahl alle seine dummen Bücher zu verbrennen und die Magd Melanie sofort in ein entferntes Dorf zu schicken. Es fanden sich gute Leute, die Iwan Petrowitsch aufsuchten, und ihn von allem benachrichtigten.

Beschämt, wütend, schwor er, sich an seinem Vater zu rächen; und noch in derselben Nacht lauerte er dem Bauernkarren, auf welchem Melanie in die Verbannung geschickt wurde, auf, raubte sie mit Gewalt, sprengte mit ihr in die Stadt und ließ sich trauen. Mit Geld hatte ihn ein Nachbar, ein ewig betrunkener, aber sehr guter, verabschiedeter Seemann, ein großer Liebhaber von jeder, wie er sich ausdrückte, edlen Historie, versorgt.

Den folgenden Tag schrieb Iwan Petrowitsch seinem Vater einen giftig-kalten, doch in den artigsten Ausdrücken gehaltenen Brief, und reiste auf das Gut, wo sein Vetter Dmitri Pestoff, mit seiner Schwester, der den Lesern schon bekannten Martha Timotheewna, lebte. Er erzählte ihnen alles, sagte, er beabsichtige nach Petersburg zu reisen, um sich ein Amt zu suchen, und bat sie, auf einige Zeit seine Frau aufzunehmen. Bei dem Worte »Frau« fing er bitterlich an zu weinen, und trotz seiner Philosophie und seiner Erziehung in der Residenz, warf er sich demütig, nach russischer Weise auf die Knie vor seinen Verwandten und schlug selbst die Diele mit seiner Stirn. Die Pestoffs, mitleidige und gute Leute, willigten gern in seine Bitte ein; er blieb fast drei Wochen bei ihnen, im Geheimen eine Antwort von seinem Vater erwartend. Doch keine Antwort kam - und konnte nicht kommen. Als Peter Andreiitsch die Hochzeit seines Sohnes erfahren hatte, legte er sich krank ins Bett und verbot in seiner Gegenwart den Namen Iwan Petrowitschs zu nennen; nur die Mutter hatte, im Geheimen von ihrem Manne, beim Erzpriester fünfhundert Rubel Assignation geborgt und schickte sie, sowie ein kleines Gottesbild der jungen Frau. Zu schreiben fürchtete sie sich, doch ließ sie Iwan Petrowitsch durch einen mageren Bauern, der das Talent hatte, an zehn Meilen in vierundzwanzig Stunden zu gehen, sagen, er solle nicht zu traurig sein; so Gott wolle, würde sich alles zum Besseren wendete und der Vater seinen Zorn in Gnade umwandeln; dass auch sie eine andre Schwiegertochter lieber gesehen hätte, doch wahrscheinlich hätte es Gott so gewollt, und sie schicke an Melanie Sergeiewna ihren mütterlichen Segen. Der magere Bauer bekam einen Rubel, bat um Erlaubnis seine neue Edelfrau, deren Gevatter er war, zu sehen, küsste ihre Hand und lief nach Hause.

Iwan Petrowitsch aber reiste leichten Herzens nach Petersburg, eine unbekannte Zukunft erwartete ihn; vielleicht drohte ihm sogar Armut, doch er trennte sich von dem verhassten Dorfleben, die Hauptsache aber - er hatte seine Lehrer nicht verraten, er hatte durch seine Tat Rousseau, Diderot und *la declaration des droits da l'homme* gerechtfertigt.

Das Gefühl der erfüllten Pflicht, des Triumphs, ein Gefühl des Stolzes erfüllte seine Seele; auch die Trennung von seiner Frau erschreckte ihn nicht so sehr; in größere Verlegenheit hätte ihn die Notwendigkeit gebracht, beständig mit ihr leben zu müssen. Eine Sache war abgetan; jetzt musste er sich um andere Sachen bekümmern.

Gegen seine eigene Erwartung glückte es ihm in Petersburg; die Fürstin Kubensky, welche Mr. Courtin schon verlassen hatte, die aber noch nicht Zeit gehabt hatte zu sterben, rekommandierte ihn, um irgendwie ihre Schuld gegen ihren Neffen wiedergutzumachen, allen ihren Freunden, und schenkte ihm fünftausend Rubel, fast ihr letztes Geld und eine Uhr von Lepic mit seinem Namenszuge in einer Girlande von Amorköpfen.

Keine drei Monate waren vergangen, so hatte er schon eine Stelle als Attachè bei der russischen Gesandschaft in London erhalten und reiste dorthin mit dem ersten abgehenden Schiffe ab. Nach einigen Monaten erhielt er einen Brief von Pestoff. Dieser gute Edelmann gratulierte ihm zu der Geburt eines Sohnes, welcher das Licht der Welt im Dorfe Pokrowskoie den 20. August 1807 erblickt hatte und Feodor, zu Ehren, des heiligen Feodor Stratilats, getauft worden war; wegen ihrer großen Schwäche fügte Melanie Sergeiewna nur einige Zeilen hinzu; aber auch diese wenigen Zeilen setzten Iwan Petrowitsch in Erstaunen; er wusste nicht, dass Maria Timotheewna seiner Frau hatte schreiben gelehrt.

Übrigens gab sich Iwan Petrowitsch nicht lange der süßen Wallung der Vatergefühle hin; er machte einer der berühmten damaligen Phrynen oder Lais die Cour (damals blühten noch die klassischen Namen). Eben war der Friede von Tilsit geschlossen worden und alles eilte, zu genießen, alles drehte sich in einem rasenden Kreise; die schwarzen Augen einer gewandten Schönen hatten ihm den Kopf verdreht. Geld hatte er sehr wenig, aber er spielte sehr glücklich, schloss Bekanntschaften, nahm an allen möglichen Vergnügungen teil, mit einem Worte, er hatte alle Segel aufgezogen.

9.

Lange konnte der alte Lawretzky seinem Sohne die Hochzeit nicht verzeihen; wäre nach einem halben Jahre Iwan Petrowitsch zu ihm gekommen, um ihn um Verzeihung zu bitten, und hätte sich vor ihm auf die Knie geworfen, hätte er ihm wahrscheinlich verziehen, nachdem er ihn erst tüchtig ausgescholten, hätte vielleicht zum größeren Effekt ihm ein paar leise Schläge mit seiner Krücke gegeben; so lebte aber Iwan Petrowitsch im Auslande und bekümmerte sich wenig um die Verzeihung. »Schweige! Unterstehe dich nicht, mir etwas zu sagen!«, wiederholte Peter Andreiitsch seiner Frau jedes Mal, wenn diese es wagte, ein Wort für ihren Sohn einzulegen. »Der Lotterbube muss ewig Gott dafür danken; mein verstorbener Vater hätte ihn eigenhändig erschlagen und hätte recht getan.«

Bei solchen schrecklichen Reden kreuzigte Anna Pawlowna sich im Stillen, was aber die Frau Iwan Petrowitschs betrifft, so wollte Peter

Andreiitsch nichts von ihr hören, und wollte selbst statt Antwort auf Pestoffs Brief, in welchem dieser von seiner Schwiegertochter sprach, sagen, er kenne ganz und gar keine Schwiegertochter, dass aber die Gesetze es verbieten, flüchtige Leibeigene bei sich zu behalten, wovon ihn zu benachrichtigen er für seine Pflicht halte. Als er jedoch später von der Geburt seines Enkels hörte, ließ er sich erweichen, befahl, sich unter der Hand nach der Gesundheit der Mutter zu erkundigen, und schickte ihr, als käme es nicht von ihm, etwas Geld.

Fedia war noch nicht ein Jahr, als Anna Pawlowna tödlich krank wurde. Einige Tage vor ihrem Tode, als sie das Bett nicht mehr verließ, sagte sie, mit furchtsamen Tränen in den verlöschenden Augen, ihrem Manne in Gegenwart des Beichtvaters, sie wünsche ihre Schwiegertochter zu sehen und von ihr Abschied zu nehmen und ihren Segen ihrem Enkel zu geben. Der betrübte Alte beruhigte sie und schickte sofort seine eigene Equipage nach seiner Schwiegertochter, sich zum ersten Male Melanies Ergebener nennend. Sie kam mit ihrem Sohne und mit Martha Timotheewna, die sie um keinen Preis allein zu ihrem Schwiegervater lassen wollte und nicht erlaubt hätte, sie zu beleidigen. Halb tot vor Furcht trat Melanie Sergeiewna in das Kabinett von Peter Andreiitsch; ihr folgte die Wärterin mit Fedia. Schweigend blickte Peter Andreiitsch auf sie; sie neigte sich zu seiner Hand hin, ihre zitternden Lippen konnten sich kaum zu einem lautlosen Kusse schließen.

»Nun, neugebackene Edelfrau«, sagte er endlich, »Guten Tag; komm zur Mutter.«

Er stand auf und beugte sich zu Fedia; das Kind lächelte und streckte zu ihm seine bleichen Ärmchen aus. Der Alte hielt es nicht aus.

»Ach«, sagte er, »du arme Waise. Du hast die Verzeihung deines Vaters erfleht. Ich werde dich nicht verlassen, armer Knabe.«

Kaum in die Stube Anna Pawlownas eingetreten, kniete Melanie Sergeiewna an der Tür nieder. Anna Pawlowna rief sie an das Bett, umarmte sie und segnete ihren Sohn, dann ihr von schmerzlicher Krankheit abgezehrtes Gesicht zu ihrem Manne wendend, wollte sie etwas sagen.

»Ich weiß, ich weiß, was du sagen willst«, sprach Peter Andreiitsch, »sei ruhig, sie bleibt bei uns, und auch Iwan verzeihe ich um ihretwillen.«

Anna Pawlowna erhaschte mit Mühe die Hand ihres Mannes und drückte sie an ihre Lippen; denselben Abend war sie nicht mehr.

Peter Andreiitsch hielt sein Wort. Er benachrichtigte seinen Sohn, dass er wegen des Todes seiner Mutter, wegen des kleinen Feodor, ihm seinen Segen wiedergebe, und Melanie Sergeiewna bei sich behalte. Sie bekam zwei Zimmer in den Entresols, er stellte sie seinen geehrtesten Gästen, dem einäugigen Brigadier Skurechin und seiner Frau vor, schenkte ihr zwei Dienstmägde und einen kleinen Jungen zur Bedienung. Martha Timotheewna nahm von ihr Abschied; vom ersten Augenblick an hasste sie Glaphira und hatte sich im Laufe eines einzigen Tages mit ihr dreimal gezankt.

Schwer und unheimlich war es der armen Frau im Anfange; später aber fand sie sich in ihr Schicksal und gewöhnte sich an ihren Schwiegervater. Auch er gewöhnte sich an sie, gewann sie sogar lieb, obgleich in seinen Liebkosungen selbst immer etwas Verächtliches durchblickte, und er sehr selten mit ihr sprach. Am meisten hatte aber Melanie Sergeiewna von ihrer Schwägerin zu leiden. Schon bei Lebzeiten ihrer Mutter hatte es Glaphira verstanden, die Zügel des Hauses in ihre Hände zu nehmen; alle, vom Vater an, unterwarfen sich ihr; ohne ihre Erlaubnis erhielt niemand selbst ein Stück Zucker; sie hätte den Tod vorgezogen, als mit einer andern Hausfrau die Gewalt zu teilen – und mit was für einer Hausfrau noch. Die Hochzeit ihres Bruders hatte sie noch mehr als ihren Vater aufgebracht, und sie nahm sich vor, die Erziehung des Emporkömmlings zu leiten; so wurde denn Melanie Sergeiewna vom ersten Augenblicke an ihre Sklavin. Wie konnte auch sie, die schweigsame, stets verlegene und erschrockene, schwache Frau mit der eigenwilligen, stolzen Glaphira ringen wollen? Kein Tag verging, ohne dass Glaphira sie an ihren früheren Stand erinnerte, ohne dass sie sie lobte, dass sie es nicht vergesse, wer sie sei. Melanie Sergeiewna hätte diese Mahnungen und Lobsprüche, so bitter sie auch waren, gern übersehen … man hatte ihr aber Fedia genommen und das schmerzte sie tief.

Unter dem Vorwande, sie sei nicht imstande, sich mit seiner Erziehung zu befassen, ließ man sie fast nie zu ihm; das hatte Glaphira übernommen. Das Kind kam völlig in ihre Gewalt. Aus Kummer darüber begann Melanie Sergeiewna Iwan Petrowitsch anzuflehen, er solle doch zurückkehren; auch Peter Andreiitsch wünschte seinen Sohn zu sehen, doch fand dieser in seinen Briefen immer einen Vorwand, warum er nicht käme, er dankte dem Vater für die Sorge um seine Frau, für das Geld, das ihm geschickt wurde, versprach zu kommen, – und kam nicht. – Endlich rief ihn das Jahr 1812 aus dem Auslande. Sich nach einer sechsjährigen Trennung wiedersehend, umarmten sich Vater und Sohn und erwähnten mit keinem Worte ihre früheren Misshelligkeiten; dazu war damals keine Zeit: Ganz Russland rüstete sich gegen den Feind und beide fühlten, dass russisches Blut in ihren Adern rinne.

Auf seine Kosten uniformierte Peter Andreiitsch ein ganzes Regiment Miliz; doch der Krieg endigte, die Gefahr zog vorbei; wieder begann Iwan Petrowitsch, sich zu langweilen, wieder zog es ihn hin in die Ferne, in jene Welt, mit der er verwachsen war, und wo er sich zu Hause fühlte. Melanie Sergeiewna konnte ihn nicht zurückhalten, so bedeutungslos war sie für ihn. Selbst ihre Hoffnungen gingen nicht in Erfüllung. Auch ihr Mann fand, es sei viel schicklicher, Fedias Erziehung Glaphiren anzuvertrauen. Iwan Petrowitschs arme Frau brach unter diesem Schlage, unter dem Schmerze der zweiten Trennung zusammen. Ohne ein Wort des Vorwurfs zu sprechen, verlosch sie in einigen Tagen; während ihres ganzen Lebens hatte sie niemandem zu widerstehen verstanden, so kämpfte sie auch mit ihrer Krankheit nicht; sie hatte schon die Sprache verloren, schon legten sich Grabesschatten auf ihr Antlitz, ihre Züge aber drückten, wie immer, noch den Zweifel der Geduld und sanfte Ergebung aus; mit derselben stummen Ergebung blickte sie auf Glaphiren, und wie Anna Pawlowna auf ihrem Totenbette Peter Andreiitsch die Hand geküsst hatte, so drückte sie Glaphirens Hand an ihre Lippen, indem sie ihr, Glaphiren! – ihren einzigen Sohn anvertraute.

So endigte dieses stille und gute Wesen seine irdische Laufbahn, das, Gott weiß es warum, aus dem heimischen Boden gerissen und sofort wieder weggeworfen worden war, weggeworfen wie ein aus dem Erdboden gerissener Baum, die Wurzeln hin zur Sonne gekehrt; dieses Wesen welkte hin, es verschwand spurlos, – und niemand weinte um dasselbe. Melanie Sergeiewna wurde nur von ihren Kammermädchen und von Peter Andreiitsch bedauert. Dem Alten fehlte ihr gutes Gesicht, ihre schweigsame Gegenwart. »Leb wohl, mein stummes Schäfchen«, murmelte er, sie zum letzten Male grüßend. Er weinte, als er eine Handvoll Erde auf ihren Sarg warf.

Er selbst überlebte sie nicht lange, nicht mehr als fünf Jahre. Er starb sanft in Moskau, wohin er mit Glaphiren und seinem Enkel sich übergesiedelt hatte, und befahl, man solle ihn neben Anna Pawlowna und Melanie begraben. Iwan Petrowitsch befand sich damals in Paris, zu seinem Vergnügen; er hatte seine Entlassung bald nach 1815 genommen. Als er vom Tode seines Vaters hörte, entschloss er sich, nach Russland zurückzukehren. Er musste daran denken, das Vermögen in Ordnung zu bringen, auch musste er an Fedia denken, der, Glaphirens Briefe zufolge, schon zwölf Jahre zählte, sodass es höchste Zeit war, ernstlich an seine Erziehung zu denken.

10.

Iwan Petrowitsch kehrte als Angloman nach Russland zurück, trug kurz geschorene Haare, ein steifgestärktes Jabot, einen langen erbsenfarbigen Überrock mit einer Menge kleiner Kragen, sein Gesicht hatte einen sauren Ausdruck, sein Umgang war schneidend und zugleich gleichgültig, er sprach durch die Zähne, sein Lachen kam unerwartet und klang hohl, seine Unterhaltung drehte sich ausschließlich um Politik und politische Ökonomie; er hatte eine Leidenschaft für bluttriefende Roastbeefs und Portwein – von ihm wehte, sozusagen, nur Großbritannien, er war von dessen Geiste ganz durchdrungen; aber – sonderbar zu sagen, – zu derselben Zeit, als er sich in einen Angloman verwandelt hatte, war Iwan Petrowitsch Patriot geworden, wenigstens nannte er sich Patriot, obgleich er Russland schlecht kannte, sich an keine russische Gewohnheit hielt und ein sonderbares Russisch sprach. In den gewöhnlichen Unterhaltungen strotzte seine Rede von Gallizismen; kaum aber drehte sich die Unterhaltung um ernste Gegenstände, so gebrauchte Iwan Petrowitsch sofort Ausdrücke wie »neue Beweise des Selbsteifers darbieten«, »dieses stimmt mit der Natur selbstesfalles nicht überein«, und so weiter.

Iwan Petrowitsch hatte einige Manuskripte von Entwürfen zur Regelung und Vervollkommnung der Regierung mitgebracht; er war mit allem, was er sah unzufrieden, besonders erregte Mangel an System seine Galle. Als er mit seiner Schwester zusammentraf, waren seine ersten Worte: Er wolle gründliche Reformen einführen, alles würde künftig bei ihm nach einem neuen Systeme gehen. Glaphira Petrowna gab keine Antwort, presste die Zähne zusammen und murmelte vor sich hin: »Wohin soll ich aber dann?« Als sie jedoch ins Dorf mit ihrem Bruder und ihrem Neffen gekommen war, beruhigte sie sich bald. – Wirklich fanden im Hause einige Veränderungen statt. Die Schmarotzer und alle nicht zum Hause Gehörigen wurden sofort verbannt; leider litten in ihrer Zahl zwei alte Frauen – eine Blinde und eine, die vom Schlage gelähmt war, und noch ein alter Major aus den Zeiten von Otschakoff, den man wegen seines in der Tat bemerkenswerten Heißhungers nur mit Kommissbrot und Linsen fütterte. Auch wurde der Befehl erlassen, die früheren Gäste nicht mehr zu empfangen, sie alle ersetzte ein blonder, an Skropheln leidender Baron, ein entfernter Nachbar und sehr gebildeter und trotzdem sehr dummer Mensch.

Aus Moskau kamen neue Möbel an; Spucknäpfe, Klingeln, Waschtischchen wurden eingeführt; das Frühstück wurde anders serviert; ausländische Weine ersetzten die verschiedenen Branntweine und Ratasias; die Diener bekamen neue Livreen; zu dem Familienwappen kam noch das Motte: *in recto virtus*.

In der Tat war die Gewalt von Glaphira nicht im Geringsten vermindert worden; alle Ausgaben und Einkäufe hingen wie früher von ihr ab. Der aus dem Auslande mitgebrachte Kammerdiener, ein geborener Elsässer, versuchte es zwar, mit ihr zu ringen, – verlor aber seinen Platz, obgleich der Herr selbst ihn begünstigte. Was die Landwirtschaft, die Verwaltung der Güter (auch in diese Sachen mischte sich Glaphira Petrowna) betrifft, so blieb alles beim Alten, obgleich Iwan Petrowitsch oft seine Absicht aussprach, nettes Leben in dieses Chaos zu bringen. Der Pachtzins nur wurde hier und da gesteigert und die Robottarbeiten wurden schwerer, ja es wurde den Bauern sogar verboten, sich an Iwan Petrowitsch selbst zu wenden. Der Patriot hegte große Verachtung für seine Mitbürger; Iwan Petrowitschs System wurde in seiner ganzen Kraft nur auf Fedia angewandt: Seine Erziehung, in der Tat, ward einer »gründlichen« Reform unterworfen, – mit ihm beschäftigte sich sein Vater ausschließlich.

11.

Bis zur Rückkehr von Iwan Petrowitsch aus dem Auslande befand sich, wie wir schon gesagt haben, Fedia unter der Obhut von Glaphira Petrowna. Er war noch nicht acht Jahre, als seine Mutter starb; er sah sie nicht jeden Tag und liebte sie leidenschaftlich. Das Andenken an sie, an ihr sanftes und bleiches Antlitz, an ihre traurigen Blicke und schüchternen Liebkosungen grub sich auf ewig in sein Herz; dunkel ahnte er ihre Lage im Hause; er fühlte, zwischen ihm und ihr sei eine Grenze, die sie nicht zu überschreiten wage, die sie nicht vernichten könne. Es zog ihn nicht zu seinem Vater, auch liebkoste ihn Iwan Petrowitsch selten; sein Großvater streichelte ihm von Zeit zu Zeit den Kopf und erlaubte ihm, seine Hand zu küssen, nannte ihn aber einen kleinen Bären und hielt ihn für dumm. Nach dem Tode von Melanie Sergeiewna nahm ihn seine Tante völlig in ihre Hände. Fedia fürchtete sie, fürchtete ihre hellen, scharfen Augen, ihre schneidende Stimme; in ihrer Gegenwart wagte er keinen Laut von sich zu geben; wenn er zuweilen sich kaum auf seinem Stuhle rührte, hörte er sie schon zischen: »Wohin? Sitz ruhig.« – Sonntags, nach der Messe, war es ihm erlaubt, zu spielen, das heißt man gab ihm ein dickes Buch, ein geheimnisvolles Buch, das Werk eines gewissen Maximowitsch-Ambodyk, unter dem Titel »Symbole und Embleme«. In diesem Buche befanden sich an tausend rätselhafte Bilder, mit noch rätselhafteren Erklärungen in fünf Sprachen. In diesen Bildern spielte Kupido mit einem nackten dicken Körper eine große Rolle. Zu einem derselben unter dem Titel »Safran und Regenbogen« war die Erklärung: »Ihre Wirkung ist groß«; unter einem andern Bilde, welches einen fliegenden Reiher mit einem Veilchen im Schnabel darstellte, stand das Motiv: »Dir sind sie alle bekannt.« – »Kupido und ein Bär, der seine Kleinen leckt«, bedeuteten »nach und nach«.

Fedia betrachtete diese Zeichnungen, alle waren ihm bis ins Kleinste bekannt: Einige, immer ein und dieselben, machten ihn nachdenken und weckten seine Einbildungskraft; eine andere Zerstreuung kannte er nicht. Als die Zeit kam, ihm Sprachen zu lehren, mietete Glaphira Petrowna für einen Spottpreis eine alte Demoiselle, eine Schwedin mit roten Kaninchenaugen, die sehr fehlerhaft Französisch und Deutsch sprach, kaum Klavier spielen konnte, aber vortrefflich Gurken einzusalzen verstand. In der Gesellschaft dieser Lehrerin, seiner Tante und noch einer alten Dienstmagd, Wassiljewna, verbrachte Fedia vier lange Jahre.

Zuweilen sitzt er in einem Winkel mit seinen »Emblemen«. In der niedrigen Stube riecht es nach Geranium, trübe brennt ein einziges Talglicht, ein Heimchen zirpt einförmig, als langweile es sich, die kleine Wanduhr pickt eilig an der Wand, verstohlen kratzt und nagt eine Maus hinter der Tapete und die drei alten Jungfern bewegen schweigend und eilig, den Parzen gleich, ihre Stricknadeln, die Schatten ihrer Hände laufen bald hin und her, bald zittern sie sonderbar im Halbdunkel, und sonderbare, sogar düstere Gedanken drängen sich im Kopfe des Knaben auf. Niemand hätte Fedia ein interessantes Kind genannt; er war ziemlich bleich, aber dick, ungeschickt gebaut und ungelenk, – ein wahrer Bauer, wie Glaphira Petrowna sich ausdrückte; die Blässe wäre bald von seinem Gesichte verschwunden, wenn man ihn öfter in freier Luft hätte herumlaufen lassen. Er lernte ziemlich gut, obgleich er oft faul war; niemals weinte er; doch zuweilen überkam ihn ein wilder Eigensinn; in solchen Augenblicken vermochte niemand etwas über ihn, Fedia liebte niemanden von denen, die ihn umgaben … weh' dem Herzen, dass in der Jugend nicht geliebt hat.

So fand ihn Iwan Petrowitsch und wandte, ohne Zeit zu verlieren, sein System auf ihn an. »Vor allem will ich aus ihm einen Menschen machen, *un homme*«, sagte er zu Glaphira Petrowna, »und nicht allein einen Menschen, sondern auch einen Spartaner.« Um sein Ziel zu erreichen, begann Iwan Petrowitsch damit, dass er seinem Sohne ein schottisches Kostüm gab; der zwölfjährige Knabe ging mit nackten Waden und einer Hahnenfeder an seiner Mütze herum, die Schwedin ersetzte ein junger Schweizer, der alle Feinheiten der Gymnastik kannte; die Musik wurde als eine des Mannes unwürdige Kunst auf ewig verbannt; mit Naturgeschichte, allgemeinem Rechte, Mathematik, Tischlerei, nach dem Rate Jean-Jacques Rousseaus, und mit Heraldik, zur Stärkung der ritterlichen Gefühle, musste sich der zukünftige »Mensch« beschäftigen; man weckte ihn um vier Uhr morgens, begoss ihn sofort mit eiskaltem Wasser, und er musste an einem Stricke um eine hohe Säule herum laufen; er aß nur einmal am Tage, bekam ein einziges Gericht, ritt, schoss mit der Armbrust; bei jeder passenden Gelegenheit musste er sich, nach dem Beispiele seines Vaters, in der Kraft des Willens üben, und jeden Abend musste er sich in einem besonderen Hefte Rechenschaft über den vergangenen Tag und über seine Eindrücke geben; Iwan Petrowitsch seinerseits schrieb ihm seine Verhaltungsregeln auf Französisch und nannte ihn in denselben *mon fils* und sagte zu ihm *vous*. Auf Russisch sprach Fedia zu seinem Vater »vous«; durfte sich aber nicht in seiner Gegenwart setzen. Das »System« machte den Knaben ganz irre, brachte allerhand tolles Zeug in seinen Kopf und drückte denselben zusammen; auf seine Gesundheit dagegen wirkte die neue Lebensart ganz segensreich. Anfangs freilich bekam er das hitzige Fieber, bald aber wurde er wieder gesund und ward kräftig und rüstig. Der Vater war stolz auf ihn und nannte ihn in seiner sonderbaren Sprache: »Sohn der Natur, meiner Schöpfung«. Als Fedia sechzehn Jahre alt war, hielt es Iwan Petrowitsch für seine Pflicht, ihn so bald als möglich Verachtung des weiblichen Geschlechtes einzuflößen, und der junge Spartaner mit zaghaftem Herzen, mit dem ersten Flaum auf der Lippe, voll von Saft, Kraft und Blut, suchte schon gleichgültig, kalt und grob zu scheinen.

Inzwischen schwand die Zeit dahin, Iwan Petrowitsch verbrachte die größte Zeit des Jahres in Lawriky, so hieß das größte seiner Rittergüter, das zugleich auch das Stammgut seiner Familie war. Im Winter reiste er nach Moskau allein, wohnte im Gasthause, besuchte fleißig den Club, spielte den Redner, erklärte seine Pläne in den Salons, spielte mehr als je den Anglomanen, den Diffizilen, den Staatsmann. Doch da brach das Jahr 1825 an; nahe Bekannte und Freunde von Iwan Petrowitsch mussten schwere Prüfungen ertragen, Iwan Petrowitsch zog sich eilig in sein Dorf zurück und verschloss sich in seinem Hause. Es schwand noch ein Jahr dahin und die Gesundheit Iwan Petrowitschs brach plötzlich zusammen, er wurde schwach, er siechte hin. Der Freigeist besuchte jetzt fleißig die Kirchen, ließ Messen lesen; der Europäer nahm russische Schwitzbäder, aß um zwei Uhr zu Mittag, legte sich um neun Uhr schlafen, schlummerte beim Geschwätz eines alten Haushofmeisters ein; der Staatsmann verbrannte alle seine Pläne, seine Korrespondenz, zitterte vor dem Gouverneur, schwänzelte vor dem Isprawnik; der Mann mit eisernem Willen schluchzte und klagte, wenn er ein kleines Geschwür bekam, wenn man ihm einen Teller kalte Suppe brachte. Wieder ward Glaphira Petrowna die Alleinherrscherin im Hause; wieder gingen die Verwalter, die Schulzen und einfachen Bauern auf der Hintertreppe zum »alten Geizhals«, wie sie das Gesinde nannte.

Die Veränderung Iwan Petrowitschs setzte seinen Sohn höchlichst in Erstaunen, er war neunzehn Jahre, begann zu denken und die Last der auf ihm ruhenden Hand abzuschütteln; schon früher hatte er den Widerspruch zwischen den Taten und den Worten seines Vaters, zwischen seinen freisinnigen Ideen und zwischen seinem engherzigen, kleinlichen Despotismus bemerkt; der alte Egoist sprach sich selbst offen aus. Der junge Lawretzky wollte eben nach Moskau reisen, um sich zur Universität vorzubereiten, als sich ein nettes, unerwartetes Unglück über dem Haupte Iwan Petrowitschs entlud: Er erblindete, erblindete hoffnungslos und an einem einzigen Tage.

Der Geschicklichkeit der russischen Ärzte nicht trauend, suchte er um die Erlaubnis nach, ins Ausland reisen zu dürfen; dies wurde ihm verweigert. Da nahm er seinen Sohn mit sich und wanderte drei Jahre in ganz Russland von einem Arzte zum andern, fortwährend aus einer Stadt in die andere reisend und die Ärzte, den Sohn und seine Bedienung durch seine Kleinmütigkeit und seine Ungeduld zur Verzweiflung bringend.

Vollkommen kraftlos, als stets weinendes, kapriziöses Kind, kehrte er nach Lawriky zurück; für seine Umgebung begannen schwere Tage, alle, die ihn umgaben, hatten viel von ihm zu leiden. Er war nur ruhig, wenn er zu Mittag aß; niemals hatte er so viel und mit solcher Gier gegessen; die übrige Zeit war er sich selbst und allen zur Last. Er betete, murrte über die Vorsehung, schimpfte sich selbst, die Politik, sein System, schimpfte alles, womit er geprahlt hatte und worauf er stolz gewesen war, alles was er früher seinem Sohne als Beispiel zeigte; er wiederholte, er glaube an nichts – und war den nächsten Augenblick in Gebet versunken; konnte keinen Augenblick allein bleiben und forderte von seiner Umgebung, dass sie beständig, Tag und Nacht, neben seinem Sessel sitzen und ihn mit Erzählungen, die er fortwährend durch die Ausrufungen: »Ihr lügt alles, welch ein Unsinn!«, unterbrach, zerstreuen sollte.

Besonders hatte Glaphira Petrowna von ihm zu leiden; er konnte keinen Augenblick ohne sie sein, und bis zum letzten Augenblicke willfahrtete sie allen Launen des Kranken, obgleich sie zuweilen sich nicht entschloss, ihm sofort zu antworten, um nicht die sie erdrückende Wut zu verraten. So vegetierte er zwei Jahre hindurch und starb in den ersten Tagen des Mais, sich auf dem Balkon sonnend. »Glaphira, Glaphira! Gib mir Bouillon, du alte He...«, lispelte seine erstarrende

Zunge, und schwieg ohne das letzte Wort aussprechen zu können, auf ewig. Glaphira Petrowna, welche eben eine Tasse Bouillon aus den Händen des Haushofmeisters gerissen hatte, blieb stehen, blickte ihrem Bruder ins Gesicht, schlug langsam ein großes Kreuz und entfernte sich schweigend. Der gleichfalls anwesende Sohn sprach ebenfalls kein Wort, er lehnte sich auf das Geländer des Balkons und blickte lange hinab in den Garten, der voll von Wohlgeruch und jungem Grün war, und in den Strahlen der goldenen Frühlingssonne glühte. Er war jetzt dreiundzwanzig Jahre; wie schrecklich, wie unbemerkt waren diese dreiundzwanzig Jahre entschwunden. Ihm erschloss sich jetzt das Leben.

12.

Nach dem Begräbnis seines Vaters vertraute der junge Lawretzky die Verwaltung seiner Güter derselben unvermeidlichen Glaphira Petrowna an, und reiste nach Moskau, wohin ihn ein dunkles Gefühl unwiderstehlich trieb. Er fühlte die Mängel seiner Erziehung und hatte die Absicht, das Verlorene nach Möglichkeit wiedergutzumachen. Die letzten fünf Jahre hatte er viel gelesen und so manches gesehen, viele Gedanken hatten seinen Kopf durchkreuzt, so mancher Professor hätte ihn um viele seiner Kenntnisse beneidet, dagegen entging ihm aber auch so manches, was jedem Gymnasiasten längst bekannt ist.

Lawretzky fühlte, dass er frei sei, fühlte sich aber auch im Stillen als Sonderling.

Einen schlechten Spaß hatte der Angloman seinem Sohne gespielt; die eigenwillige Erziehung hatte ihre Früchte getragen. Lange hatte er sich vor seinem Vater gebeugt; und als er ihn endlich durchschaut hatte, war das Unheil schon geschehen, die Gewohnheiten hatten Wurzel gefasst. Er verstand es nicht, mit Leuten umzugehen; dreiundzwanzig Jahre alt, im beschämten Herzen nach Liebe dürstend, hatte er bisher nicht gewagt, einem Weibe ins Auge zu schauen. Bei seinem hellen und gesunden, obgleich etwas schwerfälligen Verstande, bei seinem Hange zum Eigensinn, zur Selbstbetrachtung und Trägheit hätte er früh in den Strudel des Lebens geraten sollen; man hatte ihn aber in einer erkünstelten Einsamkeit gehalten. Jetzt war der Zauberkreis zerrissen und doch blieb er auf derselben Stelle stehen, in sich selbst verschlossen.

Lächerlich war es, in seinen Jahren die Studentenuniform anzuziehen, er fürchtete aber den Spott nicht, das war ein Nutzen seiner spartanischen Erziehung, denn sie hatte in ihm Verachtung fremden Geredes entwickelt. Er trat in die physicomathematische Fakultät; gesund, rotbäckig, bärtig, schweigsam, machte er einen sonderbaren Eindruck auf seine Kommilitonen; sie ahnten nicht, dass in diesem finsteren Manne, der zu den Vorlesungen regelmäßig in einem breiten, zweispännigen Bauernschlitten gefahren kam, sich fast ein Kind barg; er schien ihnen ein sonderbarer Pedant zu sein, sie brauchten ihn nicht und suchten seine Gesellschaft nicht, er seinerseits ging ihnen aus dem Wege. In den zwei ersten Jahren, die er auf der Universität verbrachte, schloss er sich nur einem einzigen Studenten, bei dem er lateinische Stunden nahm, näher an. Dieser Student, namens Michalewitsch, ein Enthusiast und Dichter, gewann Lawretzky aufrichtig lieb und ward zufällig Ursache einer wichtigen Veränderung in seinem Leben.

Einst, im Theater, (Motschaloff[1] stand damals auf dem Gipfel seines Ruhmes und Lawretzky versäumte keine der Vorstellungen) sah er in einer Loge des ersten Ranges ein Mädchen, – und obgleich kein Mädchen seinem finstern Gesichte vorbeiging, ohne dass sein Herz erzitterte, so hatte es doch niemals so laut geschlagen. Auf den Samt der Loge gelehnt, bewegte sich das Mädchen nicht; reizbares, junges Leben spielte in jedem Zuge ihres dunklen, runden, schönen Gesichtes; ihre schönen Augen, die aufmerksam und sanft unter den feinen Augenbrauen hervorblickten, der flüchtige Spott ihrer ausdrucksvollen Lippen, selbst die Haltung ihres Kopfes, ihrer Hände, ihres Nackens, alles zeugte von Scharfsinn und Geist; sie war reizend gekleidet. Neben ihr saß eine gelbe und runzlige Frau von fünfundvierzig Jahren mit ausgeschnittenem Kleide, in einem schwarzen Barett, mit einem zahnlosen Lächeln auf dem gespannt-bekümmerten und leeren Gesichte, und in der Tiefe der Lage saß ein ältlicher Mann in einem weiten Überrock und hohen Halstuche, mit dem Ausdrucke stumpfsinnigen Hochmuts und einschmeichelnden Argwohns in den kleinen Augen, mit gefärbtem Schnurr- und Backenbart, einer bedeutungslosen unge-

1 Berühmter russischer Tragiker.

heuren Stirn und hängenden Wangen, allem Anschein nach ein verabschiedeter General.

Lawretzky wandte seine Augen nicht von dem Mädchen ab, die solch einen Eindruck auf ihn gemacht, als sich plötzlich die Loge öffnete und Michalewitsch hereintrat. Das Erscheinen dieses Mannes, fast seines einzigen Bekannten in ganz Moskau, sein Erscheinen in der Gesellschaft des einzigen Mädchens, die seine ganze Aufmerksamkeit in Anspruch genommen hatte, schien für Lawretzky bedeutungsvoll und sonderbar. Er fuhr fort, in die Loge zu blicken und bemerkte, dass alle die sich in derselben befanden, mit Michalewitsch wie mit einem alten Bekannten umgingen. Die Vorstellung interessierte Lawretzky nicht mehr, Motschaloff selbst, obgleich er eine seiner Forcerollen spielte, machte auf ihn nicht mehr den gewohnten Eindruck. Bei einer sehr pathetischen Stelle blickte Lawretzky unwillkürlich auf seine Schöne; sie hatte sich ganz aus der Loge gelehnt; ihre Augen glühten; unter dem Einflusse seines festen Blickes wandten sich ihre auf die Szene gehefteten Blicke langsam auf das Publikum und blieben auf ihm haften ... Die ganze Nacht träumte er nur von diesen Augen. Endlich war der künstlich aufgeworfene Damm durchbrochen; Lawretzky zitterte und brannte und glühte und fuhr am folgenden Tage zu Michalewitsch.

Er erfuhr von ihm, dass die Schöne Warwara Pawlowna Korobiin hieß, dass der alte Herr und die alte Dame, die mit ihr in der Loge saßen, ihr Vater und ihre Mutter seien, dass er, Michalewitsch, ihre Bekanntschaft vor einem Jahre gemacht habe, als er Hauslehrer bei dem Grafen N. war. Der Enthusiast sprach mit großen Lobsprüchen von Warwara Pawlowna.

»Dies Wesen«, rief er mit der ihm eigenen Stakkato-Gesangsweise in der Stimme, »dieses Mädchen – ist ein wunderbares, geniales Geschöpf, eine Künstlerin im echten Sinne des Wortes und dabei äußerst gut.«

Da er aus den Fragen Lawretzkys sah, welchen Eindruck Warwara Pawlowna auf ihn gemacht hatte, so trug er es ihm von selbst an, ihn ihr vorzustellen, indem er hinzufügte, dass er in ihrem Hause wie ein Verwandter aufgenommen wäre, dass der General nicht im Geringsten stolz sei und dass die Mutter so dumm wäre, wie es kaum erlaubt wäre zu sein.

Lawretzky errötete, murmelte ein paar undeutliche Worte und lief fort. Fünf ganze Tage kämpfte er mit seiner Schüchternheit; am sechsten zog der junge Spartaner eine neue Uniform an und gab sich in die Hände von Michalewitsch, welche, da er ein naher Bekannter Korobiins war, sich begnügten, seine Haare etwas in Ordnung zu bringen und beide fuhren zu Korobiins.

13.

Warwara Pawlownas Vater, Pawel Petrowitsch Korobiin, Generalmajor außer Diensten, hatte sein ganzes Leben in Petersburg gedient; in seiner Jugend galt er für einen guten Tänzer und Offizier, befand sich, weil er arm war, als Adjutant bei zwei oder drei ziemlich hässlichen Generälen, heiratete die Tochter eines derselben und bekam als Mitgift fünfundzwanzigtausend Rubel, begriff bis in die grüßten Feinheiten die Geheimnisse des Exerzierens und der Revue, diente in den unteren Graden und brachte es endlich, nach einigen zwanzig Jahren, bis zum General und bekam ein Regiment.

Hier hätte er ausruhen und ohne Übereilung sich ein Vermögen machen sollen; darauf hatte er auch gerechnet, aber er führte die Sache etwas unvorsichtig; er erfand ein neues Mittel, die Regimentsgelder in Umlauf zu bringen – das Mittel war vortrefflich, nur geizte er zur Unzeit. Es fand sich ein Angeber, und er geriet in etwas, was mehr war als eine Unannehmlichkeit, er geriet in eine äußerst schmutzige Geschichte. Mit genauer Not entschlüpfte der General derselben, seine Karriere aber war vernichtet; man riet ihm, seinen Abschied zu nehmen; ein paar Jahre trieb er sich in Petersburg herum, in der Hoffnung, dass irgendeine warme Zivilversorgung ihn aufsuchen würde; doch die Zivilversorgung wollte ihn nicht aufsuchen, seine Tochter verließ das Institut, die Ausgaben vergrößerten sich mit jedem Tage … so schwer es ihm auch fiel, entschloss er sich, nach Moskau überzusiedeln, um dort billig leben zu können, mietete sich in der alten Stallhofstraße ein kleines niedriges Haus mit einem klafterlangen Wappenschild auf dem Dache und lebte als Moskauischer verabschiedeter General, zweitausendsiebenhundert Rubel Silber jährlich verzehrend.

Moskau ist eine ganz freundliche Stadt, bereit, den ersten besten freundlich aufzunehmen, – warum nicht umso mehr Generäle? Die schwerfällige, aber militärisch stramme Gestalt Pawel Petrowitschs war bald in den besten Salons von Moskau zu erblicken. Sein nackter Scheitel, auf welchem Zöpfchen gefärbter Haare hingen, und das schmutzige rote Band des Annenordens auf einem blauschwarzen Halstuche wurde bald allen sich langweilenden und bleichen Jünglingen, die sich finster während der Tänze um die Spieltische bewegen, bekannt; Pawel Petrowitsch verstand es, sich eine Stellung in der Gesellschaft zu verschaffen; er sprach wenig, näselte aber, aus alter Gewohnheit, – freilich nicht mit höher stehenden Leuten; spielte vorsichtig, aß zu Hause mäßig, war aber zu Gaste für Sechs.

Von seiner Frau ist fast nichts zu reden: Sie hieß Kalliope Carlowna; ihr linkes Auge schwamm immer in Tränen, woher Kalliope Carlowna (sie stammte von deutschen Eltern) sich selbst für eine gefühlvolle Dame hielt; schien fortwährend jemanden zu fürchten, sich niemals satt gegessen zu haben, trug enge samtene Kleider und trübe, getriebene Armbänder.

Die einzige Tochter von Pawel Petrowitsch und Kalliope Carlowna, Warwara Pawlowna, hatte eben das siebzehnte Jahr zurückgelegt, als sie das Institut verließ, wo sie, wenn auch nicht für die erste Schönheit, doch auf jeden Fall für die klügste Schülerin und die beste Musikerin galt, und wo sie die Chiffre bekam;[2] sie war noch nicht neunzehn Jahre, als Lawretzky sie zum ersten Mal erblickte.

14.

Dem Spartaner schlotterten die Knie, als Michalewitsch ihn in den ziemlich schlecht möblierten Salon der Korobiin einführte und den Wirtsleuten vorstellte, doch das Gefühl der Schüchternheit verschwand bald. Beim General gesellte sich zu der allen Rassen eigentümlichen Gutmütigkeit noch die, allen etwas befleckten Leuten eigene Freundlichkeit. Die Generalin trat bald in den Schatten; was Warwara Pawlowna betrifft, so war sie so ruhig und mit so vielem Selbstvertrauen freundlich, dass jedermann sich in ihrer Gegenwart heimisch fühlte;

2 Dies ist eine goldene Chiffre oder der Namenszug der Kaiserin, der auf blauem Bande auf der linken Schulter getragen und den besten Schülerinnen der Kroninstitute verliehen wird. Anmerkung des Übersetzers.

auch wehte von ihrer ganzen, reizenden Gestalt, aus ihren lächelnden Augen, von ihren unschuldigen, gewölbten Schultern und blassrosafarbenen Händen, von ihrem leichten, und doch scheinbar müden Gange, aus dem Klange selbst ihrer Stimme, die so süß, so bedächtig war – ein unerklärlicher, dem feinen Dufte ähnlicher, einschmeichelnder Reiz, eine noch verschämte Wollust, etwas, was in Worten nicht auszudrücken ist, aber was rührte und aufregte, – und auf jeden Fall einen nicht zur Schüchternheit stimmte.

Lawretzky lenkte die Unterhaltung auf das Theater, auf die gestrige Vorstellung; sie begann sofort unaufgefordert von Motschaloff zu sprechen und begnügte sich nicht mit Seufzern und Ausrufungen, sondern machte einige, von Fraueuscharfsinn durchdrungene Bemerkungen über sein Spiel. Michalewitsch sprach von Musik und sie setzte sich, ohne sich zu genieren, ans Klavier, und spielte mit Gefühl einige Mazurken von Chopin, die damals eben in Aufnahme kamen.

Die Mittagsstunde schlug; Lawretzky wollte sich entfernen, doch man ließ ihn nicht fort; beim Mittag bewirtete ihn der General mit gutem Lafitte, welchen Letzterer durch einen Diener, der einen Mietwagen hatte nehmen müssen, von Depré[3] holen ließ.

Spät am Abend kehrte Lawretzky nach Haus zurück und saß lange, ohne sich auszukleiden und seine Augen mit der Hand bedeckend, in einer Art von bezauberter Erstarrung. Ihm schien es, er begreife erst jetzt, warum man lebe. Alle seine Vorsätze, Absichten, all dieser Unsinn und nutzloses Zeug waren mit einem Male verschwunden; seine ganze Seele verschmolz in ein Gefühl, in ein einziges Sehnen, das Sehnen nach Glück, nach Besitz, nach Liebe, süßer Frauenliebe. Seit jenem Tage besuchte er die Korobiins oft. Nach sechs Monaten erklärte er sich gegen Warwara Pawlowna und bat um ihre Hand. Der Antrag ward angenommen; der General hatte längst, ich glaube, den Tag vor dem ersten Besuche Lawretzkys, Michalewitsch gefragt, wie viel er Leibeigene hätte; auch Warwara Pawlowna, welche während der ganzen Zeit, als ihr der junge Mann die Cour machte und selbst im Augenblicke der Liebeserklärung ihre gewöhnliche Ruhe und Helle der Seele bewahrte, auch Warwara Pawlowna wusste sehr wohl, dass ihr Bräutigam reich sei, und Kalliope Carlowna dachte: »Meine Tochter macht eine gute Partie«, und kaufte sich ein neues Barett.

3 Berühmter Weinhändler in Moskau. Anmerkung des Übersetzers.

15.

Also wurde sein Antrag angenommen, mit einigen Bedingungen jedoch. Erstens sollte Lawretzky sofort die Universität verlassen; denn wer heiratet einen Studenten? Und was für ein sonderbarer Einfall auch für einen reichen Rittergutsbesitzer, in seinem sechsundzwanzigsten Jahre, gleich einem Schüler, Stunden zu nehmen? Zweitens übernahm Warwara Pawlowna selbst die Mühe, die Mitgift zu bestellen und zu kaufen, selbst die Geschenke des Bräutigams auszuwählen. Sie hatte sehr viel praktischen Verstand, viel Geschmack, viel Liebe zum Komfort und große Geschicklichkeit, sich diesen Komfort zu verschaffen.

Besonders erstaunte Lawretzky über diese Kunst, als er mit seiner Frau in einem sehr bequemen, von ihr gekauften Wagen nach Lawriky reiste. Wie war alles bedacht, vorausgesehen, erraten; an alles hatte Warwara Pawlowna gedacht. In den verschiedenen Ecken waren reizende Reisenecessaires, Toiletten, Kaffeemaschinen eingebracht und wie reizend kochte Warwara Pawlowna des Morgens eigenhändig den Kaffee! Übrigens hatte damals Lawretzky zu Beobachtungen keine Zeit; er schwamm in Seligkeit, gab sich ihr, einem Kinde gleich, hin, ging über vor Glück ... Er war unschuldig gleich einem Kinde, er, dieser junge Herkules. Nicht vergebens wehte der Reiz aus dem ganzen Wesen der jungen Frau, nicht vergebens versprach sie dem Gefühle den verborgenen Reichtum nie gekannten Genusses; sie hielt noch mehr, als sie versprochen hatte. Nach Lawriky mitten im Sommer gekommen, fand sie das Haus schmutzig und dumpf, das Gesinde komisch und alt, hielt es aber für unnötig, irgendein Wort darüber zu äußern; hätte sie die Absicht gehabt, in Lawriky einen dauernden Wohnsitz aufzuschlagen, so hätte sie freilich alles umgewandelt, aber der Gedanke, sich in dieser Steppeneinsamkeit niederzulassen, kam ihr auch nicht einen Augenblick in den Kopf; sie lebte hier, wie in einem Feldlager, ertrug geduldig alle Unannehmlichkeiten und spaßte witzig über dieselben. Martha Timotheewna kam, um ihren Zögling zu sehen, sie gefiel Warwara Pawlowna sehr, aber Warwara Pawlowna gefiel ihr ganz und gar nicht. Mit Glaphira Petrowna befreundete sich die junge Wirtin auch nicht; sie hätte sie in Frieden gelassen, doch fiel es dem alten Korobiin ein, sich in die Angelegenheiten seines Schwiegersohnes mischen zu wollen.

Das Vermögen solch eines nahen Verwandten zu verwalten, sei, sagte er, selbst für einen General keine Schande; man kann mit Recht vermuten, dass Pawel Petrowitsch auch das Vermögen eines ihm ganz fremden Mannes zu verwalten sich nicht geschämt hätte. Warwara Pawlowna führte ihren Angriff sehr geschickt; sich nicht verratend und anscheinend ganz in die Seligkeit des Honigmondes versunken, sich ganz der ländlichen Ruhe, der Musik und der Lektüre hingebend, brachte sie nach und nach Glaphira Petrowna dahin, dass diese eines Morgens wie wahnsinnig ins Kabinett Lawretzkys gerannt kam und ihm verkündete, sie wolle auch nicht einen Augenblick länger bei ihm bleiben, sie hätte keine Kraft mehr, sich mit seiner Wirtschaft zu beschäftigen und wolle auf ihr eigenes Gut zurückkehren. Der auf gehörige Weise vorbereitete Lawretzky gab zu ihrer Abreise sofort seine Zustimmung.

Das hatte Glaphira Petrowna nicht erwartet; gut, sagte sie, ich weiß es, wer mich von hier vertreibt, aus meinem väterlichen Neste. Doch erinnere dich, Neffe, meiner Worte: Nirgends wirst du dir ein Nest bauen; wirst dein Leben lang herumirren. Dieses mein Vermächtnis. Sie kehrte in ihr Dorf zurück und eine Woche später kam der General Korobiin an und übernahm, mit einer angenehmen Melancholie, in Blicken und Gesten als opfere er sich für seinen Schwiegersohn auf, die Verwaltung von dessen Gütern.

Im Septembermonat überredete Warwara Pawlowna ihren Mann, den Winter in Petersburg zu verbringen. Zwei Winter verbrachte sie in Petersburg, im Sommer siedelte sie sich nach Czarskoie Selo über, wo sie eine sehr schöne, elegant möblierte Wohnung innehatte. Sie hatten viele Bekanntschaften in den mittleren und sogar in den höheren Kreisen der Gesellschaft; die jungen Eheleute fuhren viel aus, gaben reizende musikalische Soireen und kleine Bälle. Warwara Pawlowna zog die Gäste an, wie das Feuer die Schmetterlinge. Solch ein zerstreutes Leben gefiel Feodor Iwanitsch nicht ganz. Seine Frau riet ihm, in Dienst zu treten, er aber, aus väterlicher Tradition und nach seinen eigenen Begriffen, wollte nicht dienen, blieb aber seiner Frau zu Gefallen in Petersburg. Übrigens sah er bald, dass ihn niemand störte, sich der Einsamkeit zu ergeben, dass er nicht umsonst das ruhigste und komfortabelste Kabinett in ganz Petersburg hatte, dass seine besorgte

Frau ihm selbst half, sich in die Einsamkeit zurückzuziehen, und seitdem ging alles vortrefflich. Er unternahm es wieder, seine, seiner Ansicht nach unvollendete Erziehung zu vervollständigen, fing wieder zu lesen an und lernte selbst Englisch. Sonderbar war es, seine kräftige, breitschultrige Gestalt immer über den Schreibtisch gebeugt, sein volles, haarbedecktes, rotes Gesicht immer halb in den Seiten eines Heftes oder eines Wörterbuches versteckt zu sehen.

Den ganzen Morgen verbrachte er arbeitend, aß vortrefflich (Warwara Pawlowna war eine ausgezeichnete Hausfrau), und des Abends trat er in eine zauberisch duftende helle Welt, die mit fröhlichen jungen Gesichtern bevölkert war, – und das Zentrum dieses Zauberkreises war wieder dieselbe besorgte Wirtin, seine Frau. Sie erfreute ihn mit einem Sohne, aber der arme Knabe lebte nicht lange; er starb im Frühjahr und im Sommer reiste Lawretzky nach dem Rate der Ärzte mit seiner Frau ins Ausland, in die Bäder.

Zerstreuung war ihr nach solch einem Verluste unumgänglich notwendig, und ihre Gesundheit bedurfte eines milden Klimas. Den Sommer und Herbst verbrachten sie in Deutschland, zum Winter, wie man's doch erwarten konnte, reisten sie nach Paris.

In Paris blühte Warwara Pawlowna auf wie eine Rose, und verstand es, so schnell und geschickt, wie in Petersburg, sich ein Nest zu bauen. Sie fand eine äußerst hübsche Wohnung in einer der stillen und doch modischen Straßen von Paris; nähte ihrem Mann einen Schlafrock, wie er niemals einen getragen hatte, nahm ein elegantes Stubenmädchen, eine vortreffliche Köchin, einen geschickten Diener; kaufte einen reizenden Wagen, ein ausgezeichnetes Pianino. Und es verging keine Woche, dass sie einer Pariserin von reinem Blute in der Kunst über die Straße zu gehen, einen Schal zu tragen, ihren Sonnenschirm zu öffnen und die Handschuhe auszuziehen, nicht nachstand. Auch Bekannte fand sie sehr bald. Im Anfang kamen zu ihr nur Russen, dann zeigten sich auch Franzosen, alle sehr liebenswürdig, artig, ledig, mit ausgezeichneten Manieren und hochklingenden Namen; alle sprachen schnell und viel, grüßten sehr geschickt, kniffen auf angenehme Weise ihre Augen zusammen; unter ihren roten Lippen glänzten ihre weißen Zähne, – und wie verstand sie zu lächeln!

Jeder von ihnen brachte seine Freunde mit und *la belle madame de Lavretzky* ward bald bekannt von der *Chaussée d'Antin* bis zur *Rue de Lille.* Damals (es war im Jahre 1836) war die Rasse der Feuilletonisten und Chroniker, die jetzt so häufig sind, wie die Ameisen in einem aufgeworfenen Haufen, noch nicht so zahlreich; doch auch damals war im Salon Warwara Pawlownas oft ein gewisser Herr Jules, ein Herr von uneinnehmendem Äußern und skandalösem Rufe, von frechem und niedrigem Charakter, wie alle Duellisten und geprügelten Leute, zu sehen.

Dieser Mr. Jules missfiel Warwara Pawlowna sehr; sie empfing ihn aber, weil er seinen Namen in vielen Zeitungen unterschrieb und fortwährend von ihr sprach, sie bald *Mme. de L...tzky*, bald *Mme. de ***, cette grande dame russe, si distingué, qui demeure rue de P...*, nennend; er erzählte der ganzen Welt, d. h. einigen Hundert Abonnenten, denen Mme de L...tzky ganz und gar nichts anging, wie diese Dame, eine wahre Französin an Geist (*une vraie française par l'esprit* – einen größeren Lobspruch kennen die Franzosen nicht), hübsch und liebenswürdig, was sie für eine gute Musikerin sei und wie sie wunderbar walze; (in der Tat walzte Warwara Pawlowna so, dass sie alle Herzen hinter dem Saume ihres leichten fortflatternden Kleides nachriss) ... mit einem Worte, man sage da, was man wolle, angenehm.

Fräulein Mars hatte die Bühne schon verlassen, die Rachel dieselbe noch nicht betreten; nichtsdestoweniger besuchte Warwara Pawlowna häufig das Theater. Die italienische Musik versetzte sie in Ekstase, Odrys Ruinen machten sie lachen, sie gähnte fleißig im französischen Theater und weinte beim Spiel von Madame Dorval in irgendeinem ultraromantischen Melodram; was die Hauptsache aber war, Liszt hatte zweimal bei ihr gespielt, und zwar so liebenswürdig, so einfach, dass es reizend war! Angenehm verging für Warwara Pawlowna der Sommer, zu Ende desselben wurde sie sogar bei Hofe vorgestellt. Feodor Iwanitsch seinerseits langweilte sich auch nicht, obgleich ihm das Leben zuweilen schwer auf den Schultern lastete, – schwer, weil es leer war.

Er las die Zeitungen, besuchte die Vorlesungen in der Sorbonne und im Collège de France, folgte den Debatten der Kammern, und begann die Übersetzung eines berühmten gelehrten Werkes über Bewässerung. »Ich verliere nicht meine Zeit«, dachte er, »dies alles ist nützlich; doch nächsten Winter muss ich durchaus nach Russland zurückkehren und dort etwas Ernstes beginnen.« Es ist schwer zu entscheiden, ob er sich selbst Rechenschaft davon gab, was dieses Ernste eigentlich sei, und – Gott weiß, ob er zum Winter nach Russland zurückgekehrt wäre. Ein unerwarteter Vorfall aber zerstörte alle seine Pläne.

16.

Einst kam Lawretzky, in ihrer Abwesenheit, in das Boudoir von Warwara Pawlowna und sah auf der Diele ein kleines, sorgsam gefaltetes Papier. Ohne sich etwas dabei zu denken hob er es auf, entfaltete es und las folgenden französischen Brief:

Mein teurer Engel Betty!

Ich kann mich nicht entschließen, dich Barbe oder Warwara zu nennen. Vergeblich habe ich auf dich an der Ecke des Boulevards gewartet; komme morgen um halb zwei in unsere Wohnung, dein guter Dicker (*ton gros bon homme de mari*) verscharrt sich gewöhnlich um diese Zeit in seine Bücher. Wir werden wieder jenes Lied Eures Dichters Puschkin: »Alter Mann, grauser Mann!«, das du mich gelehrt hast, singen. Tausend Küsse deinen Händchen und Füßchen. Ich erwarte dich.

Ernst.

Nicht gleich begriff Lawretzky, was er gelesen hatte; er las zum zweiten Male und ihm schwindelte. Die Diele unter seinen Füßen bewegte sich wie das Deck eines Schiffes während des Sturmes. Er schrie auf, er verlor den Atem und fing zu gleicher Zeit an zu schluchzen; er verlor die Sinne. So blind vertraute er seiner Frau, dass die Möglichkeit eines Betruges, eines Verrates, ihm niemals in den Sinn gekommen war. Dieser Ernst, dieser Liebhaber seiner Frau, war ein hübscher blonder Knabe von dreiundzwanzig Jahren, mit einer Stumpfnase und kleinem Schnurrbart, der nichtssagendste von allen Bekannten seiner Frau.

Einige Minuten vergingen, es verging eine halbe Stunde; Lawretzky stand noch immer, sinnlos auf den Boden blickend, den Brief in seiner Hand zerknitternd; in einem trüben Wirbelwinde zogen ihm bleiche Gesichter vorüber, sein Herz presste sich krampfhaft zusammen; ihm schien es, er fiele, fiele, fiele … in eine bodenlose Tiefe. Ein bekanntes leichtes Rauschen eines seidenen Kleides weckte ihn aus seiner Erstarrung; im Hut und Schal kehrte Warwara Pawlowna vom Spaziergang zurück; Lawretzky fuhr zusammen und eilte fort, er fühlte, dass er in diesem Augenblick imstande sei, sie zu zerreißen, sie, wie einen Bauer, halb tot zu prügeln, – sie mit eigenen Händen zu erwürgen. Die erstaunte Warwara Pawlowna wollte ihn aufhalten; er konnte nur lispeln: »Betty, Betty«, – und eilte fort.

Lawretzky nahm einen Wagen und ließ sich vor das Tor fahren; den Rest des Tages und die ganze Nacht irrte er umher, auf jedem Schritt stehen bleibend und die Hände zusammenschlagend; bald überkam ihn Wahnsinn, bald schien ihm alles so lächerlich, so fröhlich zu sein. Am Morgen fröstelte es ihn, und er ging in ein elendes Wirtshaus außerhalb der Stadt, verlangte ein Zimmer und setzte sich ans Fenster. Ein krampfhaftes Gähnen überkam ihn, er hielt sich mit Mühe auf den Füßen, sein ganzer Körper war wie zerschlagen – und doch fühlte er keine Müdigkeit. Die Müdigkeit aber trat in ihre Rechte: Er saß, blickte vor sich und begriff nichts; begriff nicht, was mit ihm geschah, warum er jetzt allein war, mit Bitterkeit im Munde, einen Stein auf der Brust, in einer leeren, unbekannten Stube; er begriff es nicht, was sie, seine Waria, bewogen hatte, sich diesem Franzosen hinzugeben, und wie sie, sich untreu wissend, wie früher mit ihm ruhig, kosig und vertrauensvoll sein konnte. »Ich begreife es nicht«, murmelten seine trockenen Lippen. »Wer bürgt mir jetzt dafür, dass in Petersburg ...« Er beendete den Satz nicht und ging wieder, zitternd und am ganzen Körper zuckend. Helle und dunkle Erinnerungen quälten ihn zugleich; da erinnerte er sich plötzlich, dass sie an einem dieser Tage sich in seiner und Ernsts Gegenwart ans Klavier gesetzt und »Alter Mann, grauser Mann« gesungen habe! Er erinnerte sich des Ausdrucks ihres Gesichtes, wie ihre Augen sonderbar glänzten und die Wangen glühten, – und er wollte aufstehen und zu ihnen gehen und sagen: »Wehe euch, die ihr mit mir habt spielen wollen; mein Urgroßvater hing die Bauern an den Rippen auf, mein Großvater war selbst ein Bauer!« – und sie töten. Und wieder schien es ihm, dass alles, was ihm geschah, nur ein Traum sei und selbst kein Traum, sondern ein Unsinn; er brauche nur sich aufzurütteln und um sich zu blicken; und er rüttelte sich auf und blickte um sich, und, wie der Habicht die gefangenen Vöglein krallt, so grub sich der Schmerz immer tiefer in sein Herz; was ihn am Tiefsten schmerzte, war, dass er hoffte in einigen Monaten Vater zu werden. Vergangenheit, Zukunft, sein ganzes Leben war ihm vergiftet. – Er kehrte nach Paris zurück, blieb in einem Gasthaus und schickte seiner Frau Ernsts Billett mit folgendem Briefe:

»Das beigelegte Papier wird Ihnen alles erklären. Beiläufig gesagt, erkenne ich Sie nicht; Sie, die stets so akurat, so vorsichtig sind, lassen so wichtige Papiere fallen!« (Der arme Lawretzky hatte stundenlang diese Antwort vorbereitet und gefeilt.) »Ich kann Sie nicht mehr sehen; ich glaube, Sie können auch kein Zusammentreffen mit mir wünschen. Ich setze Ihnen fünfzehntausend Franken des Jahres aus; mehr kann ich nicht geben. Schicken Sie Ihre Adresse meinem Verwalter. Tun Sie, was Sie wollen; leben Sie, wo Sie wollen; ich wünsche Ihnen viel Glück. Eine Antwort brauche ich nicht.«

Lawretzky hatte seiner Frau geschrieben, es sei keine Antwort nötig … er wartete aber auf eine Antwort, er dürstete nach ihr, nach einer Erklärung dieser, für ihn unbegreiflichen Angelegenheit. Warwara Pawlowna schickte ihm an demselben Tage einen langen französische Brief. Dieser Brief gab ihm den Rest; seine letzten Zweifel verschwanden, – und er schämte sich, dass ihm kein Zweifel mehr geblieben sei. Warwara Pawlowna rechtfertigte sich nicht: Sie wünschte nur ihn zu sehen, sie flehte, sie nur nicht unwiderruflich zu verdammen. Der Brief war kalt und gezwungen, obgleich hier und da Tränenspuren sichtbar waren.

Lawretzky lächelte bitter und ließ durch den Abgesandten sagen, es sei schon alles gut. Drei Tage später war er nicht mehr in Paris. Warum er gerade Italien gewählt hatte, wusste er nicht. Auch war es ihm ganz einerlei, wohin er reiste, wenn es nur nicht nach Hause war. Er schickte seinem Schulzen einen Befehl, die Pension seiner Frau auszuzahlen, und befahl ihm zugleich, alle die Verwaltung seiner Güter betreffenden Papiere in Empfang zu nehmen, ohne die Rechnungsablegung abzuwarten und seine Exzellenz sofort aus Lawriky fortzuschicken. Lebhaft stellte er sich die Verwirrung, die vergeblich stolzen Mienen des verjagten Generals vor, und trotz seines Schmerzes fühlte er eine bittere Genugtuung. Er schrieb auch an Glaphira Petrowna und bat sie, nach Lawriky zurückzukehren, schickte ihr sogar eine Prokura; aber Glaphira Petrowna kehrte nicht nach Lawriky zurück und ließ in den Zeitungen, was völlig unnötig war, die Vernichtung der Prokura publizieren.

Sich in einer kleinen italienischen Stadt verbergend, konnte Lawretzky sich lange nicht überwinden, den Lebenslauf seiner Frau nicht zu verfolgen. Aus den Zeitungen erfuhr er, dass sie, wie sie es auch beabsichtigte, aus Paris nach Baden-Baden gereist sei; ihr Name erschien bald in einem kleinen Artikel, der von demselben Mr. Jules unterschrieben war. In diesem Artikel blickte durch die gewöhnlichen Wortspiele ein freundschaftliches Mitleid; widerlich ward es Lawretzky ums Herz, als er diesen Artikel las. Dann erfuhr er, ihm sei eine Tochter geboren, zwei Monate später erfuhr er von seinem Schulzen, Warwara Pawlowna hätte ihre Pension auf drei Monate gefordert. – Dann kamen immer schlechtere und schlechtere Gerüchte; endlich ging durch alle Zeitungen mit großem Lärm eine tragikomische Geschichte, in welcher seine Frau eine nicht beneidenswerte Rolle spielte ... Alles war beendigt, alles war aus, Warwara Pawlowna war zu einer »Berühmtheit« geworden.

Ihren Lebenslauf verfolgte Lawretzky nicht mehr, doch noch lange konnte er nicht Herr seiner selbst werden. Zuweilen erfasste ihn eine solche Sehnsucht nach seiner Frau, dass er alles hätte hingeben können, ja sogar ... ihr verziehen hätte, um nur aufs Neue ihre freundliche Stimme zu hören, um aufs Neue ihre Hand in der seinigen zu fühlen. Doch nicht vergebens floh die Zeit dahin; zum Dulder war er nicht geboren, seine gesunde Natur trat in ihre Rechte. Vieles wurde ihm klar, der Schlag selbst, der ihn traf, schien ihm nicht mehr unvorhergesehen; er begriff seine Frau, – jemanden, der uns nahesteht, begreifen wir nur dann, wenn wir uns von ihm trennen. Wieder konnte er sich beschäftigen, arbeiten, obgleich lange nicht mehr mit demselben Eifer. Der Skeptizismus, dem die Bahn schon durch die Erfahrung des Lebens und durch die Erziehung gebrochen war, nistete sich in seinem Herzen ein; ihm ward alles gleichgültig. Vier Jahr verflossen und er fühlte in sich die Kraft, in sein Vaterland zurückzukehren, seine Verwandten wiederzusehen. Ohne sich in Petersburg oder Moskau aufzuhalten, kam er in die Stadt O., wo wir uns von ihm getrennt haben und wohin wir den geneigten Leser bitten, mit uns zurückzukehren.

17.

Am Morgen, nach dem von uns beschriebenen Tage, gegen neun Uhr, ging Lawretzky die Treppe des Kalitin'schen Hauses hinauf. Liese kam ihm in Hut und in Handschuhen entgegen.

»Wohin wollen Sie?«, fragte er sie.

»Zur Messe. Heute ist Sonntag.«

»Besuchen Sie denn die Messe?«

Liese blickte ihn schweigend und erstaunt an.

»Verzeihen Sie mir, ich bitte«, sagte Lawretzky, »ich … ich wollte nicht das sagen, ich kam, um von Ihnen Abschied zu nehmen, ich reise in einer Stunde auf mein Dorf.«

»Das ist ja aber nicht weit von hier!«, sagte Liese.

»An fünfundzwanzig Werst.«

Auf der Schwelle stand Lenchen, in Begleitung eines Stubenmädchens.

»Vergessen Sie uns nicht!«, sagte Liese und ging die Treppe hinunter.

»Und auch Sie, vergessen Sie mich nicht. Hören Sie aber«, fügte er hinzu, »Sie gehen in die Kirche; beten Sie bei dieser Gelegenheit für mich.«

»Wenn Sie es wollen«, sagte sie, ihm gerade ins Gesicht blickend, »werde ich für Sie beten.«

Im Salon fand Lawretzky Maria Dmitriewna allein; sie roch nach Eau de Cologne und Pfefferminze. Sie hatte, wie sie sagte, Kopfschmerzen und hatte die Nacht äußerst unruhig zugebracht. Sie empfing ihn mit ihrer gewöhnlichen schmachtenden Freundlichkeit und wurde nach und nach gesprächiger.

»Nicht wahr«, fragte sie ihn, »Wladimir Nikolaitsch ist ein äußerst angenehmer junger Mann?«

»Was für ein Wladimir Nikolaitsch?«

»Nun, Panschin, den Sie gestern hier gesehen haben. Sie haben ihm sehr gefallen; unter uns sei es gesagt, *mon cher cousin*, er ist sterblich in meine Liese verliebt. Nun, meinethalben. Er ist von guter Familie, macht eine schöne Karriere, ist Kammerjunker und klug, und ist es Gottes Wille, so werde ich meinerseits als Mutter froh sein. – Die Verantwortlichkeit freilich ist groß; das Glück der Kinder hängt zwar von den Eltern ab, aber das muss man auch sagen: Bis jetzt, nun sei es gut oder schlecht, habe ich alles, ich allein alles, ja, rein alles getan; habe meine Kinder erzogen, sie unterrichtet; alles ich ... und auch jetzt habe ich eine Gouvernante von Mme. Bulus verschrieben ...«

Maria Dmitriewna ließ sich in eine lange Beschreibung ihrer Sorgen, Leiden, winterlichen Gefühle ein, Lawretzky hörte sie schweigend an und drehte den Hut in seinen Händen. Sein kalter schwerer Blick verwirrte die gesprächige Dame.

»Und wie gefällt Ihnen Liese?«, fragte sie.

»Lisawetha Michailowna ist eine äußerst liebenswürdige Demoiselle«, antwortete Lawretzky, stand auf, nahm Abschied von Maria Dmitriewna und ging zu Martha Timotheewna. Unwillig blickte ihm Maria Dmitriewna nach und dachte: Was für ein Bär, ein wahrer Bauer! Nun, jetzt begreife ich es, warum ihm seine Frau nicht treu bleiben konnte.

Martha Timotheewna saß in ihrem Zimmer, umgehen von ihrem Hofstaat. Dieser bestand aus fünf, ihrem Herzen gleich nahen Wesen: Aus einem dickkröpfigen gelehrten Dompfaffen, den sie deshalb lieb gewonnen hatte, weil er nicht mehr pfiff, aus einem kleinen, sehr scheuen und stillen Hündchen, Roska genannt, aus einem bösen Kater, Makrose, aus einem brünetten, mutwilligen Mädchen von neun Jahren, mit großen Augen und spitzer Nase, namens Schurotschka[4] und aus einer ältlichen Frau von fünfzig Jahren, - in einer weißen Haube und kurzen Kasaweika, über einem dunklen Kleide, - namens Rastasia Karpowna Ogarkowa. Schurotschka war eine Waise aus niedrigem Bürgerstande. Martha Timotheewna hatte sie aus Mitleid zu sich genommen, wie sie es mit Roska getan hatte; den Hund und das Mädchen fand sie auf der Straße; beide waren hungrig und mager, beide vom Herbstregen durchnässt; niemand frag nach Roska, Schurotschka aber ward an Martha Timotheewna mit dem größten Vergnügen von deren Onkel, einem betrunkenen Schuhmacher, der sich selbst nicht satt aß und seine Nichte nicht fütterte, aber sie fleißig mit dem Leisten auf den Kopf schlug, abgetreten. Nastasia Karpowna lernte Martha Timotheewna auf einer Wallfahrt in ein Kloster kennen. Sie selbst ging in der Kirche auf sie zu, (sie hatte Martha Timotheewna deswegen gefallen, weil sie, wie diese sich ausdrückte, mit vielem Geschmack

4 Verkleinerungswort vom Namen Alexandrina, Diminutiv Sascha, kosend Saschura, Schurotschka. Anmerkung des Übersetzers.

betete), redete sie an und lud sie ein, mit ihr eine Tasse Tee zu trinken. Seit diesem Tage trennte sie sich nicht mehr von ihr.

Nastasia Karpowna hatte einen fröhlichen und sanften Charakter, war Witwe, hatte keine Kinder und stammte aus einer armen adligen Familie. Sie hatte einen runden, mit grauen Haaren bedeckten Kopf, weiche, weiße Hände, ein Gesicht, das trotz seiner scharf ausgeprägten Züge einen sanften Ausdruck hatte, und eine etwas komische Stumpfnase; sie vergötterte Martha Timotheewna und diese liebte sie sehr, obgleich sie oft über ihr zartes Herz spaßte; sie hatte alle jungen Leute gern und errötete unwillkürlich wie ein junges Mädchen bei einem unschuldigen Spaße. Ihr ganzes Kapital bestand aus eintausendzweihundert Rubel Assignation; sie lebte auf Kosten Martha Timotheewnas, doch auf gleichem Fuße mit ihr. Martha Timotheewna hätte keine Unterwürfigkeit gelitten.

»Ach Fedia«, begann sie, als sie ihn erblickte, »gestern hast du meine Familie nicht gesehen; wir sind alle jetzt zum Tee versammelt; das ist unser zweiter Tee, den wir nur an Festtagen haben. Alle kannst du liebkosen, nur wird Schurotschka sich nicht liebkosen lassen und der Kater dir die Augen auskratzen. Verlässest du uns heute?«

»Heute.« – Lawretzky setzte sich auf einen niedrigen Stuhl. »Ich habe von Maria Dmitriewna schon Abschied genommen, auch Lisawetha Michailowna habe ich gesehen.«

»Nenne sie Liese, guter Freund. Was ist sie für eine Michailowna für dich? Und sitze ruhig, sonst zerbrichst du Schurotschkas Stuhl.«

»Sie ging zur Messe«, fuhr Lawretzky fort. »Ist sie denn fromm?«

»Ja, sehr fromm, frömmer als du und ich!«

»Sind Sie denn nicht fromm?«, bemerkte lispelnd Nastasia Karpowna. »Zur Frühmesse sind Sie freilich heute nicht gegangen. Sie werden aber zum Hochamt gehn.«

»Nein, du kannst allein gehen, ich bin zu faul«, antwortete Maria Timotheewna. »Ich verwöhne mich zu sehr mit Tee.« – Sie duzte Maria Karpowna, trotzdem, dass sie auf gleichem Fuße mit ihr lebte; – denn sie selbst war ja eine Pestoff. Drei Pestoffs sind im Synodik Johann Wassiliewitsch des Schrecklichen erwähnt; Martha Timotheewna wusste das sehr gut.

»Sagen Sie mir, ich bitte«, begann wieder Lawretzky, »oben erzählte mir Maria Dmitriewna von diesem – wie heißt er doch? – Panschin. Was ist das für ein Herrchen?«

»Ist sie doch eine Plaudertasche, Gott steh mir bei, sie hat dir wahrscheinlich unter dem Siegel der Verschwiegenheit anvertraut, es fände sich ein Bräutigam«, brummte Martha Timotheewna. »Sie sollte genug haben, mit ihrem Popensohn zu lispeln; nein, das scheint ihr zu wenig zu sein. Es ist noch nichts an der Sache, Gott sei Dank, und schon plaudert sie dieselbe aus.«

»Und warum denn: Gott sei Dank?«, fragte Lawretzky.

»Weil dieses Herrchen mir nicht gefällt; was ist sich auch darüber zu freuen?«

»Er gefällt Ihnen nicht?«

»Ja, er kann ja nicht alle fesseln. Ihm kann es genügen, dass Nastasia Karpowna hier in ihn verliebt ist.«

Die arme Witwe wusste vor Verlegenheit nicht, was sie tun sollte.

»Was reden Sie aber da, Martha Timotheewna, fürchten Sie doch Gott!«, rief sie aus und eine plötzliche Röte bedeckte ihr Gesicht und Nacken.

»Und er weiß es, der Spitzbube«, unterbrach sie Martha Timotheewna, »womit er sie bezaubern kann. Er hat ihr eine Tabakdose geschenkt. Bitte sie um eine Prise, Fedia; du wirst sehen, was es für eine wunderschöne Dose ist; auf dem Deckel ist ein Husar dargestellt; es ist besser, meine Teure, nicht zu leugnen.«

Nastasia Karpowna wehrte sich nur mit ihren Händen.

»Nun, und Liesen«, fragte Lawretzky, »ist er nicht gleichgültig?«

»Es scheint, er gefällt ihr, – aber übrigens, Gott weiß es, die menschliche Seele ist, wie du weißt, ein dunkler Wald und umso mehr die eines Mädchens. Auch Schurotschkas Herz soll man verstehen! Warum hat sie sich versteckt, als du gekommen bist, und ist nicht fortgegangen?«

Schurotschka platzte mit einem lange verhaltenen Gelächter heraus und lief fort.

Auch Lawretzky stand von seinem Platze auf.

»Ja«, sagte er gedehnt, »wer mag eines Mädchens Herz verstehen!«

Er nahm Abschied.

»Nun? Und sehen wir uns bald wieder?«, fragte Martha Timotheewna.

»Wie Gott will, Tante; ich werde ja nicht weit von hier wohnen.«

»Ja, du lässt dich ja in Wasiliewskoie nieder. Du willst Lawriky nicht bewohnen – nun, das ist deine Sache; das Grab deiner Mutter musst du aber besuchen und bei der Gelegenheit auch deiner Großmutter Grab. Du hast dort im Auslande deinen Kopf mit allerhand Dingen vollgestopft und wer weiß, vielleicht werden sie in ihren Gräbern fühlen, dass du zu ihnen gekommen bist. Vergiss auch nicht, Fedia, eine Totenmesse für Glaphira Petrowna lesen zu lassen. Da hast du auch einen Rubel. Nimm, nimm, ich bin es, die für sie eine Totenmesse lesen lassen will. Bei ihren Lebzeiten liebte ich sie nicht, dagegen lässt sich aber auch nicht streiten, dass es ein Mädchen mit nicht sehr angenehmem Charakter war. Doch dumm war sie nicht; nun, auch dich hat sie nicht beleidigt. Jetzt aber geh mit Gott, sonst langweile ich dich.«

Und Martha Timotheewna umarmte ihren Neffen.

»Panschin heiratet aber Liese doch nicht, sei ruhig darüber. Sie ist einen besseren Mann wert.«

»Ich beunruhige mich auch nicht im Geringsten«, erwiderte Lawretzky und entfernte sich.

18.

Vier Stunden später fuhr er nach Hause. Schnell flog sein Tarantas[5] auf dem weichen Feldwege dahin. Zwei Wochen war kein Regen gefallen; wie Milch schwamm ein leichter Nebel in der Luft und verbarg die den Horizont begrenzenden Wälder, er roch nach Höhenrauch. Eine Menge dunkler Wölkchen mit undeutlich gezeichneten Rändern breiteten sich über den weißlichblauen Himmel; ein ziemlich heftiger Wind eilte als trockener, ununterbrochener Streifen dahin, ohne die schwüle Hitze zu vertreiben.

Mit dem Kopf auf das Kissen gelehnt, und die Arme auf der Brust kreuzend, betrachtete Lawretzky die als Fächer vorübereilenden Kornfelder, die hier und da vorüberblinkenden Gebüsche, die dummen Raben und Krähen, welche mit stumpfem Misstrauen von der Seite auf den vorbeifahrenden Wagen blickten, die langen Feldgrenzen, auf welchen Beifuß, Wermut und Schierling im bunten Durcheinander wuchsen. Er blickte starr vor sich hin in diese frische, fette Steppen-

5 Der Tarantas ist ein russischer Reisewagen ohne Ressorts. Anmerkung des Übersetzers.

wüstenei und Einsamkeit, dieses Grün, diese lang gedehnten Hügel, die Bergspalten mit niedrigem Eichengesträuch, die grauen Dörfchen, die mageren Birken – dieses ganze, von ihm seit langer Zeit nicht gesehene Bild russischen Lebens drückte seine Brust mit angenehmer Last, wehte auf seine Seele süße und zugleich fast traurige Gefühle.

Langsam irrten seine Gedanken umher; ihre Abrisse waren undeutlich und dunkel, wie die Abrisse jener hohen, auch scheinbar umherirrenden Wolken. Er gedachte seiner Jugend, seiner Mutter, erinnerte sich, wie sie starb, wie man ihn zu ihr brachte, wie sie, seinen Kopf an ihre Brust drückend, laut in Klagen ausbrach, aber, nachdem sie einen Blick auf Glaphira Petrowna geworfen, gleich wieder verstummte. Er gedachte seines Vaters, wie dieser im Anfang kräftig, mit allen unzufrieden, mit Kupferklang in der Stimme, gewesen – wie er nachher blind war, wie ein Kind stets wimmerte und einen unordentlichen grauen Bart trug; er erinnerte sich, wie sein Vater, als er einst bei Tische ein Glas Wein zu viel getrunken, die ganze Brühe auf seine Serviette schüttete, dann plötzlich in Lachen ausbrach und mit den nichtssehenden Augen blinzelnd und errötend, von seinen früheren Eroberungen zu erzählen begann. Er gedachte Warwara Pawlownas und kniff unwillkürlich die Augen zusammen, wie man sie bei einem plötzlichen Schmerze zusammenkneift, und schüttelte mit dem Kopfe. Dann blieben seine Gedanken auf Liese stehen.

Da ist, dachte er, ein nettes Wesen, das eben nur in die Welt tritt. Ein herrliches Mädchen; doch was wird aus ihr werden? Sie ist hübsch. Ihr bleiches Gesicht ist frisch, die Augen und die Lippen so ernst, der Blick ehrlich und unschuldig. Schade nur, sie scheint eine Enthusiastin zu sein. Ihr Wuchs ist schön, ihr Gang leicht, ihre Stimme sanft. Mir gefällt es sehr, wie sie auf einmal stehen bleibt, aufmerksam zuhört, nicht lächelt, dann in Gedanken versinkt und die Locken zurückwirft. Mir scheint es in der Tat auch, dass Panschin ihrer nicht würdig sei. Was fehlt ihm aber? Übrigens, wozu diese Gedanken; sie wird denselben Weg durchlaufen, auf welchem alle rennen! Lieber will ich etwas schlafen. Und Lawretzky schloss die Augen.

Er konnte jedoch nicht einschlafen, sondern versank in eine schläfrige Erstarrung, wie man sie zuweilen auf Reisen fühlt. Bilder der Vergangenheit stiegen, wie früher, langsam in seiner Seele auf, mischten und verschlungen sich mit anderen Bildern. Lawretzky gedachte, Gott weiß warum, Robert Peels … der Französischen Revolution, … dessen, wie er wohl eine Schlacht gewinnen würde, wenn er General wäre … er hörte Schüsse, hörte Rufen. Sein Kopf rutschte vom Kissen herab und er öffnete die Augen, … dieselben Felder, dieselbe Steppenlandschaft; die abgenutzten Hufeisen der Seitenpferde blitzen durch die Staubwogen, der Wind bläht das rote Hemd des Postillions auf …

Schön, kehre ich in meine Heimat zurück – dieser Gedanke fuhr durch Lawretzkys Kopf, und er schrie: »Fahr' zu, Schwager, fahr zu!«, wickelte sich fester in seinen Mantel und drückte den Kopf auf das Kissen. Plötzlich fühlte er einen Ruck, richtete sich auf und öffnete weit die Augen. Vor ihm zog sich auf einem Hügel ein kleines Dörfchen hin, etwas rechts auf der Seite stand ein altes Herrenhaus, mit verschlossenen Fensterläden und einer in die Erde eingesunkenen hölzernen Treppe auf dem breiten Hofe. Selbst an der Pforte wuchsen Nesseln, dicht und grün, wie Hanf; das war Wasiliewskoie.

Der Postillion lenkte zur Pforte und hielt die Pferde an; Lawretzkys Diener stand vom Kutschbocke auf und rief, als wolle er gleich herunterspringen: »Hallo!«

Ein heiseres dumpfes Bellen erklang, doch der Hund selbst zeigte sich nicht. Nochmals rief der Diener: »Hallo!« Das altersschwache Gebell erklang aufs Neue und, Gott weiß, woher kommend, erschien auf dem Hofe ein Mann in einem Nanking-Überrock und mit schneeweißem Haar; er starrte die Augen mit der Hand vor der Sonne schützend, den Tarantas an, schlug sich dann mit beiden Händen die Schenkel, wusste einige Augenblicke in seiner Verwirrung nicht, was er tun sollte, und eilte dann, die Pforte zu öffnen. Der Tarantas fuhr in den Hof hinein, mit den Rädern die Nesseln knickend, und blieb vor der Treppe stehen. Der weißköpfige Mann, der sehr flink zu sein schien, stand schon, die Beine weit und schief spreizend, auf der lehren Stufe der Treppe, knöpfte das Wagenleder auf, zog es krampfhaft in die Höhe und küsste, dem Herrn aussteigen helfend, dessen Hand.

»Wie geht es, wie geht es, Freund?«, sagte Lawretzky. »Du heißest Anton, wenn ich mich nicht irre. Lebst du noch?«

Der Alte grüßte schweigend und eilte, die Schlüssel zu holen; während er hinlief, saß der Postillion unbeweglich, etwas sich auf die Seite biegend und auf die verschlossene Tür blickend; der Diener Lawretzkys aber blieb, wie er herabgesprungen war, unbeweglich in einer malerischen Positur stehen, mit einer Hand den Kutschbock haltend.

Der Alte brachte die Schlüssel, und sich, ohne jeden sichtbaren Grund, wie eine Schlange krümmend und hoch seine Ellbogen erhebend, öffnete er die Tür und neigte sich seinem Herrn Platz machend, wieder fast bis an die Erde.

»Da bin ich auch nach Hause, in meine Heimat zurückgekehrt«, dachte Lawretzky, indem er in das Vorhaus eintrat. Indes erschlossen sich die Fensterläden mit Lärm und auf den verrosteten Angeln pfeifend, und das Tageslicht drang in die leeren Gemächer.

19.

Das kleine Haus, in welches Lawretzky gekommen, und wo vor zwei Jahren Glaphira Petrowna verschied, war im vorigen Jahrhundert erbaut, und das aus so gutem und dauerhaftem Fichtenholz, dass es noch an fünfzig Jahre und länger hätte stehen können. Lawretzky ging durch alle Zimmer und befahl, zum großen Unwillen der alten schläfrigen Fliegen, deren Rücken mit weißem Staub bedeckt waren, und die unbeweglich auf dem Gesimse saßen, überall die Fenster zu öffnen; seit dem Tode Glaphira Petrownas hatte dies niemand getan.

Im Hause war alles, wie es war, geblieben; die auf dünnen Füßen stehenden weißen Diwans im Saale, die mit einem glänzenden Stoff beschlagen, durchgerieben und durchgesessen waren, erinnerten lebhaft an die Zeiten Katharinas der Großen; im Saale stand der Lieblingssessel Glaphira Petrownas, mit einer hohen und geraden Lehne, auf welche sie sich aber selbst in ihrem Alter nicht zu lehnen wagte. An der Wand hing ein altes Porträt des Urgroßvaters Feodors, Andrei Lawretzkys. Finster blickten die kleinen und boshaften Augen unter den buschigen und gleichsam aufgeschwollenen Augenbrauen hervor. Über der gewölbten, von Runzeln gefurchten Stirn erhoben sich ungepuderte schwarze Haare gleich einer Bürste. Am Rahmen hing ein Kranz aus staubbedeckten Immortellen; »Glaphira Petrowna hat ihn eigenhändig gewunden«, sagte Anton.

Im Schlafzimmer stand ein enges Bett mit einem Himmel aus altmodischem aber wertvollem, gestreiftem Stoffe; ein Hügel von verblichenen Kissen und eine dünne gesteppte Decke lagen auf dem Bette; zu Häupten des Bettes hing ein Gottesbild, die Einführung der Heiligen Jungfrau in den Tempel darstellend, dasselbe Gottesbild, das die alte

Jungfer, von allen verlassen und einsam sterbend an die schon erkaltenden Lippen gedrückt hatte. Ein Toilettentischchen aus verschiedenen Hölzern zusammengesetzt, mit kupfernen Zierraten, einem schiefen Spiegel, und schwarz gewordener Vergoldung geschmückt, stand am Fenster. Neben dem Schlafzimmer befand sich die Hauskapelle, ein kleines Zimmer, mit nackten Wänden und einem schweren Hausaltar im Winkel. Auf der Diele lag ein alter Teppich, auf den viel Wachs von Kerzen herabgetröpfelt war; auf ihm betete Glaphira Petrowna und machte ihre Fußfälle.

Anton ging mit Lawretzkys Diener, um den Stall und die Wagenremise öffnen; an seiner statt erschien ein altes Mütterchen, die in seinem Alter zu stehen schien; sie hatte bis an die Augenbrauen den Kopf verbunden, ihr Kopf zitterte, ihre Augen blickten stumpf vor sich hin, drückten aber Eifer und eine langjährige Gewohnheit, ohne Widerspruch zu dienen, und zugleich – ein stummes Bedauern aus. Sie küsste Lawretzkys Hand und blieb an der Tür stehen, seine Befehle erwartend. Er erinnerte sich nicht ihres Namens, erinnerte sich nicht, sie jemals gesehen zu haben; doch es erwies sich, dass sie Apraxea hieß, dass vor vierzig Jahren Glaphira Petrowna aus einem Kammermädchen sie zur Geflügelmagd degradiert hatte; übrigens sprach sie wenig, und hatte ein fast blödsinniges, aber dabei dienstfertiges Äußeres. Außer diesen beiden Alten und zwei dicken, in lange Hemden gekleideten Kindern, den Urenkeln Antons, lebte im herrschaftlichen Hause noch ein einarmiger, besitzloser Bauer; er balzte wie ein Birkhahn und war rein zu nichts zu gebrauchen; nicht viel mehr Nutzen als er brachte der alte schwache Hund, der durch Bellen die Ankunft Lawretzkys begrüßt hatte. Zehn Jahre schon war er an eine schwere Kette gebunden, welche Glaphira Petrowna hatte kaufen lassen, und war kaum imstande, sich zu bewegen und die Last seiner Kette zu tragen.

Lawretzky besichtigte das Haus, ging dann in den Garten und war mit demselben zufrieden. In wildem und buntem Durcheinander wuchsen in demselben hohes Steppengras, Hundsblumen, Stachelbeeren und Himbeeren; doch war in demselben viel Schatten, waren viele alte Linden, die durch ihre Riesengröße und durch die sonderbaren Formen ihrer Zweige sich auszeichneten; sie waren eng aneinander gepflanzt und einst, vielleicht vor hundert Jahren, beschnitten worden. Der Garten endigte mit einem kleinen, aber durchsichtig-reinen Teich, der von hohem, rötlichem Schilfe umgeben war. Die Spuren des menschlichen Lebens verwischen sich bald: Glaphira Petrownas Garten hatte noch nicht Zeit gehabt, sich in eine Wildnis umzuwandeln und schien schon in einen sanften Schlummer versunken zu sein, in jenen Schlummer, welchen alles auf Erden schlummert, wohin nicht das unruhige, fieberhafte Treiben der Menschen dringt.

Feodor Iwanitsch ging auch durchs Dorf; die Weiber blickten auf ihn von der Schwelle ihrer Hütten, die Wange auf ihre Hand gestützt; die Bauern grüßten von fern, die Kinder liefen ihm furchtsam aus dem Wege, die Hunde bellten gleichgültig. Endlich fühlte er Hunger, doch er erwartete seine Dienerschaft und seinen Koch erst gegen Abend; aus Lawriky waren seine Provisionen noch nicht angekommen, – notgedrungen musste er sich an Anton wenden. Anton fand gleich Rat: Er fing ein altes Huhn, schlachtete und rupfte es; Apraxea wusch und rieb es, bevor sie es in die Kasserolle tat, als wäre das Huhn ein Waschlappen; als es endlich gar war, deckte Anton den Tisch, stellte vor das einzige Gedeck ein schwarz gewordenes, auf drei Füßen ruhendes Salzfass aus Neusilber und ein geschliffenes Fläschchen mit rundem gläsernen Pfropfen und einem langen Halse und kündigte dann Lawretzky mit singender Stimme an, das Essen sei fertig, – er selbst stellte sich hinter Lawretzkys Stuhl und wickelte um die rechte Hand eine Serviette. Von ihm wehte ein scharfer Altersgeruch, ähnlich dem des Zypressenbaums. Lawretzky aß ein paar Löffel von der Suppe und machte sich dann an das Huhn; die Haut desselben war mit großen Blasen bedeckt, eine dicke Flechse zog sich auf jedem Beine hin, das Fleisch schmeckte hölzern und nach Lauge. Nach dem Mittagessen sagte Lawretzky, er wolle Tee trinken, wenn … »Sie sollen den Augenblick Tee haben«, unterbrach ihn der Alte, – und er hielt Wort. Es fand sich eine kleine Handvoll Tee, in rotes Papier eingewickelt; es fand sich ein kleiner, aber äußerst geräuschvoller Samowar, es fand sich auch Zucker in sehr kleinen Stückchen, die aussehen, als wären sie im Wasser gewesen. Lawretzky trank seinen Tee aus einer großen Tasse; von Jugend auf erinnerte er sich dieser Tasse; Engel waren darauf abgebildet und nur Gäste tranken aus derselben; und auch er trank aus ihr, als wäre er hier nur ein Gast.

Gegen Abend kam sein Gesinde; – Lawretzky wollte nicht in dem Bette seiner Tante schlafen und ließ sich das seine in der Speisestube machen. Er löschte das Licht aus und schaute lange um sich, in keine fröhlichen Gedanken versunken; ihn überkam dasselbe Gefühl, das alle überkommt, die in einem, seit langer Zeit unbewohnten Zimmer schlafen; ihm schien es, dass die von allen Seiten ihn umdrängende Finsternis sich an den neuen Bewohner nicht gewöhnen könne, dass die Wände des Zimmers selbst ihn erstaunt anblickten. Endlich seufzte er tief, zog die Decke über den Kopf und schlief ein. Am längsten blieb Anton wach, sprach lange und leise mit Apraxea, seufzte und stöhnte, und schlug zweimal das Zeichen des Kreuzes; beide hatten es nicht erwartet, dass Lawretzky noch zu ihnen nach Wasiliewskoie ziehen würde, indem er ganz in der Nähe ein so schönes Gut, mit prächtigem herrschaftlichen Hause hatte. Ihnen konnte es nicht in den Kopf kommen, dass eben dieses Haus Lawretzky verhasst war, dass es in ihm schmerzliche Erinnerungen erweckte. Nachdem sie sich satt geplaudert hatten, nahm Anton einen Stock, schlug an das am Vorratshause hängende, lange Zeit stumm gewesene Metallbrett und schlief hier auf dem Hofe ein, mit nichts seinen weißen Kopf bedeckend. Still und wonnig war die Mainacht und lange schlief der Alte.

20.

Lawretzky stand ziemlich früh auf, plauderte mit dem Schulzen, besuchte die Tenne, befahl die Kette dem Hunde abzunehmen, dieser bellte nur ein wenig, aber entfernte sich sogar nicht von seinem Häuschen; und nach Hause zurückgekehrt, versank Feodor Iwanitsch in eine friedliche Erstarrung.

»So bin ich denn auf des Flusses tiefsten Grund jetzt versunken«, sagte er sich; er saß am Fenster ohne sich zu rühren und schien dem Laufe des Stilllebens, das ihn umgab, den seltenen Klängen der Dorfeinsamkeit zu lauschen. Hinter den Nesseln singt eine feine, feine Stimme; mit ihr scheint eine Mücke ein Duett zu singen. Die Stimme verstummte, die Mücke aber singt immer weiter. Durch das vereinte, frech klagende Sumsen der Fliegen klingt das dumpfe Sumsen einer dicken Hummel, die ununterbrochen mit dem Kopf an die Decke schlägt; auf der Straße kräht ein Hahn, heiser die letzte Note dehnend, ein Karren rasselt vorbei, im Dorfe knarrt eine Pforte. »Was?«, kreischt eine Frauenstimme. »O du mein Goldkind!«, sagt Anton zu einem zweijährigen Mädchen, das er auf seinen Armen hält. »Bringe mir etwas«, wiederholt dieselbe Frauenstimme, – und wieder dieselbe Totenruhe; kein Geräusch, nichts bewegt sich, nicht einmal ein leichter Wind säuselt durch die Blätter; geräuschlos streifen Schwalben, eine der andern folgend, die Erde, und schwer wird es ihm ums Herz bei ihrem schweigsamen Fluge.

»So bin ich denn jetzt auf des Flusses tiefstem Grunde«, wiederholte Lawretzky, »und zu jeder Zeit ist das Leben hier still und kennt keine Eile. Wer in dessen Zauberkreis kommt, muss sich ihm unterwerfen. Wozu ist hier das Wogen, das Wallen. Hier hat nur derjenige Erfolg, der sich seinem Pfad ohne Eile bahnt, wie der Landmann die Furche mit dem Pfluge gräbt. Und welche Kraft ist ringsumher, wie viel Gesundheit in dieser tatenlosen Stille! Hier unter dem Fenster dringt dickes Farrenkraut aus dem dichten Grase; der Liebstock streckt über ihn seinen saftreichen Stiel; Liebfrauentränen erheben noch höher ihre rosigen Locken; weiter dort im Felde glänzt der Roggen, der Hafer geht schon ins Stroh, und in seiner ganzen Breite dehnt sich jedes Blatt auf jedem Baume, jedes Gräschen auf seinem Halme aus. In Frauenliebe schwanden meine besten Jahre hin«, fuhr Lawretzky zu denken fort, »so mag denn über mich die Langeweile Nüchternheit bringen, mag sie mich beruhigen, mich dazu vorbereiten, dass ich ohne Eile arbeite.« Und aufs Neue lauschte er erwartungslos der Stille, und doch schien er jeden Augenblick etwas zu erwarten. Die Stille umfängt ihn von allen Seiten; die Sonne zieht ruhig am Himmel dahin, und ruhig schwimmen am Himmel die Sterne – sie scheinen zu wissen, warum und wohin sie schwimmen. In denselben Augenblicken kochte und eilte und stürmte das Leben an andern Orten auf Erden; hier floss es aber so unhörbar, wie Wasser auf Sumpfgräsern; und bis zum Abend konnte Lawretzky sich nicht losreißen von der Betrachtung dieses entschwimmenden, fortziehenden Lebens; der Kummer um die Vergangenheit taute wie Frühlingsschnee in seinem Herzen, – und, sonderbar! – niemals war in seinem Herzen das Gefühl der Heimat so tief und so stark.

21.

Im Laufe von zwei Wochen brachte Feodor Iwanitsch das Haus Glaphira Petrownas in Ordnung und ließ den Hof und den Garten reinigen; aus Lawriky brachte man ihm komfortable Möbel, aus der Stadt Wein, Bücher, Journale; im Stalle standen Pferde; mit einem Worte: Feodor Iwanitsch umgab sich mit allem, was nötig war, und begann – halb als Gutsbesitzer, halb als Einsiedler zu leben. Seine Tage schwanden einförmig dahin; doch er langweilte sich nicht, obgleich er niemanden sah; er beschäftigte sich fleißig mit der Landwirtschaft, ritt in der Umgegend umher, und las. Übrigens las er wenig; er hörte lieber die Erzählungen des alten Anton mit an.

Gewöhnlich setzte sich Lawretzky mit der Pfeife und einer Tasse kalten Tees ans Fenster, Anton stellte sich an die Tür, die Arme auf dem Rücken kreuzend, – und begann seine endlosen Erzählungen von jenen längst entschwundenen Zeiten, von jenen fabelhaften Zeiten, als Hafer und Roggen nicht nach dem Maße, sondern nach großen Säcken verkauft wurde, und der Sack zwei bis drei Kopeken kostete; als nach allen Seiten hin, sogar bis zur Stadt undurchdringliche Wälder, von keinem Pflug berührte Steppen sich hinzogen. »Und jetzt«, klagte der Alte, der über achtzig Jahre alt war, »jetzt hat man alle Wälder gefällt, alle Steppen gepflügt, sodass man sogar nirgends durchfahren kann.« Ebenso erzählte Anton viel von seiner gewesenen Herrin, Glaphira Petrowna: Wie vernünftig und sparsam sie gewesen; wie ein Herr, ein junger Nachbar, sich an sie machen wollte, sie oft besuchte, – wie sie für ihn ihre Sonntagshaube mit messakafarbenen Bändern und ein gelbes Kleid aus *trou-trou-levantine* anzog; wie aber dann der Herr Nachbar bei ihr für die unanständige Frage: »Sie müssen, gnädige Frau, sich doch ein hübsches Kapital gespart haben«, in Ungnade fiel, wie sie befahl, ihn nicht mehr zu empfangen, und zugleich die Ordre gab, alles, bis auf den kleinsten Lappen nach ihrem Tode an Feodor Iwanitsch zu übergeben. Und wirklich, Lawretzky fand seiner Tante sämtliches Hab und Gut treulich aufbewahrt vor, selbst die Sonntagshaube mit den Massakabändern und das gelbe Kleid aus *trou-trou-levantine.*

Alte Papiere und bemerkenswerte Dokumente, auf welche Lawretzky rechnete, fand er nicht, außer einem alten zerrissenen Buche, in welches sein Großvater die Tagesgeschichte einschrieb – bald: »Feier in der Stadt St. Petersburg, des mit dem türkischen Kaiserreiche vom Fürsten Alexandrowitsch Prosorowsky geschlossenen Friedens«; bald das Rezept eines *Dekokts* gegen Brustkrankheiten mit der Bemerkung: »Dieses Rezept ist der Generalin Praskowia Feodorowna Saltikowa vom Protopresbyter der Heiligen-Geist-Kirche Feodor Awrentiewitsch gegeben worden«; bald irgendeine politische Nachricht von dieser Art, »man hört ja nichts von den Tigern, den Franzosen« – und daneben: »In der Moskauer Zeitung steht, es sei ein Herr Premiermajor Michail Petrowitsch Kolytscheff gestorben. Ist es nicht der Sohn von Peter Wassiliewitsch Kolytscheff?« Lawretzky fand ebenfalls einige alte Kalender, Traumbücher und das mysteriöse Werk des Herrn Ambodiks. So manche Erinnerungen erweckten in ihm die längst vergessenen, aber bekannten »Symbole und Embleme«. Im Toilettentischchen Glaphira Petrownas fand Lawretzky ein, mit einem schwarzen Bande zugebundenes, mit schwarzem Siegellack versiegeltes, und im hintersten Winkel der Schublade verstecktes Paket. In diesem Pakete lagen, Gesicht gegen Gesicht gekehrt, das Pastellbild seines Vaters in dessen Jugend, mit weichen, auf die Stirn herabhängenden Haaren, mit großen, schmachtenden Augen und halb geöffnetem Munde, und das halb verwischte Bild seiner Mutter, einer blassen Frau in einem weißen Kleide, mit einer weißen Rose in der Hand. Glaphira Petrowna hatte sich selbst niemals malen lassen.

»Obgleich ich damals noch nicht die herrschaftlichen Gemächer bewohnte«, erzählte Anton weiter, »so erinnere ich mich sehr wohl Ihres Urgroßvaters Andrei Afanassitsch; – wie sollte ich es auch nicht? Ich trat, als er starb, mein achtzehntes Jahr an. Einst begegnete ich ihm im Garten, – sogar mein Herz im Leibe erzitterte; – er tat mir aber nichts, fragte mich nur, wie ich heiße, und schickte mich in seine Gemächer, sein Schnupftuch zu holen. Er war ein Bojar von echtem Schrot und Korn, das muss man gestehen, über sich erkannte er niemanden an; denn Ihr Urgroßvater, wie ich Ihnen sagen muss, besaß ein wunderbares Weihrauchkissen, das ihm ein Mönch vom Berge Athos mit den Worten geschenkt hatte: ›Ich schenke dir, Bojar, dies Weihrauchkissen für deine Gastfreundschaft; trage es auf deiner Brust, und du brauchst keine Richter zu fürchten.‹ Nun, es waren aber auch damals, wie Sie wissen, die Zeiten danach; – was ein Bojar wollte, das tat er auch. Wenn zuweilen selbst irgendeiner der benachbarten

Edelleute ihm zu widersprechen wagte, so blickte er ihn nur scharf an und sagte: ›Du schwimmst auf seichtem Wasser.‹ Das war eine Lieblingsredensart von ihm. Er lebte, – Ihr Urgroßvater, Gott habe ihn selig, – in einem kleinen hölzernen Hause; was hat er aber für einen Reichtum hinterlassen! Wie viel Gold und Silber! – Alle Keller waren voll von Hab und Gut. Und was war das für ein Wirt! Jene kleine Karaffe, welche Ihnen gefällt, hat ihm gehört; er bewahrte darin seinen Schnaps auf. Ihr Großvater dagegen hat freilich ein steinernes Haus gebaut, Vermögen aber nicht erworben; bei ihm ging alles drunter und drüber; er lebte schlechter, als Ihr Vater, erlaubte sich kein einziges Vergnügen, – und doch ging ihm all sein Geld durch die Finger, sodass nach seinem Tode sich nicht ein einziger Pfennig vorfand; nicht einen silbernen Löffel hinterließ er, – und wenn etwas hinterblieben ist, so ist dieses den Sorgen Glaphira Petrownas zu verdanken.«

»Ist es wahr«, unterbrach ihn Lawretzky, »dass man sie den ›alten Geizhals‹ nannte?«

»Wer nannte sie so!«, rief Anton unwillig. »Was macht aber unsere Herrin«, entschloss sich ernst der Alte zu fragen, »wo befindet sie sich jetzt?«

»Ich habe mich von meiner Frau geschieden«, erwiderte Lawretzky mit Anstrengung, »ich bitte dich, frage mich nicht nach ihr!«

»Wie Sie befehlen«, erwiderte treuherzig der Alte.

Drei Wochen waren vergangen, als einst Lawretzky nach O. zu den Kalitins ritt und bei ihnen den Abend verbrachte. Lemm war auch dort und er gefiel Lawretzky ausnehmend. Obgleich Lawretzky, Dank seinem Vater, kein einziges Instrument spielte, liebte er die Musik, d. h. ernste, klassische Musik, leidenschaftlich. Panschin war diesen Abend nicht bei den Kalitins, er hatte auf einige Zeit die Stadt, in Aufträgen des Gouverneurs, verlassen. Liese spielte allein und spielte mit großer Fertigkeit; Lemm verlor seine Apathie, wurde ganz Leben, rollte einen Bogen Papier zusammen und dirigierte. Anfangs lachte Marie Dmitriewna, dann ging sie schlafen. Beethovens Musik erregte, wie sie sagte, zu sehr ihre Nerven. Um Mitternacht begleitete Lawretzky Lemm in dessen Wohnung und blieb bei ihm bis um drei Uhr morgens.

Lemm sprach viel, seine gebückte Gestalt richtete sich empor, seine Augen wurden groß und blitzten, selbst die auf die Stirn herabhängenden Haare richteten sich in die Höhe. Schon lange hatte ihm niemand Teilnahme bezeigt, Lawretzky interessierte sich sichtbar für ihn, er fragte ihn aufmerksam und teilnehmend aus. Dies erschütterte den Alten; er endigte damit, dass er seinem Gaste seine Musik zeigte, ihm vorspielte und sogar mit einer Totenstimme einige Bruchstücke aus seinen Kompositionen, unter andern die von ihm in Musik gesetzte Ballade »Fridolin« vorsang. Lawretzky lobte ihn, ließ ihn einiges wiederholen und lud ihn, als er wegfuhr, ein, einige Tage bei ihm auf seinem Gute zu verbringen.

Lemm, der Lawretzky bis auf die Straße begleitete, willigte sofort ein und drückte ihm fest die Hand; doch allein in der frischen und kühlen Luft, bei kaum sich zeigendem Morgenrot, geblieben, blickte er um sich, kniff seine Augen zusammen, nahm seine gewohnte gebückte Haltung wieder an und schlich, wie ein Verbrechen wieder in sein Zimmer.

»Ich bin wohl nicht bei Sinnen!«, murmelte er, sich auf sein hartes und kurzes Bett legend. Er versuchte sich krank zu melden, als nach einigen Tagen Lawretzky ihn in einer Kalesche abholen kam; Feodor Iwanitsch aber ging in sein Zimmer und überredete ihn. Am stärksten aber wirkte auf Lemm der Umstand, dass Lawretzky eigens für ihn ein Klavier aus der Stadt hatte kommen lassen. Sie fuhren beide zu Kalitins und verbrachten bei denselben den Abend, aber nicht mehr so angenehm, wie das letzte Mal. Panschin war dort, erzählte von der Reise, die er gemacht hatte, karrikierte und kopierte auf eine sehr komische Weise die Landedelleute, welche er neulich gesehen hatte; Lawretzky lachte, Lemm jedoch schwieg und verließ seinen Winkel nicht, wie bei einer Spinne bewegten sich alle seine Glieder, er blickte finster und stumm vor sich hin und wurde nur dann wieder lebendig, als Lawretzky Abschied zu nehmen begann. Aber selbst als er im Wagen saß, blieb der Alte scheu und gekrümmt; die stille und warme Luft, der leichte Wind, die flüchtigen Schatten, der Duft des Grases, der Birkenknospen, der friedliche Glanz des mondlosen, sternbedeckten Himmels, das taktmäßige Stampfen und Schnauben der Pferde, alle Zauber der Reise, des Frühlings und der Nacht drangen in das Herz des armen Deutschen, und er begann zuerst mit Lawretzky zu sprechen.

22.

Er sprach von Musik, von Liese und dann wieder von Musik, er sprach gleichsam langsamer, wenn er von Liese sprach. Lawretzky lenkte die Unterhaltung auf seine Kompositionen und schlug ihm, halb im Spaße vor, für ihn ein Libretto zu schreiben.

»Hm, ein Libretto«, entgegnete Lemm, »nein, das passt mir nicht; mir fehlt jene Lebhaftigkeit, jenes Fantasienspiel, die für eine Oper unumgänglich sind; wenn ich aber imstande wäre, etwas zu komponieren, so würde ich mich mit einer Romanze begnügen; freilich würde ich ein gutes Gedicht dazu wünschen.«

Er schwieg und saß lange unbeweglich, die Augen gen Himmel gerichtet.

»Zum Beispiel«, sagte er endlich, etwas in dieser Art: »Ihr, Sterne o ihr reinen Sterne!«

Lawretzky wandte sich zu ihm und sah ihn fest an.

»Ihr Sterne, reine Sterne«, wiederholte Lemm, »Ihr blicket auf Gerechte wie auf Schuldige; doch die einen sind schuldlos im Herzen, oder etwas in dieser Art ... Sie verstehen Euch, das heißt, nein, sie lieben Euch. Übrigens bin ich kein Dichter, was soll ich da? Etwas Erhabenes, aber in dieser Art!«

Lemm rückte den Hut auf den Scheitel; im leichten Halbdunkel der hellen Nacht schien sein Gesicht bleicher und jünger.

»Und auch Ihr«, fuhr er mit nach und nach ersterbender Stimme fort, »Ihr wisst es, wer da liebt und wer zu lieben versteht, denn Ihr, die Reinen, Ihr allein könnet trösten ... nein, nein, das ist es alles nicht, was ich eigentlich meine, ich bin kein Dichter«, sagte er, »aber etwas in der Art.«

»Mir tut es leid, dass ich kein Dichter bin«, erwiderte Lawretzky.

»Leere Träume«, entgegnete Lemm, und drückte sich in eine Ecke der Kalesche. Er schloss die Augen, als ob er einschlafen wollte. Einige Augenblicke vergingen, Lawretzky horchte ... »Sterne, reine Sterne, Liebe«, murmelte der Alte.

»Liebe«, wiederholte Lawretzky leise, versank in Gedanken und schwer ward ihm ums Herz.

»Sie haben eine schöne Musik zum Fridolin geschrieben, Christophor Fedorowitsch; was meinen Sie aber«, sagte er laut, »dieser Fridolin ist, als der Graf ihn zu seiner Frau brachte, gleich ihr Liebhaber geworden, – was?«

»Das denken Sie«, meinte Lemm, »weil, wahrscheinlich, die Erfahrung ...« Er schwieg plötzlich und wandte sich verwirrt ab.

Lawretzky lachte gezwungen, drehte sich auch um und sah auf den Weg.

Schon begannen die Sterne zu erbleichen und der Himmel wurde grau, als die Kalesche an der Treppe des kleinen Häuschens in Wassiliewsky hielt. Lawretzky begleitete seinen Gast in das für ihn bestimmte Zimmer, kehrte in sein Kabinett zurück und setzte sich ans Fenster. Im Garten sang eine Nachtigall ihr letztes Lied vor Morgenanbruch. Lawretzky erinnerte sich, dass auch bei den Kalitins eine Nachtigall gesungen hatte, er erinnerte sich ebenfalls der leisen Bewegung der Augen Liesens, als sie sich bei deren ersten Tönen zum Fenster wandten. Er begann, an sie zu denken, und in seinem Herzen wurde Ruhe. »Reines Mädchen«, sagte, er halblaut, »reine Sterne!«, fügte er lächelnd hinzu und legte sich ruhig schlafen.

Auch Lemm saß lange auf seinem Bette, ein Notenheft auf den Knien haltend. Eine nie dagewesene, süße Melodie schien ihn besuchen zu wollen. Schon brannte er, schon war er in reizbarer Aufregung, schon fühlte er die Ermattung und die Süße ihres Nahens, doch wartete er sie nicht ab. »Weder Dichter noch Musiker!«, lispelte er endlich vor sich hin.

Und schwer sank sein müdes Haupt auf das Kissen.

23.

Am folgenden Tage tranken der Wirt und sein Gast Tee im Garten unter einer alten Linde.

»Meister«, sagte unter anderem Lawretzky, »bald werden Sie eine Festkantate komponieren müssen!«

»Und wozu das?«

»Zu der Hochzeit des Herrn Panschin mit Liese. Haben Sie bemerkt, wie er ihr gestern die Cour machte? Alles scheint schon unter ihnen abgemacht.«

»Das kann nicht sein!«, rief Lemm aus.

»Und warum nicht?«

»Weil es unmöglich ist! … Übrigens«, fügte er nach einigen Augenblicken hinzu, »auf der Welt ist alles möglich, besonders hier bei Ihnen in Russland.«

»Russland wollen wir für jetzt in Ruhe lassen; was finden Sie aber Schlechtes in dieser Ehe?«

»Alles ist schlecht, alles. Lisawetha Michailowna ist ein ernstes, rechtliches Fräulein, hat erhabene Gefühle, – und er … er ist ein Di-let-tant, in einem Worte.«

»Sie liebt ihn aber?«

Lemm stand von der Bank auf.

»Nein, sie liebt ihn nicht, das heißt, sie hat noch ein reines Herz und weiß selbst nicht, was Liebe heißt. Frau von Kalitin sagt ihr, er sei ein guter junger Mann und sie glaubt ihr, denn sie ist noch ein Kind, obgleich sie neunzehn Jahre alt ist. Sie betet des Morgens, sie betet des Abends – und das ist sehr lobenswert; doch sie liebt ihn nicht. Sie kann nur das Schöne lieben, und er ist nicht schön, das heißt seine Seele ist nicht schön.«

Lemm sprach diese Rede fließend und mit Feuer, mit kurzen Schritten vor dem Teetische hin und her schreitend, und seine Augen irrten auf der Erde umher.

»Teuerster Maëstro«, rief plötzlich Lawretzky aus, »mir scheint es, Sie selbst sind in meine Cousine verliebt!«

Lemm hielt plötzlich inne.

»Ich bitte«, sagte er mit unsicherer Stimme, »spaßen Sie mit mir nicht, ich blicke ins Grab und nicht auf eine rosige Zukunft.«

Der Alte tat Lawretzky leid und er bat ihn um Vergebung. Nach dem Tee spielte Lemm ihm jene Kantate vor und bei Tisch, von Lawretzky selbst auf dies Thema gebracht, sprach er wieder viel von Liese. Lawretzky hörte ihm aufmerksam und neugierig zu.

»Was meinen Sie wohl, Christophor Fedorowitsch«, sagte er endlich, »hier ist, scheint es mir, jetzt alles in Ordnung; der Garten steht in voller Blüte, soll ich sie nicht mit ihrer Mutter und meiner alten Tante auf einen Tag hierher einladen? Was? Das wird Ihnen angenehm sein?«

Lemm bückte sich über seinen Teller. »Laden Sie ein«, murmelte er vor sich hin.

»Und Panschin soll nicht dabei sein?«

»Nein!«, sagte der Alte mit einem fast kindischen Lächeln.

Zwei Tage später fuhr Feodor Iwanitsch in die Stadt zu den Kalitins.

24.

Er fand alle zu Hause, doch sagte er nicht gleich, warum er gekommen war. Erst wollte er allein mit Liese reden. Der Zufall kam ihm zu Hilfe; man ließ sie beide allein im Saal. Sie plauderten zusammen, Liese hatte schon Zeit gehabt, sich an ihn zu gewöhnen, – überhaupt fürchtete sie auch niemanden. Er hörte sie an, blickte ihr ins Gesicht und wiederholte in seinen Gedanken die Worte Lemms, er gab ihm in allem recht.

Zuweilen geschieht es, dass zwei schon bekannte, aber sich nicht nahe stehende Leute plötzlich und schnell, in einigen Augenblicken sich aneinander anschließen, – und das Gefühl dieser Annäherung drückt sich in ihren Blicken, in ihrem freundlichen und sanften Lächeln, selbst in ihren Bewegungen aus. Ähnliches fand mit Lawretzky und Liese statt. »Also so ist er«, dachte sie, ihn freundlich ansehend. »Also so bist du«, dachte auch er, und deswegen war er nicht im Geringsten verwundert, als sie, ohne die kleinste Spur von Verlegenheit zu zeigen, zu ihm sagte, es läge ihr schon seit Langem auf dem Herzen ihn um etwas zu fragen, doch fürchte sie, ihn zu ärgern.

»Fürchten Sie sich nicht, sprechen Sie immer zu«, sagte er und blieb vor ihr stehen.

Liese heftete auf ihn ihre klaren Augen.

»Sie sind so gut ...«, begann sie und dachte zu gleicher Zeit: »Ja, in der Tat, er ist gut ...« – »Sie werden mich entschuldigen, denn eigentlich sollte ich mit Ihnen darüber nicht sprechen … Wie konnten Sie? … Warum haben Sie sich von Ihrer Frau getrennt?«

Lawretzky fuhr zusammen, blickte auf Liese und setzte sich zu ihr.

»Kind«, begann er, »rühren Sie diese Wunde nicht an; Sie haben zwar zarte Hände, doch wird die Wunde auch bei Ihrer Berührung schmerzen.«

»Ich weiß es«, fuhr Liese fort, als ob sie nicht gehört hätte, was er sagte, »ich weiß es, dass sie vor Ihnen schuldig dasteht, ich will sie nicht rechtfertigen; wie kann man aber das trennen, was Gott vereint hat?«

»Unsere Begriffe darüber sind zu verschieden«, sagte Lawretzky, »wir werden einander nicht verstehen.«

Liese erblasste; ihr ganzer Körper erzitterte, doch sie schwieg nicht.

»Sie müssen verzeihen«, fuhr sie fort, »wenn Ihnen verziehen werden soll.«

»Verzeihen!«, rief Lawretzky. »Erst müssen Sie wissen, für wen Sie bitten. Diesem Weibe verzeihen, sie wieder in mein Haus aufnehmen, sie, dieses eitle, herzlose Geschöpf! Wer hat Ihnen auch gesagt, dass sie zu mir zurückkehren wolle? Sie ist ja mit ihrem Schicksal vollkommen zufrieden. Was ist da viel zu reden? Ihr Name darf von Ihnen nicht ausgesprochen werden. Sie sind zu rein, Sie können solch ein Geschöpf nicht verstehen.«

»Warum beleidigen?«, sagte Liese und das Zittern ihrer Hände wurde immer bemerkbarer. »Sie selbst haben sie verlassen, Feodor Iwanitsch!«

»Ich sage es Ihnen aber«, rief Lawretzky, sich unwillkürlich von seiner Ungeduld hinreißen lassend, »Sie wissen nicht, was das für ein Geschöpf ist.«

»Warum haben Sie sie aber denn geheiratet?«, lispelte Liese und senkte die Augen.

Lawretzky sprang von seinem Stuhle auf.

»Warum ich sie geheiratet habe? Ich war damals jung und unerfahren; ich habe mich geirrt, habe mich vom schönen Äußern hinreißen lassen. Ich kannte das Weib nicht, kannte die Welt nicht. Ich bete zu Gott, dass Sie eine glücklichere Ehe schließen; doch, glauben Sie mir, im Voraus kann man auf nichts schwören.«

»Auch ich kann unglücklich werden«, lispelte Liese und ihre Stimme wurde unsicher; – »doch werde ich mich dann in mein Schicksal zu ergeben wissen … Ich kann mich nicht gut ausdrücken, doch wenn wir uns nicht in unser Schicksal ergeben …«

Lawretzky drückte krampfhaft die Hände zusammen und stampfte mit dem Fuße.

»Ärgern Sie sich nicht, verzeihen Sie mir!«, beeilte sich Liese zu sagen.

In diesem Augenblicke trat Marie Dmitriewna ins Zimmer. Liese stand auf und wollte sich entfernen.

»Warten Sie«, rief ihr Lawretzky unerwartet nach. »Ich habe eine große Bitte an Sie und an Ihre Mutter: Besuchen Sie mich in meiner neuen Wohnung. Sie wissen, ich habe jetzt ein Klavier, Lemm ist bei mir auf Besuch; der Holunder blüht jetzt, Sie werden die Landluft genießen und können denselben Tag nach Hause zurückkehren, – sind Sie damit einverstanden?«

Liese blickte auf ihre Mutter, Marie Dmitriewna machte eine kränkliche Miene; Lawretzky ließ ihr aber nicht Zeit, den Mund zu öffnen und küsste ihr beide Hände. Marie Dmitriewna, die keiner Schmeichelei zu widerstehen wusste und eine solche Liebenswürdigkeit vom »Bären« gar nicht erwartet hatte, taute auf und gab ihre Einwilligung. Während sie darüber nachdachte, welchen Tag sie bestimmen solle, ging Lawretzky zu Liese und immer noch aufgeregt, raunte er ihr leise zu: »Ich danke, ich bin schuld ... Sie sind ein gutes Mädchen«, und ihr bleiches Gesicht errötete von einem frohen und züchtigen Lächeln. Auch ihre Augen lächelten, – bis zu diesem Augenblicke hatte sie gefürchtet, ihn beleidigt zu haben.

»Kann Wladimir Nikolaitsch uns begleiten?«, fragte Marie Dmitriewna.

»Freilich«, erwiderte Lawretzky, »wäre es aber nicht besser, wenn wir im Familienkreise blieben?«

»Doch glaube ich ...«, begann Marie Dmitriewna. »Übrigens, wie Sie wollen!«, fügte sie hinzu.

Man beschloss, Lenchen und Schurotschka mitzunehmen. Martha Timotheewna weigerte sich, mitzufahren.

»Es fällt mir schwer, mein Lieber«, sagte sie, »meine alten Knochen rütteln zu lassen; uns auf die Nacht zu beherbergen, hast du keinen Platz. Übrigens liebe ich auch nicht, in fremden Betten zu schlafen; mag die Jugend allein zu dir fahren.«

Lawretzky fand keine Gelegenheit mehr, mit Liese allein zu bleiben, doch er sah sie so an, dass es ihr wohl ums Herz wurde, dass sie sich etwas schämte und er ihr leidtat. Als er von ihr Abschied nahm, drückte er ihr fest die Hand, und sie versank in Gedanken, als sie allein geblieben war.

25.

Als Lawretzky nach Hause zurückgekehrt war, traf er auf der Schwelle des Saales einen hohen und mageren Mann in einem abgeschnittenen blauen Rock, mit einem runzligen, aber belebten Gesicht, einem unordentlichen grauen Backenbart, langer und gerader Nase und kleinen, feurigen Augen. Das war Michalewitsch, sein früherer Universitätskamerad. Anfangs erkannte ihn Lawretzky nicht, drückte ihn aber feurig an seine Brust, als er sich nannte. Seit Moskau hatten sie sich nicht gesehen; es folgten Ausrufungen, Fragen, längst vergessene Erinnerungen sahen das Licht der Welt wieder.

Eine Pfeife nach der andern ausrauchend, dazu den Tee schluckweise trinkend und mit seinen langen Armen herumfechtend, erzählte Michalewitsch seine Irrfahrten. Viel Fröhliches war nicht in denselben, er konnte sich keiner großen Erfolge in seinen Unternehmungen rühmen, – doch lachte er fortwährend mit heiserer, nervöser Stimme. Vor einem Monat hatte er eine Stelle auf dem Comptoir eines reichen Branntweinpächters erhalten, der ungefähr dreihundert Werst von O. wohnte, und, da er von der Rückkehr Lawretzkys aus dem Auslande gehört, hatte er einen Umweg gemacht, um seinen alten Freund wiederzusehen. Michalewitsch sprach in denselben gebrochenen Sätzen, wie in seiner Jugend, lärmte und war derselbe Enthusiast wie früher. Lawretzky begann von seinen Verhältnissen zu sprechen, doch Michalewitsch unterbrach ihn und brummte eilig vor sich: »Ich habe schon gehört, Freund; ich habe schon gehört! Wer konnte das erwarten?«, und lenkte gleich das Gespräch auf allgemeine Dinge.

»Morgen muss ich weiter reisen«, sagte er. »Heute aber, du musst es mir schon vergeben, wollen wir nicht früh schlafen gehen. Ich muss durchaus wissen, was du jetzt bist, welche Meinungen, welche Überzeugungen du hast, was du geworden bist, was dich das Leben gelehrt hat.« (Michalewitsch hielt sich an die Phraseologie der dreißiger Jahre.) »Was mich betrifft, Freund, so habe ich mich sehr verändert; des Lebens Wellen sind auf meine Brust gefallen, – wer hat das doch gesagt? – obgleich ich in dem, was wichtig ist, was den Lebenskern betrifft, mich nicht verändert habe; wie früher glaube ich an das Schöne, an die Wahrheit, ich glaube nicht allein, ich glaube von Herzen, ja, von Herzen, von Herzen. Höre, du weißt, ich mache Verse, Poesie ist in ihnen nicht, doch ist in ihnen Wahrheit. Ich will dir mein letztes Gedicht vorlesen, in ihm habe ich meine innern, tiefen Überzeugungen ausgesprochen. Höre!« Michalewitsch las sein Gedicht vor; es war ziemlich lang und endigte mit folgenden Zeilen:

Ein Kind bin ich im Herzen jetzt geworden,
Gab mich Gefühlen hin, die niemals ich gekannt;
Verbrannte alles, was ich hab vergöttert;
Und knie vor dem, was früher ich verbrannt.

Als er die beiden letzten Verse las, waren in seiner Stimme Tränen zu hören; leichte Zuckungen, Zeugen eines tiefen Gefühles, eilten über seine dicken Lippen, sein unschönes Gesicht verklärte sich.

Lawretzky hörte ihn an, lauschte ihm zu … und der Geist des Widerspruches wurde in ihm rege; auf seine Nerven wirkte die stets bereite, stets aufbrausende Begeisterung des Moskauer Studenten. – Keine Viertelstunde war vergangen, als beide schon in einen Streit verwickelt waren, in einen jener endlosen Streite, zu denen nur Russen fähig sind. Nach langer Trennung, die beide in einer ganz verschiedenen Welt verbracht hatten, weder die eigenen noch die fremden Gedanken klar begreifend, sich an Worte klammernd, und mit Worten allein widersprechend, stritten sie über die erhabensten Gegenstände und stritten so, als gelte es beider Leben und Tod; schrien so laut, dass das ganze Haus in Aufregung geriet und der arme Lemm, der seit der Ankunft Michalewitschs sich in seine Stube eingeschlossen hatte, ganz verwirrt wurde, und etwas – ohne eigentlich zu wissen was – fürchtete.

»Was bist du eigentlich nach allem diesem? Blasiert!«, schrie Michalewitsch um ein Uhr nach Mitternacht.

»Sehen *Blasierte* so aus?«, entgegnete Lawretzky. »Die haben ein bleiches und krankhaftes Aussehen, – und ich! – willst du es, so hebe ich dich mit einer Hand auf!«

»Nun, wenn nicht blasiert, so bist du ein *Skyptyker* (in Michalewitschs Aussprache war der Kleinrusse nicht zu verkennen). Und was hast du für ein Recht, Skyptyker zu sein? Dir ist alles im Leben geglückt, freilich; ja, aber dabei hattest du gar kein Verdienst; du warst mit einem leidenschaftlichen, liebenden Herzen geboren, und man trennte dich mit Gewalt von den Frauen. Die erste Frau, die du trafst, musste dich betrügen ...«

»Und sie hat mich betrogen«, bemerkte finster Lawretzky.

»Gut, gut, und dabei war ich des Schicksals Werkzeug, – doch was lüge ich, ein Schicksal gibt es nicht; es ist meine alte Gewohnheit, mich undeutlich auszudrücken. Doch was beweist dies?«

»Es beweist, dass man mich von meiner Kindheit an verrenkt hat.«

»Da heile dich selbst von deiner Verwaltung, dazu bist du ein Mann; du brauchst nicht bei Leuten um Energie zu betteln! Es sei dem aber, wie ihm wolle, kann man, ist es erlaubt, ein vereinzelt dastehendes Faktum zu einem allgemeinen Gesetz, zu einer unwiderruflichen Regel zu erheben?«

»Was ist hier für eine Regel?«, unterbrach ihn Lawretzky. »Ich erkenne nicht an ...«

»Nein, das ist deine Regel, deine Regel«, unterbrach ihn seinerseits Michalewitsch.

»Du bist ein Egoist, das ist es!«, donnerte er eine Stunde später. »Du suchtest nur Selbstgenuss, du wünschtest Glück im Leben zu haben, du wolltest nur für dich allein leben ...«

»Was ist Selbstgenuss?«

»Und alles hat dich betrogen, alles ist unter deinen Füßen zusammengestürzt.«

»›Was ist Selbstgenuss?‹, das frage ich dich.«

»Und es musste zusammenstürzen, denn du suchtest einen Haltpunkt da, wo man ihn nicht finden konnte; denn du bautest dein Haus auf Flugsand.«

»Sprich deutlicher, ohne Gleichnisse, denn ich verstehe dich nicht!«

»Denn, – du kannst meinethalben spotten, denn in dir ist kein Glauben, ist keine Herzensglut; Verstand, nur Groschenverstand ... Du bist, ganz einfach, ein erbärmlicher, hinter deiner Zeit zurückgebliebener Voltairianer – das bist du.«

»Wer? Ich ein Voltairianer?«

»Ja, ganz solch ein Voltairianer, wie es dein Vater gewesen ist, und du weißt es selbst nicht.«

»Dann habe ich das Recht«, rief Lawretzky, »zu sagen, dass du ein Fanatiker bist!«

»Ach«, sagte Michalewitsch mit Zerknirschung, »zum Unglück habe ich bis jetzt noch durch nichts einen so erhabenen Namen verdient!«

»Jetzt habe ich gefunden, wie ich dich nennen soll«, schrie derselbe Michalewitsch um drei Uhr nachts. »Du bist kein Skeptiker, nicht blasiert, kein Voltairianer, du bist – ganz einfach – ein Murmeltier, ein böswilliges Murmeltier, ein Murmeltier mit Bewusstsein, kein naives Murmeltier. Die naiven Murmeltiere liegen auf ihrem Flecke, und tun nichts, weil sie nichts zu tun verstehen; sie denken auch an nichts; du aber, ein denkender Mensch, – auch du liegst; du könntest etwas tun – und tust nichts; du liegst da mit deinem vollen Bauche und sprichst: So muss es sein, nämlich, man müsse liegen, weil alles, was die Leute da tun und treiben, alles nur Unsinn sei, der zu nichts Vernünftigem führe.«

»Woher kommst du nur aber auf den Gedanken, dass ich liege?«, wiederholte Lawretzky. »Was gibt dir Grund und Ursache, in mir solche Gedanken vorauszusetzen?«

»Und überdies seid ihr alle«, fuhr der unermüdliche Michalewitsch fort, »du und deinesgleichen, vielbelesene Murmeltiere. Ihr wisst, auf welchem Fuß der Deutsche hinkt, wisst, was bei den Franzosen und Engländern schlecht ist, und euer erbärmliches Wissen kommt euch zu Hilfe, rechtfertigt eure schmähliche Trägheit, euer schmachvolles Nichtstun. So mancher ist sogar darauf stolz, – und denkt sich in seinen Sinnen – ich liege und die Narren da, die drängen sich geschäftig herum. Ja! – Auch bei uns gibt es solche Herren, – übrigens sei das nicht auf deine Rechnung gesagt, – die ihr ganzes Leben in einem Starrkrampf der Langeweile verbringen, sich in dieselbe hineinnisten, – wie … nun, wie ein Pilz in die Butter …«, meinte Michalewitsch und lachte selbst über seinen Vergleich. »Ach, dieser Starrkrampf der Langeweile, das ist das Verderben der Russen; das ekelhafte Murmeltier nimmt sich sein Leben lang vor, zu arbeiten.«

»Was schimpfst du mich aber?«, schrie seinesteils Lawretzky. »Handeln … arbeiten … sage mir lieber, was ich tun soll? Du Demosthenes aus Poltawa!«

»Sieh einmal, was du da von mir verlangst! – Nein, das werde ich dir nicht sagen, Freund; das muss ein jeder selbst wissen!«, erwiderte Demosthenes mit Ironie. »Ein Rittergutsbesitzer! – Ein Edelmann! Und weiß nicht, was er tun soll! Er hat keinen Glauben, sonst wüsste er, was er tun soll; keinen Glauben hat er, und keine Offenherzigkeit.«

»Lass mich doch wenigstens verschnaufen, du Teufel! Gib mir doch einen Augenblick Ruhe«, bat Lawretzky.

»Keine Minute, keine Sekunde Ruhe«, erwiderte Michalewitsch mit einer befehlenden Handbewegung. »Keine einzige Sekunde! – Der Tod wartet nicht und das Leben darf auch nicht warten.«

»Und wann und wo fiel es den Leuten ein, zu Murmeltieren zu werden«, schrie er um vier Uhr morgens mit schon etwas heiserer Stimme. »Bei uns! Jetzt! In Russland! Während auf jeder Persönlichkeit eine große Pflicht, eine große Verantwortlichkeit vor Gott, vor dem Volke, vor sich selbst liegt! Wir schlafen, und die Zeit enteilt; wir schlafen ...«

»Erlaube mir, dir zu bemerken«, sagte Lawretzky, »dass wir jetzt ganz und gar nicht schlafen, sondern eher die andern in ihrem Schlafe stören. Wir krähen wie die Hähne. Horch! Sie scheinen zum dritten Male zu krähen.«

Dieser Spaß machte Michalewitsch lächeln und beruhigte ihn. »Auf Morgen«, sagte er und legte seine Pfeife in den Tabaksbeutel. »Auf Morgen«, wiederholte Lawretzky; doch über eine Stunde noch unterhielten sich die Freunde. Übrigens wurden ihre Stimmen nicht mehr laut, denn ihre Reden waren sanft und traurig, – es waren gute Reden.

So viel ihn auch Lawretzky zu bleiben beredete, reiste Michalewitsch dennoch am folgenden Morgen ab. Feodor Iwanitsch konnte ihn nicht bei sich behalten, doch sprach er sich mit ihm zur Genüge aus. Es erwies sich, dass Michalewitsch auch nicht einen Pfennig in der Tasche hatte. Schon am Tage vorher hatte Lawretzky an ihm alle Anzeichen und Gewohnheiten einer chronischen Armut bemerkt. Seine Stiefel waren zerrissen, auf dem Rücken fehlte an seinem Rocke ein Knopf, seine Hände kannten keine Handschuhe und in seinen Haaren waren Bettfedern. Bei seiner Ankunft hatte er nicht daran gedacht, sich zu waschen. Beim Abendbrote aß er wie ein Haifisch, zerriss mit den Händen das Fleisch und zerbiss lärmend die Kochen mit seinen festen schwarzen Zähnen.

Im Staatsdienste hatte er keinen großen Erfolg gehabt, jetzt hatte er seine ganze Hoffnung auf den Branntweinpächter gesetzt, der ihn ganz einfach aus dem Grunde zu sich genommen hatte, weil er in seinem Comptoir einen »gebildeten Mann« haben wollte. Trotzdem verzagte Michalewitsch nicht und lebte als Zyniker, Idealist, Dichter, aufrichtig besorgt um das Schicksal der Menschheit und seine eigene Bestimmung, und, sich wenig darum bekümmernd, ob er nicht morgen vor Hunger sterben würde. Er war nicht verheiratet, verliebte sich aber zahllose Male und schrieb Gedichte auf alle seine Heißgeliebten. Mit besonderer Begeisterung besang er eine mysteriöse, schwarzlockige »Panua« … Freilich gingen Gerüchte um, dass diese Panua ganz einfach eine Jüdin sei, die vielen Kavallerieoffizieren sehr wohl bekannt war … wenn man es aber bedenkt, ist denn das nicht ganz einerlei?

Mit Lemm befreundete sich Michalewitsch nicht; aus Ungewohnheit erschreckten den Deutschen seine überlauten Reden, seine schroffen Manieren … von Weitem erkennt ein armer Schlucker den andern, nähert sich ihm aber in seinen alten Tagen nicht. Und was ist da Wunderbares, was hat er denn mit ihm zu teilen? Nicht einmal eine Hoffnung!

Michalewitsch unterhielt sich vor seiner Abreise lange mit Lawretzky; weissagte ihm Verderben, wenn er sich nicht aufrütteln würde, flehte ihn an, sich ernstlich um das Schicksal seiner Leibeigenen zu bekümmern, stellte sich selbst als Beispiel hin und sagte, er wäre im Schmelzofen des Unglücks gereinigt worden, – und gleich darauf nannte er sich einige Male einen glücklichen Menschen, verglich sich mit einem Vogel in den blauen Lüften, mit einer Lilie des Tales.

»Mit einer schwarzen Lilie, auf jeden Fall«, bemerkte Lawretzky.

»Ach, Freund, spiele doch nicht den Aristokraten«, erwiderte gutmütig Michalewitsch; »danke lieber Gott, dass in deinen Adern Plebejerblut fließt. Ich sehe aber, dass du jetzt eines reinen, überirdischen Wesens bedarfst, das dich aus deiner Apathie herausreißen könnte.«

»Ich danke dir, Freund«, murmelte Lawretzky, »ich habe an diesen überirdischen Wesen genug.«

»Schweige, du *Zynyker*!«, rief Michalewitsch.

»*Zyniker*«, verbesserte ihn Lawretzky.

»Ja eben, *Zynyker*«, wiederholte Michalewitsch, ohne die geringste Verwirrung. Selbst im Tarantas[6] sitzend, – wohin man seinen flachen, gelben und sonderbar leichten Koffer herausgebracht hatte, – sprach er noch immerfort; in eine Art von spanischen Mantel, mit verblichenem Kragen, und Löwenklauen statt Hacken, gehüllt, entwickelte er noch immer seine Ansichten über das künftige Schicksal Russlands und focht mit der braunen Hand in der Luft herum, als säe er die Samen des künftigen Wohlstandes. Endlich setzten sich die Pferde in

6 Russischer, auf langen Stangen ruhender Reisewagen ohne Schwungfedern. Anmerkung des Übersetzers.

Bewegung. »Gedenke meiner drei letztere Worte«, schrie er, sich mit dem ganzen Körper aus dem Tarantas beugend, und wie ein Seiltänzer dastehend: »Glaube, Fortschritt, Menschheit! Lebe wohl!« Sein Kopf mit der bis an die Augen gedrückten Mütze verschwand.

Lawretzky blieb allein auf der Treppe und folgte mit den Augen dem Tarantas auf der Landstraße, bis er aus dem Gesichtskreise verschwand.

»Er kann recht haben«, dachte er, »vielleicht bin ich wirklich ein Murmeltier.« Viele von den Worten Michalewitschs waren tief in sein Herz gedrungen, obgleich er mit ihm gestritten hatte und mit ihm nicht einverstanden war. Ist ein Mensch gut, so trägt er von selbst eine unwiderstehliche Kraft in sich.

Zweiter Teil

1.

Zwei Tage später kam Maria Dmitriewna, wie sie es versprochen hatte, mit den übrigen Eingeladenen nach Wasiliewskoie. Die kleinen Mädchen liefen sogleich in den Garten, Maria Dmitriewna aber ging mit schmachtender Miene durch alle Zimmer, lobte mit schmachtender Stimme alles. Ihren Besuch bei Lawretzky hielt sie für ein Zeichen großer Herablassung, fast für eine Wohltat. Sie lächelte freundlich, als Anton und Apraxea nach alter Dienstbotengewohnheit ihr die Hand küssten, – und mit schwacher Stimme und näselnd bat sie, man solle ihr Tee bringen. Zum großen Ärger Antons, der gestreifte weiße Handschuhe angezogen hatte, brachte Madame Kalitin den Tee nicht er, sondern ein gemieteter Kammerdiener Lawretzkys, der, wie der Alte sich ausdrückte, gar nicht an Ordnung gewöhnt sei. Bei Mittag aber behauptete Anton seine Rechte, festen Schrittes stellte er sich hinter den Sessel Marie Dmitriewnas und trat seine Stelle niemandem ab. Die lange nicht dagewesene Gegenwart von Gästen in Wasiliewskoie regte den Alten auf und freute ihn; es war ihm angenehm zu sehen, dass sein Herr mit guten Leuten Bekanntschaft habe.

Übrigens war nicht er allein diesen Tag in großer Aufregung; auch Lemm war sehr aufgeregt. Er hatte einen kurzen, tabaksfarbenen Frack mit spitzen Schößen angezogen, hatte sein Halstuch fest zugebunden, hustete fortwährend; angenehm und freundlich lächelnd, machte er jedermann Platz.

Lawretzky bemerkte mit Vergnügen, dass die Annäherung zwischen ihm und Liese fortdauerte; sie war kaum eingetreten, als sie ihm von selbst mit einem freundlichen Blicke die Hand reichte. Nach Mittag zog Lemm aus seiner Tasche, in welche er jeden Augenblick seine Hand steckte, eine Rolle Notenpapier hervor und legte dieselbe, seine Lippen auf eine sonderbar angenehme Weise spitzend, schweigend auf das Klavier.

Es war eine von ihm den Tag vorher auf einen altmodischen deutschen Text komponierte Romanze, in der von Sternen die Rede war, Liese setzte sich sofort an das Piano und sang die Romanze … Ach!

Die Musik erwies sich als sehr verwirrt und sehr gesucht; sichtbar wollte der Komponist etwas Leidenschaftliches, Tiefgefühltes ausdrücken, aber es war nichts herausgekommen; sein Streben war ein Streben geblieben. Lawretzky und Liese fühlten dies – auch Lemm begriff es; ohne ein Wort zu sprechen, steckte er seine Romanze wieder in die Tasche und als Liese sich erbot, dieselbe noch einmal zu singen, schüttelte er nur mit dem Kopfe und sagte: »Jetzt – basta!«, bückte sich noch tiefer und ging fort.

Gegen Abend ging die ganze Gesellschaft Fische angeln; in dem den Garten anschließenden Teich gab es viele Karauschen und Salblinge. Für Maria Dmitriewna wurde ein Sessel ans Ufer, in den Schatten gebracht, ihr wurde unter die Füße ein Teppich gebreitet, man gab ihr die beste Angelrute; Anton bot ihr, als alter erfahrener Fischer, seine Dienste an, fleißig hakte er Würmer an, schlug dieselben mit der Hand platt, spuckte auf die Würmer, und warf selbst den Angelhaken aus, sich graziös mit dem ganzen Körper vorwärts beugend. Denselben Tag äußerte sich Maria Dmitriewna gegen Lawretzky in folgender schülerhaft-französischer Redensart: »*Il n'y plus maintenant de ces gens comme ça comme autrefois.*«

Mit den beiden kleinen Mädchen ging Lemm weiter bis an den Damm; Lawretzky setzte sich neben Liese. Die Fische bissen fortwährend an, ununterbrochen glitzerten in der Luft die aus dem Wasser gezogenen Karauschen mit ihren bald goldigen, bald silberfarbenen Schuppen. Das Wonnerufen der kleinen Mädchen hörte nicht auf; Maria Dmitriewna selbst kreischte ein paarmal sehr zärtlich auf.

Seltener als bei den andern bissen bei Lawretzky und Liese die Fische an; wahrscheinlich kam das davon, dass sie weniger als die andern dem Fischfang Aufmerksamkeit zuwandten und den Schwimmpfropfen zu oft ans Ufer schwimmen ließen. Leise rauschte das hohe und rötliche Schilfrohr ringsumher; sanft schillerte vor ihnen das regungslose Wasser und auch ihre Unterhaltung klang sanft und leise. Liese stand auf dem kleinen Damme; Lawretzky saß auf einem zum Wasser sich neigenden Stamme einer Cytise, Liese hatte ein weißes Kleid an, und ihre Taille war von einem breiten, ebenfalls weißen Gürtel umschlungen; an einem Arme hing ihr Strohhut, mit dem andern hielt sie, sich etwas anstrengend, die zum Wasser gebeugte Angelrute. Lawretzky blickte auf ihr reines, etwas strenges Profil, auf ihre hinter die Ohren geworfenen Haare, auf die zarten Wangen, die bei ihr, wie bei einem

Kinde, glühten, und dachte: »Oh, wie reizend stehst du da vor meinem Teich!« Liese blickte ihn nicht an, sah aber fest ins Wasser, und, – wie soll ich es eigentlich ausdrücken? – auf ihrem Gesicht lag ein Ausdruck, der zwischen Stirnrunzeln und Lächeln war. Einer nahen Birke Schatten fiel auf beide.

»Wissen Sie aber was?«, begann Lawretzky. »Ich habe viel über unsere letzte Unterhaltung nachgedacht und ich bin zu dem Schlusse gekommen, dass Sie ein vortreffliches Herz haben.«

»Ich habe es ganz und gar nicht in der Absicht gesagt«, fing Liese an und schwieg errötend.

»Sie haben ein gutes Herz«, wiederholte Lawretzky. »Ich bin ein einfacher Mann, fühle aber, dass alle Sie lieben müssen. Sehen Sie, zum Beispiel, Lemm an; er ist, mit einem Worte gesagt, in Sie verliebt.«

Lieses Augenbrauen – nein, sie runzelten sich nicht, – sie fuhren aber krampfhaft zusammen; das geschah ihr immer, wenn sie etwas ihr Unangenehmes hörte.

»Er tat mir heute sehr leid«, fuhr Lawretzky fort, »mit seiner misslungenen Romanze. Jung zu sein und nichts zu wissen, – ist noch erträglich; aber alt zu werden und keine Kraft mehr zu haben – oh, das ist schlimm. Und was noch das Unerträglichste ist, dass man nicht fühlt, wenn man die Kraft verliert. Solche Schläge knicken einen alten Mann zusammen! ... Sehen Sie sich vor, – ein Fisch beißt bei Ihnen an! ... Man hat mir gesagt«, fügte Lawretzky hinzu, nachdem er einige Augenblicke geschwiegen hatte, »Wladimir Nikolaitsch hätte eine sehr hübsche Romanze geschrieben?«

»Ja, eine Kleinigkeit«, erwiderte Liese, »aber sie ist nicht übel. Mir scheint es, er hat großes Talent für Musik; aber er hat sich bis jetzt nicht mit ihr, wie es eigentlich sein sollte, beschäftigt.«

»Mag sein. Aber ist er ein guter Mann?«

Liese lachte auf und warf einen flüchtigen Blick auf Lawretzky.

»Eine sonderbare Frage!«, rief sie aus, zog die Angel aus dem Wasser und warf sie wieder weit von sich.

»Warum denn sonderbar? Ich frage Sie nach ihm, als ein vor Kurzem Angekommener, als Verwandter.«

»Als Verwandter?«

»Ja, denn ich bin, wenn ich mich nicht irre, Ihr Onkel in irgendeinem Grade.«

»Wladimir Nikolaitsch hat ein gutes Herz«, sagte Liese; »er ist klug, *maman* liebt ihn sehr.«

»Und auch Sie, Sie lieben ihn?«

»Er scheint ein guter Mann zu sein, warum soll ich ihn nicht lieben?«

»So ...«, sagte Lawretzky und schwieg; ein halb trauriger, halb spöttischer Ausdruck eilte über sein Gesicht. Sein fester Blick verwirrte Liese, – doch ihr Lächeln verlor sich nicht.

»Nun, so gebe Ihnen Gott Glück«, sprach er endlich leise vor sich hin, als spräche er nur mit sich selbst, und wandte den Kopf ab.

Liese errötete.

»Sie irren sich, Feodor Iwanitsch!«, sagte sie. »Wie können Sie so etwas denken? … Gefällt Ihnen aber Wladimir Nikolaitsch nicht?«, fragte sie mit einem Male.

»Er gefällt mir nicht!«

»Und warum denn das?«

»Mir scheint es, ihm fehlt ein Herz.«

Von Lieses Lippen schwand das Lächeln.

»Sie sind gewohnt, streng über die Menschen zu richten«, sagte sie nach einem langen Schweigen.

»Ich glaube es nicht. Welches Recht hätte ich aber auch, streng zu richten? – Ich, der selbst so viel der Nachsicht der Menschen bedarf? Oder haben Sie vergessen, dass nur der Faulenzer allein über mich nicht spottet? – Aber«, fügte er hinzu, »haben Sie auch Ihr Versprechen gehalten?«

»Welches?«

»Haben Sie für mich gebetet?«

»Ich habe für Sie gebetet und bete jeden Tag. Aber ich bitte, sprechen wir doch von solchen Dingen nicht so leichtsinnig.«

Lawretzky suchte Liese zu versichern, dass ihm dergleichen nicht in den Kopf gekommen sei, dass er jede Überzeugung hoch achte. Dann begann er von Religion zu sprechen, von ihrer Bedeutung in der Geschichte der Menschheit, von der Bedeutung des Christentums.

»Ein Christ muss man sein«, sagte nicht ohne Anstrengung Liese. »Nicht um das Himmlische zu begreifen … ja, auch nicht das Irdische, aber deswegen, weil jedermann sterben muss.«

Mit unwillkürlichem Erstaunen blickte Lawretzky auf Liese und seine Augen begegneten den Ihrigen.

»Was haben Sie da für ein Wort ausgesprochen!«, sagte er.

»Das sind nicht meine Worte«, antwortete sie.

»Nicht die Ihrigen? Warum sprechen Sie aber vom Tode?«

»Ich weiß es nicht. Oft denk ich aber an ihn.«

»Oft?«

»Das könnte man nicht behaupten, wenn man jetzt auf sie blickt, Sie haben ein so fröhliches, lichtes Gesicht, Sie lächeln.«

»Ja, ich fühle mich jetzt fröhlich gestimmt«, erwiderte Liese ganz naiv.

Lawretzky hätte gern ihre beiden Hände erfasst und sie kräftig zusammengedrückt.

»Liese, Liese! Komm doch her zu mir und sieh was ich für eine Karausche gefangen habe.«

»Gleich, gleich, *maman*«, erwiderte Liese und ging zu ihr und Lawretzky blieb allein auf seiner Cytise. »Ich spreche mit ihr, als ob ich nicht mein Leben beschlossen hätte«, dachte er.

Beim Weggehen hatte Liese ihren Hut auf einen Zweig gehängt. Mit einem sonderbaren, fast zärtlichen Gefühle blickte Lawretzky auf diesen Hut, auf dessen lange, etwas zerknitterte Bänder. Bald kehrte Liese zu ihm zurück.

»Warum scheint es Ihnen aber, dass Wladimir Nikolaitsch kein Herz habe?«, fragte sie ihn nach einigen Augenblicken.

»Ich habe Ihnen schon gesagt, dass ich mich irren kann; übrigens wird es die Zeit beweisen.«

Liese versank in Gedanken. Lawretzky begann von seinem Leben in Wasiliewskoie, von Michalewitsch, von Anton zu reden. Er fühlte den Drang, mit Liese zu sprechen, ihr alles mitzuteilen, was in seinem Herzen geschah, so reizend, so aufmerksam hörte sie ihn an, ihre seltenen Bemerkungen und Entgegnungen schienen ihm so einfach, so klug zu sein. Er sagte es ihr sogar.

Liese schien ganz verwundert.

»Wirklich?«, sagte sie. »Ich dachte bis jetzt, dass ich ebenso wenig eigene Worte habe, wie mein Kammermädchen Nastia; sie sagte einmal ihrem Bräutigame, du musst dich doch bei mir sehr langweilen; du erzählst mir immer so schöne Sachen und ich – habe keine Worte.«

»Und Gott sei Dank!«, dachte Lawretzky.

2.

Inzwischen brach der Abend an und Maria Dmitriewna äußerte den Wunsch, nach Hause zurückzukehren. Mit Mühe konnte man die kleinen Mädchen vom Teiche abziehen und reisefertig machen. Lawretzky sagte, er würde seine Gäste die Hälfte des Weges begleiten und ließ sich ein Pferd satteln.

Als er Maria Dmitriewna in die Kalesche setzte, sah er sich nach Lemm um, der Alte war nirgends zu finden, er war gleich nach dem Angeln verschwunden. Mit einer, für seine Jahre bewunderungswürdigen Kraft schlug Anton die Wagentür zu und schrie finster dem Kutscher zu: »Fort!«

Der Wagen fuhr ab; auf dem Rücksitz saß Maria Dmitriewna und Liese; auf dem Vordersitz die beiden kleinen Mädchen und das Kammermädchen. Der Abend war warm und still und die Wagenfenster waren von beiden Seiten offen.

Lawretzky ritt im Trabe neben der Kalesche auf der Seite wo Liese saß hin, und seine Hand war auf die Tür der Kalesche gelehnt. Er hatte die Zügel auf den Hals des gleichmäßig dahin trabenden Pferdes geworfen, und wechselte, aber äußerst selten, zwei, drei Worte mit dem jungen Mädchen. Die Abendröte war entschwunden; die Nacht war angebrochen, die Luft aber sogar schwüler geworden. Maria Dmitriewna schlummerte bald ein; die Kinder und das Kammermädchen versanken auch bald in Schlaf. Schnell und gleichmäßig rollte der Wagen dahin; Liese hatte sich vorwärts gebeugt; der eben aufgegangene Mond beschien ihr Gesicht, ein dichter Nachtwind umwehte ihre Augen und Wangen. Sie fühlte sich so wohl! Ihre Hand lag auf der Wagentür neben Lawretzkys Hand. Er auch, er fühlte sich so wohl; er ritt in der stillen und warmen Nacht dahin, sein Auge von dem gutmütigen, jungen Gesicht nicht abwendend und die junge, leise klingende Stimme anhörend, die von einfachen, schönen Dingen sprach; er hatte es nicht bemerkt, dass der halbe Weg schon zurückgelegt war. Er wollte Maria Dmitriewna nicht wecken, drückte Liese leise die Hand und sagte: »Nicht wahr, jetzt sind wir Freunde?« Sie nickte mit dem Kopfe, er hielt sein Pferd an. Leise sich schaukelnd rollte der Wagen weiter, Lawretzky ritt im Schritt nach Hause. Der Zauber der Nacht erfasste ihn; alles ringsumher schien so unerwartetsonderbar und zugleich so lange schon und so süß bekannt, nah und fern, – denn das Auge konnte weithin schauen, obgleich es vieles nicht unterscheiden konnte; alles ruhte, ein junges, aufblühendes Leben sprach sich in dieser Ruhe aus.

Rüstig trabte Lawretzkys Pferd, gleichmäßig sich nach rechts und links schaukelnd; sein langer schwarzer Schatten lief mit ihm parallel; es war etwas geheimnisvoll Angenehmes im taktmäßigen Schlage seiner Hufschläge, etwas Fröhliches und reizend Schönes im Gesange der Wachteln. Die Sterne hatten sich in eine Art von hellem Rauche getaucht, des Mondes Licht war fest und kraftvoll. Als blauer Strom ergoss es sich über das Himmelszelt und fiel als goldene Streifen auf die ihm nahe vorbeieilenden, kleinen Wölkchen. Die nächtliche Frische lockte auf die Augen eine leichte Feuchtigkeit, umfing freundlich den ganzen Körper und ergoss sich als freie Woge auf die Brust. Lawretzky genoss, und freute sich seines Genusses.

Nun, wir werden noch leben, dachte er; noch nicht ganz hat uns getötet … Er sagte nicht wer und was. Dann dachte er an Liese, daran, dass sie schwerlich Panschin liebe; dass, wenn er sie unter andern Verhältnissen getroffen hätte, – Gott weiß, was hätte geschehen können; dass er Liese verstehe, obgleich sie nicht »eigene« Worte habe. Ja, und auch das ist nicht wahr: Sie hat eigene Worte … »Sprechen Sie davon nicht so leichtsinnig«, auch dieser Worte erinnerte er sich. Lange ritt er mit gebücktem Kopfe dahin, dann richtete er sich gerade und sagte langsam und gedehnt: »Und ich verbrannte alles, was ich hab vergöttert, und knie jetzt vor dem, was früher ich verbrannt ...« Doch schlug er denselben Augenblick das Pferd mit der Reitgerte und ritt bis zu seinem Hause in gestrecktem Galopp.

Als er vom Pferde stieg, blickte er sich noch einmal um und ein unwillkürliches dankbares Lächeln spielte auf seinen Lippen. Nacht, schweigsame freundliche Nacht breitete sich über Hügel und Täler. Aus der Ferne, aus ihrer duftenden Tiefe, Gott weiß, woher – ob vom Himmel oder von der Erde, wehte leise sanfte Wärme. Lawretzky schickte einen letzten Gruß an Liese – und eilte die Treppe hinauf.

Der folgende Tag verging ziemlich langweilig; vom Morgen an regnete es; Lawretzky blickte finster und presste fester und fester die Zähne zusammen, als hätte er sich den Schwur gegeben, dieselben niemals wieder zu öffnen. Beim Schlafengehen nahm Lawretzky mit sich aufs Bett einen ganzen Haufen französischer Zeitungen, die mehr denn zwei Wochen bei ihm auf dem Tisch lagen, ohne dass er sich die Mühe genommen hätte, sie zu öffnen. Gleichgültig zerriss er die Kuverts und durchblickte die Zeitungsspalten, die aber übrigens nichts Neues enthielten. Schon wollte er sie unter den Tisch werfen, als er mit einem Male aufsprang, als hätte ihn eine Schlange gebissen. Im Feuilleton einer der Zeitungen teilte der uns schon bekannte Mr. Jules folgende »traurige Nachricht« mit: Die reizende, bezaubernde Moskauerin, schrieb er, eine der Königinnen der Mode, der Schmuck der Pariser Salons, Madame von Lawretzky ist eines fast augenblicklichen Todes gestorben, – diese, leider nur zu wahre Nachricht sei an ihn, Herrn Jules soeben gelangt. Er sei, fuhr er fort, sozusagen der Freund der Verstorbenen gewesen ...

Lawretzky kleidete sich an, ging in den Garten hinab und spazierte bis Tagesanbruch in derselben Allee hin und her.

3.

Den nächsten Morgen bat Lemm, beim Tee, Lawretzky um Pferde, um in die Stadt zurückzukehren. »Ich muss mich wieder an die Arbeit machen«, bemerkte der Alte, »hier verliere ich umsonst meine Zeit.« Nicht gleich gab ihm Lawretzky Antwort; er schien zerstreut zu sein. »Gut«, sagte er endlich, »ich selbst will mit Ihnen fahren.« Ohne die Hilfe eines Dieners in Anspruch zu nehmen, krächzend und sich ärgernd, packte Lemm seinen kleinen Koffer, zerriss und verbrannte einige Bogen Notenpapier. Der Wagen fuhr vor. Aus seinem Kabinett tretend, steckte Lawretzky die gestrige Zeitungsnummer in seine Tasche.

Unterwegs sprachen Lemm und Lawretzky wenig miteinander; jeden beschäftigten seine eigenen Gedanken und jeder war froh, dass der andere ihn nicht störte. Sie trennten sich ziemlich kalt, was übrigens in Russland bei Freunden häufig vorkommt. Lawretzky brachte den Alten bis an sein Haus und jener stieg aus dem Wagen, holte seinen Koffer hervor und ohne seinem Freunde die Hand zu reichen (er hielt den Koffer mit beiden Händen), ohne ihn selbst anzusehen, sagte er ihm Adieu. –

»Adieu!«, wiederholte Lawretzky und befahl seinem Kutscher, in seine Wohnung zu fahren, – er hatte sich in O. ein Absteigequartier gemietet. Hier schrieb er einige Briefe, nahm ein leichtes Mittagsessen zu sich und fuhr zu den Kalitins. Er fand bei ihnen im Saale nur Panschin, welcher ihm sagte, Marie Dmitriewna würde gleich kommen und mit der zuvorkommendsten Liebenswürdigkeit mit ihm eine Unterhaltung begann. Bis zum heutigen Tage war Panschins Benehmen gegen Lawretzky – wenn auch nicht stolz, doch herablassend gewesen; Liese aber, Panschin ihre gestrige kleine Reise erzählend, hatte geäußert: Lawretzky sei ein ausgezeichneter und kluger Mann. Das war genug; es musste die Eroberung des ausgezeichneten Mannes gemacht werden.

Panschin fing mit Komplimenten an, mit der Beschreibung des Entzückens, womit sich, seinen Worten nach, die ganze Familie Marie Dmitriewnas über Wasiliewskoie geäußert hätte, und dann, seiner Gewohnheit nach, geschickt auf sich selbst übergehend, sprach er von seinen Beschäftigungen, von seinen Ansichten über Leben, Welt und Staatsdienst; sprach ein paar Worte über Russlands Zukunft, davon, wie man den Gouverneuren die Zügel strammer halten müsse; witzelte etwas über sich selbst, und fügte hinzu, man hätte ihn unter anderem in Petersburg beauftragt, »*de populariser l'idée du cadastre*«. Er sprach ziemlich lange, mit nachlässigem Selbstvertrauen alle Schwierigkeiten lösend, und mit den wichtigsten administrativen und politischen Fragen spielend, wie ein Taschenkünstler mit Kugeln spielt. Fortwährend waren auf seiner Zunge Ausdrücke der Art wie: »So würde ich handeln, wenn ich die Regierung wäre«, oder »Sie werden als kluger Mann mir recht geben müssen«.

Kalt hörte Lawretzky dem Redeflusse Panschins zu; ihm missfiel dieser hübsche, kluge, ungezwungen feine junge Mann mit frohem Lächeln, artiger Stimme und forschenden Augen. Panschin erriet bald mit dem ihm eigenen schnellen Verstehen fremder Gefühle, dass er seinem Gesellschafter kein besonderes Vergnügen mache, und verschwand unter einem guten Vorwande. Er hatte entschieden, es sei wohl möglich, dass Lawretzky ein vortrefflicher Mann sei, doch sei er nicht sympathisch, sei »*aigri*« und »*en somme*« etwas komisch.

Marie Dmitriewna erschien in Begleitung Gedeonowskys, dann kam Martha Timotheewna mit Liese, ihnen folgten alle andern Hausgenossen; dann kam auch die Musikfreundin, Madame Belenitzin, eine kleine magere Dame, mit fast kindlichem, abgespanntem und hübschem Gesicht, in einem rauschenden schwarzen Kleide, einen bunten Fächer in der Hand haltend und die Arme mit dicken goldenen

Armbändern geschmückt; auch ihr Mann kam, ein pausbackiger dicker Herr mit großen Füßen und Händen, weißen Augenbrauen und einem unbeweglichen Lächeln auf den dicken Lippen; vor Leuten sprach seine Frau niemals mit ihm, zu Hause aber nannte sie ihn in Augenblicken der Zärtlichkeit ihr »Ferkelchen«. Auch Panschin kam zurück, und in den Zimmern wurde es sehr belebt und geräuschvoll.

Lawretzky liebte ein solches Gedränge nicht, besonders ärgerte ihn Madame Belenitzin, die ihre Lorgnette fortwährend auf ihn gerichtet hatte. Er wäre sofort weggegangen, wenn Liese nicht dagewesen wäre. Er wollte ihr einige Worte allein sagen, doch fand sich kein günstiger Augenblick und er begnügte sich damit, sie in geheimer Freude mit den Augen zu verfolgen. Niemals hatte ihm ihr Gesicht edler und hübscher geschienen, auch gewann sie viel durch den Vergleich mit Madame Belenitzin. Diese konnte keinen Augenblick ruhig sitzen, bewegte fortwährend ihre engen Schultern, lachte mit einem, zärtlich klingen sollenden Lachen, kniff bald die Augen zusammen, bald öffnete sie dieselben weit.

Liese saß ruhig, blickte gerade vor sich hin und blieb ernst.

Marie Dmitriewna setzte sich mit Martha Timotheewna, den Belenitzins und Gedeonowsky, welcher sehr bedächtig spielte, mit den Augen ununterbrochen blinzelte und alle Augenblicke sich den Schweiß vom Gesichte trocknete, an den Kartentisch.

Panschin machte ein melancholisches Gesicht, sprach gebrochen, bedeutungsvoll und traurig, mit einem Worte, er spielte den unbegriffenen Künstler, doch trotz aller Bitten der Madame Belenitzin, welche mit ihm sehr kokettierte, wollte er seine Romanze nicht singen, er genierte sich vor Lawretzky. Auch Feodor Iwanitsch sprach wenig; der besondere Ausdruck seines Gesichtes war Liese in dem Augenblicke aufgefallen, als er ins Zimmer trat; ein dunkles Gefühl sagte ihr gleich, er hätte ihr etwas mitzuteilen, doch fürchtete sie, selbst nicht wissend warum, ihn darauf anzureden. Endlich, als sie in den Saal ging, um Tee zu bereiten, drehte sie unwillkürlich den Kopf nach seiner Seite; er ging ihr sofort nach.

»Was haben Sie nur?«, sagte sie, die Teekanne auf den Samowar setzend.

»Haben Sie denn etwas bemerkt?«, fragte er.

»Sie sind heute nicht so, wie ich Sie bis jetzt zu sehen gewöhnt war.«

Lawretzky bückte sich über den Tisch.

»Ich wollte«, begann er, »Ihnen eine Nachricht mitteilen, jetzt ist es aber unmöglich. Übrigens, lesen Sie das, was in diesem Feuilleton mit Bleistift unterstrichen ist«, fügte er hinzu, ihr das mitgenommene Zeitungsblatt reichend. »Ich bitte Sie, für jetzt zu schweigen; morgen früh werde ich wieder vorkommen.«

Liese war verwundert, Panschin zeigte sich auf der Türschwelle und sie steckte das Zeitungsblatt in die Tasche.

»Haben Sie Obermann gelesen, Lisawetha Michailowna?«, fragte sie Panschin gedankenvoll.

Liese erwiderte ihm einige Worte und ging dann aus dem Saale hinauf in ihr Zimmer. Lawretzky kehrte in den Saal zurück und trat an den Spieltisch. Martha Timotheewna, mit losgebundenen Haubenbändern und rot gewordenem Gesichte klagte sehr über ihren Partner, der keinen einzigen Gang zu machen verstünde. »Kartenspielen ist«, sagte sie, »wir es scheint, schwieriger, als Klatschereien zu erfinden.«

Jener fuhr fort zu blinzeln und sich die Stirn zu trocknen. Liese kehrte in den Saal zurück und setzte sich in einen Winkel; sie blickten einander an und beide fühlten sich unbehaglich. Er las auf ihrem Gesichte Erstaunen und einen geheimen Vorwurf. Gern hätte er mit ihr geredet und konnte es nicht. Allein mit ihr im gleichen Zimmer zu bleiben, ein Gast in der Zahl anderer Gäste, war ihm schwer, – er beschloss, sich zu entfernen. Beim Abschiede gelang es ihm noch, ihr zuzuraunen, dass er morgen kommen würde und fest auf ihre Freundschaft baue. »Kommen Sie«, antwortete sie und auf ihrem Gesichte war noch immer dasselbe Erstaunen zu lesen.

Nach Lawretzkys Entfernung fand Panschin seine Lebhaftigkeit wieder; er gab Gedeonowsky Ratschläge, machte der Madame Belenitzin spöttisch die Cour und sang zuletzt seine Romanze. Mit Liese aber sprach er und betrachtete sie wie vorher: bedeutungsvoll und etwas traurig.

Wieder schlief Lawretzky die ganze Nacht nicht. Er war nicht traurig, war nicht aufgeregt, war ruhig geworden und konnte doch nicht schlafen. Er gedachte sogar nicht der vergangenen Zeiten; er blickte einfach auf sein Leben, schwer und einförmig schlug sein Herz, die Stunden enteilten – und doch dachte er nicht an Schlaf. Von Zeit zu Zeit stieg in seinem Kopfe der Gedanke auf: Dies ist ja aber alles nicht wahr, ist alles nur Unsinn, – und er hielt inne, senkte den Kopf und blickte wieder auf sein Leben.

4.

Marie Dmitriewna empfing Lawretzky nicht sehr freundlich, als er am folgenden Tage ihr seinen Besuch abstattete. »Er kommt ja furchtbar oft!«, dachte sie. Auch ihr selbst gefiel er nicht sehr; und Panschin, unter dessen Einflusse sie stand, hatte ihm den Tag vorher sehr heimische und nachlässige Lobsprüche gespendet. Da sie ihn nicht als Gast betrachtete, und einen Verwandten, fast einen Hausgenossen, nicht unterhalten zu brauchen meinte, so verging auch nicht eine halbe Stunde, als er schon im Garten in der Allee mit Liese auf und ab ging. Lenchen und Schurotschka liefen einige Schritte von ihnen umher.

Liese war ruhig, wie immer, doch blasser, als gewöhnlich. Sie nahm aus ihrer Tasche das gefaltete Zeitungsblatt und reichte es Lawretzky.

»Es ist schrecklich«, sagte sie.

Lawretzky gab keine Antwort.

»Vielleicht ist es aber auch nicht wahr!«, fügte Liese hinzu.

»Deswegen bat ich Sie auch, niemandem etwas davon zu sagen.«

Liese ging schweigend einige Schritte.

»Aber sagen Sie«, begann sie wieder, »Sie sind nicht betrübt? Ganz und gar nicht?«

»Ich kann mir selbst keine Rechenschaft von dem geben, was ich fühle.«

»Sie haben sie aber doch früher geliebt?«

»Ja.«

»Und sehr?«

»Sehr!«

»Und sind jetzt nicht über ihren Tod betrübt?«

»Nicht jetzt ist sie für mich gestorben!«

»Es ist aber sündhaft, was Sie da reden; – Sie müssen mir nicht gram sein. Sie haben mich Ihre Freundin genannt, und eine Freundin kann alles sagen. – Mich überläuft ein kalter Schauder; gestern hatte Ihr Gesicht keinen guten Ausdruck. Erinnern Sie sich, neulich, als Sie über sie klagten … schon damals gehörte sie vielleicht nicht dieser

Welt mehr an. Es ist entsetzlich. Es ist ganz so, als ob es Ihnen zur Strafe geschickt worden wäre.«

Lawretzky lächelte bitter.

»Sie meinen? Jetzt bin ich aber wenigstens frei.«

Liese fuhr etwas zusammen.

»Oh, sprechen Sie doch nicht so! Wozu nützt Ihnen die Freiheit jetzt? Nicht an Freiheit, an Vergebung müssen Sie jetzt denken ...«

»Ich habe ihr längst vergeben!«, unterbrach sie Lawretzky und winkte mit der Hand.

»Nein – es ist nicht das«, entgegnete Liese und wurde rot. »Sie haben mich nicht recht verstanden. – Sie müssen selbst Vergebung suchen.«

»Wer soll mir vergeben?«

»Wer? – Gott! Wer anders als Gott kann Ihnen vergeben?«

Lawretzky ergriff ihre Hand.

»Ach Lisawetha Michailowna, glauben Sie mir«, rief er, »auch so bin ich bestraft genug. Ich habe alles gesühnt, glauben Sie mir.«

»Das können Sie nicht wissen«, sagte Liese halblaut. »Sie haben vergessen, dass noch neulich … nun, als Sie mit mir sprachen, … Sie ihr nicht vergeben wollten.«

Beide gingen schweigend bis zum Ende der Allee.

»Und was macht Ihre Tochter?«, fragte mit einem Male Liese und blieb stehen.

»Oh, beunruhigen Sie sich nicht, ich habe überallhin schon Briefe geschickt; das Schicksal meiner Tochter, wie Sie sie … wie Sie sich ausdrücken, ist gesichert, beunruhigen Sie sich nicht.«

Liese lächelte traurig.

»Sie haben aber recht«, fuhr Lawretzky fort. »Wozu dient mir die Freiheit jetzt? Wozu kann ich sie brauchen?«

»Und wann haben Sie die Zeitungen bekommen?«

»Den Tag nach Ihrem Besuche.«

»Und es ist möglich … es ist möglich, dass Sie nicht geweint haben!«

»Nein. Ich war wie vom Blitz getroffen; woher sollten aber auch die Tränen kommen? Sollte ich um die Vergangenheit weinen? – Sie ist ja aus meinem Herzen ausgerottet. Ihr Fehltritt selbst hat mein Glück nicht gebrochen, nein, er hat mir nur bewiesen, dass mein Glück niemals dagewesen ist. Warum sollte ich aber auch weinen? Übrigens, wer weiß, – vielleicht wäre ich auch mehr betrübt gewesen, wenn ich die Nachricht zwei Wochen früher erhalten hätte ...«

»Zwei Wochen?«, erwiderte Liese. »Was ist denn aber in diesen zwei Wochen geschehen?«

Lawretzky gab keine Antwort, Liese aber errötete plötzlich noch mehr.

»Ja, ja, Sie haben es erraten!«, rief Lawretzky. »In diesen zwei Wochen habe ich kennengelernt, was ein reines Frauenherz ist, und meine Vergangenheit ist noch weiter von mir gewichen.«

Liese wurde verlegen, und ging in den Blumengarten zu Lenchen und Schurotschka.

»Und ich bin froh, dass ich Ihnen dieses Zeitungsblatt gezeigt habe«, sagte Lawretzky, ihr folgend. »Ich bin schon gewöhnt, nichts vor Ihnen zu verbergen und hoffe von Ihnen ein gleiches Vertrauen.«

»Sie meinen?«, sagte Liese und blieb stehen. »In diesem Falle wüsste ich … aber nein, das ist unmöglich.«

»Was? Reden Sie, reden Sie nur!«

»Wirklich, mir scheint's, ich wüsste nicht … aber übrigens«, fügte Liese hinzu und wandte sich lächelnd zu Lawretzky, »warum ein halbes Vertrauen? Wissen Sie? Ich habe heute einen Brief erhalten.«

»Von Panschin?«

»Ja, von ihm … Woher wissen Sie das?«

»Er hält um Ihre Hand an?«

»Ja«, sagte Liese und blickte Lawretzky fest und ernst in die Augen.

Auch Lawretzky blickte Liese ernst an.

»Nun, und was haben Sie ihm geantwortet?«, sagte er endlich.

»Ich weiß nicht, was ich antworten soll«, entgegnete Liese, und ließ die gefalteten Hände sinken.

»Wie? Sie lieben ihn?«

»Ja, er gefällt mir; er scheint ein guter Mensch zu sein.«

»Dasselbe und in denselben Ausdrücken haben Sie mir vor drei Tagen gesagt. – Ich möchte wissen, ob Sie ihn mit jenem heftigen, leidenschaftlichen Gefühle lieben, das wir Liebe zu nennen gewohnt sind.«

»Wie *Sie* es verstehen – nein.«

»Sind Sie in ihn verliebt?«

»Nein. – Ist dies denn töricht?«

»Wie?«

»Er gefällt meiner Mutter«, fuhr Liese fort. »Er ist gut. – Ich habe nichts gegen ihn.«

»Aber Sie zaudern?«

»Ja … Und vielleicht sind Sie, – vielleicht sind Ihre Worte daran schuld. Erinnern Sie sich, was Sie vorgestern sagten? Doch ist dies eine Schwachheit …«

»O mein Kind!«, rief plötzlich Lawretzky, und seine Stimme zitterte. »Oh, urteilen Sie nicht zu weise, nennen Sie nicht Schwachheit den Schrei Ihres Herzens, das sich nicht ohne Liebe hingeben will. Nehmen Sie nicht eine so schreckliche Verantwortlichkeit auf sich vor dem Manne, den Sie nicht lieben und dem Sie doch gehören wollen …«

»Ich gehorche, ich nehme keine Verantwortlichkeit auf mich«, sagte Liese.

»Lauschen Sie der Stimme Ihres Herzens; dies allein wird Ihnen die Wahrheit reden«, unterbrach sie Lawretzky. »Erfahrung, Vernunft, dies alles ist nur Staub und Nichtigkeit! Rauben Sie sich nicht das schönste, das einzige Glück auf Erden …«

»Und das sagen Sie, Feodor Iwanitsch? Sie selbst haben aus Liebe geheiratet, und waren Sie glücklich?«

Lawretzky schlug die Hände zusammen.

»Ach, reden Sie nicht von mir! Sie können es nicht begreifen, was ein junger, unerfahrener, auf eine wahnsinnige Art erzogener Knabe für Liebe halten kann! Und auch endlich, warum sich selbst belügen? – Ich sagte Ihnen eben, ich hätte niemals Glück gekannt … Nein! Ich war glücklich!«

»Mir scheint es, Feodor Iwanitsch«, sagte Liese mit gedämpfter Stimme – wenn sie mit jemandem nicht einverstanden war, sank ihre Stimme stets, und sie war dann in großer Aufregung – »das Glück auf Erden hängt nicht von uns ab.«

»Von uns, von uns, glauben Sie es mir«, – er ergriff ihre beiden Hände, – Liese erblasste und blickte ihn halb erschrocken, aber aufmerksam an, »nur müssen wir uns selbst das Leben nicht verbittern. Es gibt Leute, für welche eine Heirat aus Liebe ein Unglück sein kann; doch nicht für Sie, mit Ihrem ruhigen Charakter, mit Ihrer reinen Seele! Ich flehe Sie an, heiraten Sie nicht ohne Liebe, aus Pflichtgefühl, Entsagung, was weiß ich! – Das ist derselbe Unglaube, dieselbe kalte Berechnung und – noch viel schlimmer. – Glauben Sie mir, ich habe ein Recht, so zu sprechen, ich habe dieses Recht teuer bezahlt. Und wenn Ihr Gott …«

In diesem Augenblicke bemerkte Lawretzky, dass Lenchen und Schurotschka neben Liese standen und ihn mit stummen Erstaunen anstarrten. – Er ließ Liesens Hände los, murmelte eilig: »Verzeihen Sie mir, ich bitte«, – und wandte sich dem Hause zu.

»Um eins nur bitte ich Sie«, sagte er, zu Liese zurückkehrend, »entschließen Sie sich nicht gleich, warten Sie, bedenken Sie das, was ich Ihnen gesagt habe. Und wenn Sie mir selbst nicht glauben, wenn Sie sich zu einer Vernunftehe entschlossen haben, – auch in *dem* Falle heiraten Sie Panschin nicht. Er kann Ihr Mann nicht werden. Nicht wahr, Sie versprechen mir, nicht zu eilen?«

Liese wollte Lawretzky antworten – dennoch sagte sie kein Wort. Nicht weil sie sich entschlossen hatte, »zu eilen«, sondern weil ihr Herz zu laut schlug, und ein Gefühl, dass der Furcht ähnlich war, ihr die Brust zusammenpresste.

5.

Lawretzky begegnete auf dem Nachhausewege Panschin; sie grüßten sich sehr kalt. Lawretzky kam in seine Wohnung und schloss sich ein. Wohl nie hatte er das gefühlt, was er jetzt fühlte. Ist's lange, dass er sich im Zustande »friedlicher Erstarrung« befand? Ist's lange, als er sich, wie er sich ausdrückte, »auf des Flusses tiefstem Grunde« fühlte? Was hatte seine Lage geändert? Was hatte ihn wieder auf die Oberfläche gebracht? Der gewöhnlichste, unvermeidliche, obgleich immer unerwartete Zufall, der Tod. – Ja, doch dachte sowohl er nicht an den Tod seiner Frau, an seine Freiheit, als daran, was für eine Antwort Liese wohl Panschin geben würde. Er fühlte, dass er sie seit den drei letzten Tagen mit andern Augen betrachtete; er erinnerte sich, wie er als er nach Hause zurückkehrte und an sie in nächtlicher Stille dachte, zu sich selbst gesagt hatte: »Wenn!« … Dieses »Wenn«, das er auf Vergangenes, auf Unmögliches bezog, war zur Wirklichkeit geworden, obgleich nicht so, wie er sich gedacht hatte: – seine Freiheit allein genügte ihm aber nicht. »Sie wird ihrer Mutter gehorchen«, dachte er, »wird Panschin heiraten; wenn sie ihm aber auch einen Korb gibt – ist es nicht für mich einerlei!« Zufällig vor dem Spiegel vorübergehend, warf er einen Blick hinein, und zuckte die Achseln. In diesen Gedanken eilte schnell der Tag dahin; der Abend brach an. Lawretzky ging zu den Kalitins. Er ging schnell, doch als er sich dem Hause näherte, wurden seine Schritte langsamer. Vor der Treppe stand die Equipage Panschins. »Nun«, dachte Lawretzky, »ich will kein Egoist sein«, – und ging ins Haus. Im Hause begegnete er niemanden, im Saale war es stille; er öffnete die Türe und sah Maria Dmitriewna mit Panschin Piquet spielen. Panschin grüßte ihn schweigend, Maria Dmitriewna aber rief: »Nun, das kommt ja ganz unerwartet!«, und runzelte etwas die Stirn. Lawretzky setzte sich neben sie und sah in ihre Karten.

»Spielen Sie denn Piquet?«, fragte sie mit unterdrücktem Ärger und bemerkte sofort, dass sie eine falsche Karte gespielt hätte.

Panschin rechnete neunzig und begann mit großer Artigkeit und Ruhe, und mit strengem und würdigem Ausdrucke im Gesichte ihre Karten zu stechen. So müssen Diplomaten spielen. Wahrscheinlich spielte auch er so in Petersburg mit irgendeinem hohen Würdenträger, dem er eine günstige Meinung von seiner Solidität und Reife einzuflößen wünschte. »Einhunderteins, Einhundertzwei, *cour*, Einhundertdrei«, klang seine Stimme gemessen, und Lawretzky konnte nicht begreifen, welchen Ausdruck sie eigentlich hatte: ob Vorwurf oder Zufriedenheit.

»Kann ich Martha Timotheewna sehen?«, sagte er, als er sah, dass Panschin die Karten mit noch würdevollerem Ausdrucke zu mischen begann. Auch nicht der Schatten eines Künstlers war mehr in letzterem zu sehen.

»Ich glaube es; sie ist in ihrem Zimmer oben«, erwiderte Maria Dmitriewna, »erkundigen Sie sich.«

Lawretzky ging hinauf. Auch Martha Timotheewna fand er bei den Karten: Sie spielte Schafkopf mit Nastasia Karpowna. Roska bellte ihn an; beide Alten empfingen ihn aber sehr freundlich; Martha Timotheewna besonders schien sehr bei Laune.

»Ach, Fedia! Es ist sehr schön, dass du kommst«, sagte sie, »setze dich. Gleich ist unser Spiel zu Ende. Willst du Eingemachtes? Schurotschka, hole ihm die eingemachten Erdbeeren. Willst du nicht? Nun, wie du willst; rauche aber nicht, ich kann euren Tabak nicht leiden, auch niest mein Matrose bei deinem Qualm.«

Lawretzky beeilte sich zu sagen, dass er nicht die geringste Lust zu rauchen hätte.

»Bist du unten gewesen?«, fuhr die Alte fort. »Wen hast du dort gesehen? Steckt Panschin noch immer dort? Hast du Liese gesehen? Nein? Sie wollte herkommen. Aber, da ist sie ja auch.«

Liese trat ins Zimmer und errötete, als sie Lawretzky erblickte.

»Ich komme auf einen Augenblick zu Ihnen, Martha Timotheewna«, begann sie.

»Warum denn auf einen Augenblick?«, entgegnete die Alte. »Was seid ihr alle für unruhige Wesen, ihr jungen Mädchen? Du siehst, ich habe einen Gast; plaudere mit ihm, unterhalte ihn.«

Liese setzte sich auf den Rand des Stuhles und blickte Lawretzky an – sie fühlte, dass es ihr unmöglich sei, ihm nicht wissen zu lassen, wie ihre Unterhaltung mit Panschin geendigt sei. Wie sollte sie es aber anfangen? Sie schämte sich und war verlegen. War sie denn lange mit diesem Manne, der die Kirche selten besucht und gleichgültig beim Tode seiner Frau bleibt, bekannt – und jetzt teilt sie ihm ihre Geheimnisse mit … Freilich nimmt er Anteil an ihr; auch sie glaubt ihm und fühlt sich zu ihm hingezogen; und doch schämt sie sich so, als sei ein Fremder in ihre reine Mädchenkammer getreten.

Martha Timotheewna kam ihr zu Hilfe.

»Wenn du ihn nicht unterhalten willst«, meinte sie, »sage wer soll dann den Ärmsten unterhalten? Ich bin zu alt für ihn, für mich ist er zu klug; für Nastasia ist er zu alt; sie will nur junge Leute um sich haben.«

»Womit kann ich Feodor Iwanitsch unterhalten?«, sagte Liese. »Wenn er will, werde ich ihm lieber auf dem Klaviere etwas vorspielen«, fügte sie unentschlossen hinzu.

»Das ist wunderschön, du bist ein artiges Mädchen!«, entgegnete Martha Timotheewna. »Geht hinunter, Kinder, und kommt, wenn ihr fertig seid, wieder herauf; ich habe meinen Schafkopf verloren, das ärgert mich und ich muss meine Revanche haben.«

Liese stand auf, Lawretzky folgte ihr. Auf der Treppe blieb Liese stehen.

»Man sagt die Wahrheit«, begann sie, »wenn man behauptet, dass die Frauen voller Widersprüche sind. Ihr Beispiel hätte mich abschrecken, mich misstrauisch gegen die Ehen aus Liebe machen müssen, und doch ...«

»Sie haben ihm einen Korb gegeben?«, unterbrach sie Lawretzky.

»Nein; aber auch nicht mein Jawort. Ich habe ihm alles gesagt, alles was ich fühlte, und habe ihn gebeten zu warten. Sind Sie zufrieden?«, fügte sie mit einem flüchtigen Lächeln hinzu und eilte, mit der Hand auf dem Geländer hinabrutschend, die Treppe hinunter.

»Was soll ich Ihnen vorspielen?«, fragte sie, indem sie das Klavier öffnete.

»Was Sie wollen«, antwortete Lawretzky und setzte sich so, dass er ihr ins Gesicht blicken konnte.

Liese spielte lange, ohne von ihren Händen aufzusehen; endlich blickte sie auf Lawretzky und hielt inne, so sonderbar schien ihr der Ausdruck seines Gesichts.

»Was haben Sie nur?«, fragte sie.

»Nichts!«, erwiderte er. »Ich fühle mich wohl; ich freue mich für Sie, bin froh, Sie zu sehen, – fahren Sie fort.«

»Mir scheint es«, fuhr Liese nach einigen Augenblicken fort, »dass er, wenn er mich wirklich liebte, mir nicht diesen Brief geschrieben haben würde; er hätte fühlen müssen, dass ich ihm jetzt nicht antworten konnte.«

»Das ist nicht wichtig«, meinte Lawretzky, »wichtig ist das, dass Sie ihn nicht lieben.«

»Hören Sie auf, was ist das für ein Gespräch! Ich sehe immer Ihre tote Frau vor meinen Augen und fürchte mich vor Ihnen.«

»Ist es nicht wahr, Woldemar, dass meine Lisette hübsch spielt?«, sagte in diesem Augenblicke Maria Dmitriewna zu Panschin.

»Ja«, antwortete Panschin, »sehr hübsch.«

Maria Dmitriewna blickte sehr zärtlich auf ihren jungen Partner; dieser aber machte ein noch ernsteres und sorgenvolleres Gesicht und meldete vierzehn Könige.

6.

Lawretzky war kein junger Mann mehr; er konnte sich nicht lange über die Gefühle, die ihm Liese eingeflößt hatte, täuschen. Er überzeugte sich heute, dass er sie liebe. Doch diese Überzeugung brachte ihm wenig Freude. »Ist es möglich«, dachte er, »dass ich in meinem 36. Jahre nichts Besseres tun kann, als mein Herz aufs Neue in eine Frauenhand zu geben? Liese steht aber nicht auf derselben Stufe mit *jener*! Sie hätte von mir keine erniedrigenden Opfer gefordert, sie hätte mich nicht von meinen Beschäftigungen losgerissen, sie hätte mich zu einer ehrlichen, ernsten Arbeit begeistert, und wir wären beide vorwärtsgegangen zu einem schönen Ziele. Ja, so schlossen seine Gedanken – dies alles ist gut und schön; das Unangenehme dabei ist nur, dass sie mit mir gar nicht wird gehen wollen. Sie hat mir ja gesagt, ich erschrecke sie; und dass sie Panschin nicht liebt, ist ein schwacher Trost!«

Lawretzky fuhr nach Wasiliewskoie, doch keine vier Tage hielt er dort aus, so langweilig schien es ihm. Ihn quälte auch die Erwartung: Die von Mr. Jules mitgeteilte Nachricht bedurfte der Bestätigung, und er erhielt keine Briefe. Er kehrte in die Stadt zurück und blieb einen ganzen Abend bei den Kalitins. Es war ihm leicht zu bemerken, dass jemand Maria Dmitriewna gegen ihn aufgehetzt hatte, doch es gelang ihm, sie etwas günstiger für ihn zu stimmen, indem er an sie im Planet 15 Rubel verspielte, – und er verbrachte ungefähr eine halbe Stunde fast ganz allein mit Liese, obgleich ihr noch den Tag vorher ihre Mutter geraten hatte, mit einem Mann, »*qui a un si grant ridicule*«, vorsichtiger zu sein. Er fand sie verändert; sie schien gedankenvoller geworden zu sein, warf ihm seine lange Abwesenheit vor und fragte ihn – ob er den folgenden Tag nicht in die Messe gehen würde? Der folgende Tag war ein Sonntag. »Gehen Sie«, sagte sie, bevor er Zeit hatte zu antworten. »Wir werden beiden beten, dass *ihre* Seele droben Ruhe finde.« – Dann fügte sie hinzu, sie wisse nicht, was sie tun solle, – sie wisse nicht, ob sie das Recht hätte, Panschin lange auf ihren Entschluss warten zu lassen.

»Und warum das?«, fragte Lawretzky.

»Weil ich schon jetzt zu wissen glaube, wie dieser Entschluss ausfallen wird.«

Sie sagte, sie habe Kopfschmerzen und ging in ihr Zimmer hinauf, Lawretzky unentschlossen ihre Fingerspitzen reichend.

Den folgenden Tag ging Lawretzky in die Messe. Als er hinkam, war Liese schon in der Kirche, sie bemerkte ihn, obgleich sie sich nicht zu ihm umwandte. Sie betete andächtig; sanft glühten ihre Augen, sanft neigte sich und hob sich ihr Kopf. Er fühlte, dass sie auch für ihn bete, und eine sonderbare Wonne durchbebte sein Herz. Ihm war so wohl und doch fühlte er eine kleine Scham. Das ernst dastehende Volk, lauter heimische Gesichter, der laute Chorgesang, der Weihrauchduft, die hellen Sonnenstrahlen, die durch die Kirchenfenster brachen, die dunklen Wände und Gewölbe, – alles sprach zu seinem Herzen. Lange war er in keiner Kirche gewesen, lange hatte er sich nicht zu Gott gewendet, auch jetzt sprach er keine Gebete aus. Er betete nicht einmal wortlos, doch sank er, wenn auch nicht mit dem Körper, doch in seinen Gedanken einen Augenblick nieder und kniete demütig auf der Erde.

Er gedachte, wie er in seiner Kindheit so lange betete, bis es ihm schien, als ob ein kühler Hauch ihn berühre. »Das ist«, dachte er damals, »mein Schutzengel, der mich aufnimmt, der auf mich das Siegel der Erwählung drückt.« Er blickte auf Liese. »Du brachtest mich her«, dachte er, »du hast mich berührt, berühre denn auch mein Herz.« Und sie betete immer noch leise, ihr Gesicht schien in Freude verklärt, und er fühlte eine neue Andacht; er flehte um ein anderes Herz, – um Ruhe, – um Vergebung ...

Sie trafen sich auf der Kirchenschwelle; sie grüßte ihn mit einem freudigen, freundlichen Ernste. Hell beschien die Sonne das junge Gras auf dem Kirchhofe, die bunten Kleider und Tücher der Frauen. Die Glocken der benachbarten Kirchen tönten durch die Lüfte; auf den Mauern saßen und zwitscherten die Sperlinge.

Unbedeckten Hauptes stand Lawretzky da und lächelte; ein leichter Wind spielte mit seinen Haaren und mit den Bändern auf dem Hute Lieses; er half Liese und Lenchen, die mit ihr war, in den Wagen, verteilte all das Geld, dass er bei sich hatte, unter die Bettler und ging langsam nach Hause.

7.

Eine trübe Zeit brach für Lawretzky an, er befand sich in einem fortwährenden Fieber. Jeden Morgen ging er auf die Post, erbrach mit zitternder Hand Briefe und Zeitungen und nirgends fand er etwas, was das, für ihn so inhaltsschwere, Gerücht bestätigte oder widerrief. Einige Male ward er sich selbst zum Ekel. »Was tue ich da?«, dachte er. »Ich harre, wie ein Rabe auf Blut, auf die Nachricht vom Tode meiner Frau.«

Die Kalitins besuchte er täglich, doch auch dort fühlte er keine Erleichterung; offenbar war ihm die Hausfrau gram, empfing ihn aus

Herablassung; Panschin behandelte ihn mit gezwungener Artigkeit; Lemm war misanthropisch geworden und grüßte ihn kaum – und, was die Hauptsache war, Liese schien ihn zu fliehen. Wenn sie auch zuweilen mit ihm allein blieb, so war an ihr, statt der früheren Zutraulichkeit, eine gewisse Verlegenheit sichtbar; sie wusste nicht, was sie ihm sagen sollte, und auch er fühlte sich verlegen. Liese war seit einigen Tagen nicht mehr dieselbe, die er früher kannte; in ihren Bewegungen, ihrer Stimme, selbst in ihrem Lachen war geheimes Bangen, eine früher nie dagewesene Reizbarkeit zu sehen. Marie Dmitriewna bemerkte, als eingefleischte Egoistin nichts, Martha Timotheewna aber begann ihren Liebling schärfer zu beobachten.

Lawretzky warf sich oft vor, dass er Liese jenes Zeitungsblatt gezeigt hatte; er musste sich gestehen, dass in seinem Seelenzustande etwas, ein reines Gefühl, Empörendes lag. Er dachte auch, dass die Veränderung, die er an Liese bemerkte, von ihrem Kampf mit sich selbst, von ihren Zweifeln, welche Antwort sie geben sollte, herrühre. Einst gab sie ihm ein Buch, einen Roman Walter Scotts, das sie sich selbst von ihm erbeten hatte, zurück.

»Haben Sie dieses Buch gelesen?«, fragte er.

»Nein, ich habe jetzt andere Dinge im Kopfe, als Bücher!«, war ihre Antwort, und sie wollte gehen.

»Warten Sie einen Augenblick; es ist so lange her, dass ich nicht mit Ihnen allein gewesen bin. – Sie scheinen mich zu fürchten!«

»Ja!«

»Woher das aber?«

»Ich weiß es nicht.«

Lawretzky schwieg einige Augenblicke.

»Sagen Sie mir«, begann er aufs Neue, »haben Sie sich schon entschlossen?«

»Was wollen Sie damit sagen?«, fragte sie ohne die Augen zu erheben.

»Sie verstehen mich ...«

Liese wurde plötzlich blutrot.

»Fragen Sie mich nicht«, sagte sie lebhaft, »ich weiß nichts; ich kenne mich selbst nicht ...«, und sie eilte fort.

Den folgenden Tag kam Lawretzky nachmittags zu den Kalitins, und fand bei ihnen alle Vorbereitungen zu einer Abendmesse. In einem Winkel des Speisesaales, auf einem viereckigen Tische, der mit einem reinen Tischtuche bedeckt war, befanden sich, an die Wand gelehnt, kleine Gottesbilder, in vergoldeten Rahmen, mit trüben Diamanten im Heiligenschein. Ein alter Diener, in einem grauen Frack und in Schuhen, ging langsam und geräuschlos durchs Zimmer, stellte zwei Wachslichter in dünnen Leuchtern vor die Gottesbilder, schlug ein Kreuz, verneigte sich und entfernte sich leise. Der dunkle Saal war leer. Lawretzky ging im Saale auf und ab, endlich fragte er: »Ist nicht irgendein Namenstag?« Man antwortete ihm leise, es sei kein Namenstag, die Abendmesse sei aber auf den Wunsch Lisawetha Michailownas und Martha Timotheewnas bestellt worden. Man hätte das wundertätige Bild der Stadt bringen wollen, dieses sei aber dreißig Werst von der Stadt zu einem Kranken gebracht worden. Bald kam auch der Priester mit seinen Kirchendienern, ein kahlköpfiger, nicht mehr junger Mann und hustete im Vorhaus; sofort kamen die Damen, eine nach der andern, aus dem Kabinett, und baten den Priester um seinen Segen; Lawretzky grüßte sie schweigend und auch sie erwiderten seinen Gruß ebenso. Der Priester stand eine Zeit lang – dann fragte er leise, aber im tiefen Bass:

»Soll ich beginnen?«

»Beginnen Sie, ehrwürdiger Vater!«

Er begann seine Messkleider anzulegen; ein Kirchendiener mit dem Chorhemd angetan, bat demütig um Kohlen; ein Weihrauchdampf verbreitete sich ringsumher. Aus dem Vorzimmer kamen die Kammermädchen und Bedienten und stellten sich als dichte Masse an der Türe auf, Roska, die niemals die obere Etage verließ, erschien plötzlich im Saale; man wollte den Hund fortjagen, er erschrak aber, setzte sich nieder und fing an zu heulen. Ein Diener ergriff ihn und trug ihn fort. Die Abendmesse begann; Lawretzky drückte sich in einen Winkel; sonderbar waren seine Gefühle, sie waren fast traurig. Er selbst konnte nicht zergliedern, was er fühlte. Vor allen stand Marie Dmitriewna neben einem Lehnstuhle, schmachtend und nachlässig schlug sie das Zeichen des Kreuzes, ganz nach der Art großer Damen. Bald sah sie um sich, bald erhob sie die Augen zur Decke, mit einem Worte: Sie langweilte sich. Martha Timotheewna schien bekümmert; Nastasia Karpowna kniete bald auf die Erde, bald stand sie mit bescheidenem und leisem Geräusch auf; Liese verließ, sobald sie ihren Platz eingenommen hatte, ihn nicht mehr und machte keine einzige Bewegung. An dem gleichsam in sich gekehrten Ausdruck ihres Gesichtes sah man, dass sie innig und heiß betete.

Als sie das Kreuz küsste, küsste sie auch die große rote Hand des Priesters. Marie Dmitriewna lud ihn zu einer Tasse Tee ein; er nahm seine Stola ab, ein etwas weltliches Äußeres an, und ging mit den Damen in den Salon. Es entspann sich eine, nicht sehr belebte Unterhaltung. Der Priester trank vier Tassen Tee aus; trocknete fortwährend seine Glatze mit seinem Schnupftuche ab, erzählte unter anderem, dass der Kaufmann Awoschnikoff 700 Rubel Silber geschenkt hätte, um die Kirchenkuppel zu vergolden, und teilte ein sicheres Mittel gegen Sommersprossen mit.

Lawretzky hatte sich neben Liese gesetzt, doch sie hielt sich ernst, fast streng, und blickte ihn kein einziges Mal an. Sie schien ihn mit Willen nicht bemerken zu wollen. Ein kalter, ernster Enthusiasmus war über sie gekommen.

Feodor Iwanitsch hätte gern gelächelt, etwas Spaßhaftes gesagt, er wusste selbst nicht warum; doch fühlte er eine geheime Verwirrung und ging in einem, ihm selbst unbegreiflichen Zweifel fort … Er fühlte, es läge etwas auf Lieses Herzen, was es aber sei, das konnte er sich nicht erklären.

Ein anderes Mal saß Lawretzky im Salon und hörte den einschmeichelnden, aber schwerfälligen Redensarten Gedeonowskys zu; plötzlich aber wandte er sich, ohne selbst zu wissen warum, zu Liese und überraschte einen tiefen, aufmerksamen, forschenden Blick derselben … Er war auf ihn geheftet, dieser rätselhafte Blick. Die ganze folgende Nacht dachte Lawretzky an ihn. Er liebte nicht, wie Knaben lieben, zu seinen Jahren passte es sich nicht, zu seufzen und sich zu härmen; aber auch Liese flößte nicht solche Gefühle ein; in jedem Alter aber hat die Liebe ihre Qualen, und er fühlte diese im reichlichen Maße.

8.

Einst saß Lawretzky, nach seiner Gewohnheit, bei den Kalitins; nach einem schwülen Tage war ein so schöner Abend gefolgt, dass selbst Maria Dmitriewna, obgleich die größte Angst vor Zugwind hegend, alle Fenster und Türen, die in den Garten gingen, zu öffnen befahl, und verkündete, sie wolle nicht Karten spielen, bei solch einem Wetter sei es eine Sünde, Karten zu spielen, und man müsse die Natur genießen. Von Gästen war Panschin allein da.

Auch auf ihn übte der Abend seinen Einfluss, und da er vor Lawretzky nicht singen wollte, aber dennoch einen Andrang von Künstlergefühlen hatte, so wandte er sich zur Poesie: Er las gut, aber mit zu vielem Nachdruck und zu unnötigen Intonationen, einige Gedichte von Lermontoff (Puschkin war es noch nicht gelungen, der Modedichter zu werden) vor, – mit einem Male aber begann er, sich an die bekannte »Duma« klammernd, das junge Geschlecht zu tadeln und ihm Vorwürfe zu machen, und versäumte bei dieser Gelegenheit nicht, auseinanderzusetzen, wie er nach seiner Art alles umdrehen würde, wenn die Gewalt in seine Hände gegeben wäre.

»Russland«, sagte er, »ist hinter dem übrigen Europa zurückgeblieben; man muss es aber vorwärtstreiben; es wird versichert, dass wir jung sind, – reiner Unsinn; ja, es fehlt uns auch an Erfindungsgabe; Chomiakoff selbst gesteht, dass wir nicht einmal eine Mausefalle erfunden haben. Unwillkürlich müssen wir also zu andern unsere Zuflucht nehmen. ›Wir sind krank‹, spricht Lermontoff, – ich bin mit ihm einverstanden; doch wir sind krank, weil wir nur zur Hälfte Europäer geworden sind. Homöopathie ist uns notwendig (›*la cadastre*‹, dachte Lawretzky). Bei uns«, fuhr er fort, »sind die besten Köpfe, – *les meilleures têtes* – längst davon überzeugt. Alle Völker sind eigentlich gleich, man führe nur eine gute Verfassung ein – und alles ist gesagt. Man kann sich freilich an das schon existierende Volkswesen anschmiegen; das ist unsere Sache, die Sache (bald hätte er gesagt, der Staatsmänner) – der Beamten; doch seien Sie ruhig, die Einrichtungen werden bei uns das Volk schon umgestalten.«

Maria Dmitriewna gab ihm, ihn bewundernd, recht. »Was für ein kluger Mann«, dachte sie, »spricht bei mir!« Liese lehnte sich aufs Fenster und schwieg; Lawretzky schwieg ebenfalls. Martha Timotheewna, die in einem Winkel mit ihrer Freundin Karten spielte, brummte etwas vor sich hin. Panschin ging im Zimmer auf und ab, sprach in gewählten Ausdrücken, aber mit einer versteckten Erbitterung; er schimpfte, wie es schien, nicht über das ganze Geschlecht, sondern über einige ihm bekannte Persönlichkeiten. Im Garten der Kalitins, in einen Holunderbusch, hatte eine Nachtigall ihr Nest gebaut. Ihre ersten Klänge schallten in den Pausen der begeisterten Rede, die ersten

Sterne blinkten am rosenfarbenen Himmel, über den unbeweglichen Wipfeln der Linden.

Lawretzky stand auf und antwortete Panschin; es entstand ein Streit. Lawretzky verteidigte Russlands Jugend und Selbstständigkeit; gab sich und seine Altersgenossen zum Opfer hin, – sprach aber das Wort der Jugend, ihren Überzeugungen und Wünschen. Die Antworten Panschins waren gereizt und scharf, er sagte, die klugen Leute müssten alles umschaffen, und ging so weit, dass er sein Kammerjunkertum und seine Beamtenkarriere vergaß und Lawretzky einen retrograden Konservativen nannte, ja sogar, obgleich sehr entfernt, auf seine zweideutige Stellung in der Welt anspielte.

Lawretzky ärgerte sich nicht, erhob nicht seine Stimme, (er erinnerte sich, dass auch Michalewitsch ihn hinter der Welt zurückgeblieben, aber Voltairianer genannt hatte) – und schlug ganz ruhig Panschin auf allen Punkten. Er bewies ihm die Unmöglichkeit, Sprünge zu machen, die Unmöglichkeit stolzer Umwandlungen, von der Höhe des Beamtenselbstbewusstseins herab, – der Umwandlungen, die weder durch Kenntnis der Heimat, noch eines wirklichen, obgleich negativen Glaubens an ein Ideal entschuldigt werden konnten; stellte als Beispiel seine eigene Erziehung hin, stellte vor allem die Anerkennung dessen hin, was das Volk selbst fordere, und forderte Demut, jene Demut, ohne die das kühne Entgegentreten gegen Lug und Trug unmöglich sei; endlich entschuldigte er sich nicht vor dem seiner Meinung nach verdienten Vorwurfe, leichtsinnig Zeit und Kraft zu vergeuden.

»Das ist alles wunderschön«, rief endlich Panschin mit Ärger aus, »jetzt sind Sie nach Russland zurückgekehrt, was beabsichtigen Sie zu tun?«

»Zu ackern«, erwiderte Lawretzky, »und mir Mühe zu geben, so gut als möglich zu ackern.«

»Das ist ohne Zweifel sehr lobenswert«, erwiderte Panschin, »und man hat mir sogar gesagt, dass Sie darin große Fortschritte gemacht haben; gestehen Sie aber auch, dass nicht jeder zu derartigen Beschäftigungen befähigt ist.«

»*Une nature poétique*«, sagte Maria Dmitriewna, »kann freilich nicht ackern … *et puis*, Ihr Beruf, Wladimir Nikolaitsch, ist alles *en grand* zu tun.«

Das war selbst für Panschin zu arg; er wurde verlegen und gab der Unterhaltung eine andere Wendung. Er suchte das Gespräch auf die

Schönheit des Sternenhimmels, auf Schuberts Musik zu lenken – doch es wollte nicht recht gehen. Er endigte damit, dass er Maria Dmitriewna vorschlug, mit ihr eine Partie Piquet zu spielen.

»Wie, an einem so schönen Abende?«, erwiderte sie mit schwacher Stimme, ließ aber doch Karten bringen.

Geräuschvoll erbrach Panschin ein Paket, Liese aber und Lawretzky standen, als ob sie sich verabredet hätten, auf und setzten sich neben Martha Timotheewna. Sie fühlten sich beide mit einem Male so wohl, dass die Verwirrung, die sie die letzten Tage gefühlt, verschwand, um nie wieder zurückzukehren. Heimlich kniff die Alte Lawretzky in die Wange, zog schelmisch die Augen zusammen und schüttelte einige Male den Kopf, indem sie ihm leise zuraunte: »Ich denke, du hast es dem Allweisen sehr gut gesagt.«

Alles im Zimmer ward ruhig; man hörte nur das schwache Knistern der Wachslichter und zuweilen, wie eine Hand auf den Tisch schlug, oder einen Ausruf, oder wie die Stiche gezählt wurden, – und als breite Welle ergoss sich, mit der Kühle des Taues zugleich, durch das Fenster das mächtige, bis zur Kühnheit laute Lied der Nachtigall.

9.

Während des ganzen Streites zwischen Lawretzky und Panschin hatte Liese nicht ein einziges Wort gesagt, doch war sie demselben aufmerksam gefolgt und ganz aufseiten Lawretzkys gewesen. Die Politik interessierte sie wenig, aber der dünkelhafte Ton des Weltmanns und Beamten stieß sie zurück; die Verachtung, die er gegen Russland zur Schau trug, beleidigte sie; Liesen war es niemals in den Sinn gekommen, eine Patriotin zu sein; sie fühlte sich aber mit Russen wohl, sie liebte die russische Geistesrichtung; ungeniert unterhielt sie sich stundenlang mit dem Schulzen des Rittergutes ihrer Mutter, wenn er in die Stadt kam, und sprach mit ihm, wie mit ihresgleichen, ohne das geringste Zeichen von Herablassung, wie sie die Adligen zur Schau zu tragen lieben.

Dies alles fühlte Lawretzky; er hätte Panschin nicht geantwortet, er sprach einzig und allein für Liese. Sie hatten einander nichts gesagt, selbst ihre Augen begegneten sich selten; doch beide begriffen, wie nahe sie sich diesen Abend aneinander geschlossen hatten, begriffen, wie sie dasselbe liebten und wie ihnen dasselbe zuwider sei. In einem nur stimmten sie nicht überein; doch in ihrem Herzen hoffte Liese ihn zu Gott zurückzuführen. Sie saßen neben Martha Timotheewna und schienen ihrem Spiele zu folgen; ja, sie folgten ihm auch in der Tat. Inzwischen ward aber bei jedem von ihnen das Herz immer voller und für sie ging nichts verloren. Für sie sang die Nachtigall und brannten die Sterne, und lispelten leise die Bäume, eingelullt von Schlaf und Wollust und Wärme.

Lawretzky gab sich ganz der ihn fortreißenden Welle hin und freute sich; doch Worte drücken das nicht aus, was in der reinen Seele des Mädchens vorging; dies blieb ein Geheimnis für sie selbst, so mag es denn auch für alle ein Geheimnis bleiben. Niemand weiß, niemand sah und wird jemals sehen, wie ein zum Leben und zum Erblühen berufener Same im Schoße der Erde aufschwillt und reift.

Es schlug zehn Uhr, Martha Timotheewna ging mit Nastasia Karpowna in das Schlafzimmer hinauf; Lawretzky und Liese gingen im Zimmer auf und ab, blieben dann vor der offenen in den Garten führenden Türe stehen, blickten in die dunkle Ferne, dann blickten sie einander an – und lächelten: O sie hätten so gerne die Hände ineinander gelegt, sich satt gesprochen. Sie kehrten zu Maria Dmitriewna und zu Panschin zurück, deren Planet sich in die Länge zog. Der letzte »König« war endlich zu Ende gespielt und die Hausfrau stand ächzend und krächzend von ihrem mit Kissen rings bepolsterten Lehnstuhle auf; Panschin nahm seinen Hut, küsste die Hand Maria Dmitriewnas, bemerkte, dass es auf Erden Auserwählte gäbe, die nichts jetzt hindert, zu schlafen oder sich der nächtlichen Ruhe zu erfreuen; dass er aber gezwungen sei, bis zum Morgen über dumme Papiere gebückt zu sitzen, grüßte Liesen kalt (er hatte nicht erwartet, dass sie auf seinen Heiratsantrag mit der Bitte, zu warten, antworten würde, – und war deswegen böse auf sie) – und entfernte sich. Gleich nach ihm ging auch Lawretzky; an der Pforte trennten sie sich; Panschin weckte seinen Kutscher, indem er ihn mit seinem Stocke in den Nacken stieß, setzte sich in seine Equipage und fuhr fort.

Lawretzky hatte keine Lust, nach Hause zu gehen, er ging aus der Stadt aufs freie Feld. Die Nacht war still und hell, obgleich der Mond nicht am Himmel leuchtete; lange irrte Lawretzky auf dem taubedeckten Grase hin und her, endlich gelangte er an einen engere Steg und folgte demselben. Der Steg führte ihn zu einem langen Zaun, zu einer

Gartenpforte; er versuchte, selbst nicht wissend warum, sie zu öffnen. Die Pforte knarrte leise und öffnete sich, als hätte sie nur seiner Berührung geharrt. Lawretzky befand sich in einem Garten, machte einige Schritte und stand erstaunt still: Er erkannte den Garten Kalitins.

Er trat sogleich in den schwarzen Schatten, der von einem dichten Eichengebüsch gebildet wurde, und stand lange unbeweglich, sich wundernd und mit den Achseln zuckend.

»Das ist nicht umsonst«, dachte er.

Still war alles ringsumher; von der Seite, wo das Haus stand, drang auch nicht der geringste Lärm. Vorsichtig ging er weiter. Bei einer Wendung der Allee blickte plötzlich das ganze Haus mit seiner dunklen Fassade auf ihn; oben, nur in zwei Fenstern bemerkte er Licht: Das eine brannte in Liesens Zimmer hinter einem weißen Vorhange, und im Zimmer Martha Timotheewnas glühte mit rotem Feuer vor dem Gottesbild ein Lämpchen, sich als Heiligenschein auf dem goldenen Rahmen spiegelnd. Unten gähnte weit die offene, auf den Balkon führende Tür. Lawretzky setzte sich auf eine hölzerne Bank, stützte seinen Kopf auf eine Hand und starrte bald die Tür, bald das Fenster an. In der Stadt schlug es Mitternacht; die kleine Wanduhr im Hause sang mit feinem Tone zwölfmal; der Wächter trommelte auf das Metallbrett. Lawretzky dachte an nichts, erwartete nichts, es war ihm angenehm, sich in Liesens Nähe zu fühlen, in ihrem Garten auf einer Bank zu sitzen, auf der auch sie oft gesessen hatte … Das Licht in Liesens Zimmer verschwand.

»Gute Nacht, du liebes Kind!«, lispelte Lawretzky und blieb unbeweglich sitzen, ohne den Blick von dem dunkel gewordenen Fenster abzuwenden. Plötzlich erschien Licht in einem der Fenster der unteren Etage, ging in das zweite, in das dritte über … Jemand ging mit einem Lichte durch die Zimmer. »Das ist doch nicht Liese? Es kann nicht sein ...« Lawretzky stand von seiner Bank auf, es blickte ein bekanntes Profil durchs Fenster und Liese war im Saale. In ein weißes Kleid gehüllt, mit auf die Schultern herabhängenden Zöpfen, näherte sie sich leise dem Tisch, bückte sich über ihn, stellte darauf das Licht und suchte etwas; dann mit dem Gesichte zum Garten gewandt, näherte sie sich der offenen Tür und blieb, ganz in Weiß gekleidet, leicht, schlank, auf der Schwelle stehen. Lawretzky fuhr zusammen. »Liese!«, entfuhr kaum hörbar seinen Lippen. Auch sie fuhr zusammen und starrte in die Finsternis.

»Liese!«, wiederholte Lawretzky lauter und trat aus dem Schatten der Allee.

Erschreckt erhob sie ihren Kopf und wankte zurück: Sie hatte ihn erkannt. Zum dritten Male nannte er ihren Namen und streckte ihr seine Hände entgegen; sie trat in den Garten.

»Sie?«, sagte sie. »Sie hier?«

»Ich … ich … hören Sie mich an!«, lispelte Lawretzky. Er ergriff ihre Hand und führte sie zu einer Bank.

Ohne Widerstand folgte sie ihm; ihr bleiches Gesicht, ihre unbeweglichen Augen, alle ihre Bewegungen drückten unaussprechliches Erstaunen aus. Lawretzky setzte sie auf eine Bank und stellte sich vor sie.

»Ich dachte nicht herzukommen«, begann er, »mich führte her … ich … ich liebe Sie«, sprach er mit unwillkürlichem Entsetzen aus.

Liese blickte langsam an ihm auf; sie begriff, wie es schien, erst in diesem Augenblicke, wo sie sei und was mit ihr geschehe. Sie wollte aufstehen und konnte es nicht, und bedeckte sich das Gesicht mit ihren Händen.

»Liese!«, sagte Lawretzky. »Liese!«, wiederholte er und sank vor ihr auf die Knie hin ...

Ihre Schultern zuckten leise, noch fester drückten sich die Finger der bleichen Hand an das Gesicht.

»Was ist Ihnen?«, sagte Lawretzky und hörte ein stilles Schluchzen. Sein Herz schlug lauter … er begriff, was diese Tränen bedeuteten. »Ist es möglich, dass Sie mich lieben?«, lispelte er und berührte ihre Knie.

»Stehen Sie auf!«, war ihre Antwort. »Stehen Sie auf, Feodor Iwanitsch, was machen wir da beide!«

Er stand auf und setzte sich neben sie auf die Bank. Sie weinte nicht mehr und blickte ihn aufmerksam, mit feuchten Augen an.

»Ich fürchte mich, was machen wir da?«, wiederholte sie.

»Ich liebe Sie«, sagte er aufs Neue, »bin bereit, für Sie mein Leben hinzugeben.«

Liese fuhr zusammen, als hätte sie eine Schlange gebissen, und blickte gen Himmel.

»Dies alles hängt nur von Gott allein ab.«

»Sie lieben mich aber, Liese? Wir werden glücklich sein?«

Sie senkte die Augen; er zog sie an seine Brust und ihr Köpfchen fiel auf seine Schulter. Er neigte seinen Kopf etwas auf die Seite und seine Lippen fanden die ihrigen ...

Keine halbe Stunde war vergangen, als Lawretzky schon an der Gartenpforte stand; er fand sie verschlossen und musste über den Zaun springen. Er kehrte in die Stadt zurück und ging die verödeten Straßen entlang. Seine Brust empfand das Gefühl einer unerwarteten, großen Freude; alle Zweifel waren in seiner Brust erstorben.

»Fahre hin, Vergangenheit, du dunkles Gespenst«, dachte er; »sie liebt mich, sie ist mein!« Mit einem Male schien es ihm, als zögen über seinem Kopfe durch die Lüfte wunderbare feierliche Klänge; er blieb stehen. Die Töne erklangen noch feierlicher; als klangvoller, mächtiger Strom wogten sie dahin – in ihnen, schien es ihm, sprach und sang sein Glück. Er sah sich um; die Klänge kamen aus den zwei oberen Fenstern eines kleinen Häuschens.

»Lemm!«, rief Lawretzky und eilte zum Hause. »Lemm!«, wiederholte er laut.

Die Klänge erstarben und die Gestalt des Alten, in einen Schlafrock gehüllt, mit offener Brust und mit unordentlich herabhängenden Haaren zeigte sich am Fenster.

»Aha«, sagte er mit würdevoller Stimme, »da sind Sie?«

»Christophor Feodoritsch, was ist das für eine zauberische Musik! Um Gottes willen, lassen Sie mich herein.«

Der Alte warf, ohne ein Wort auszusprechen, mit einer majestätischen Handbewegung den Hausschlüssel zum Fenster hinaus. Lawretzky eilte die Treppe hinauf und wollte auf Lemm zustürzen; doch dieser zeigte ihm mit gebieterischer Handbewegung einen Stuhl und sagte in gebrochenem Russisch:

»Setzen Sie sich hin und hören Sie zu.« Er selbst setzte sich aufs Klavier, und nachdem er einen stolzen und strengen Blick um sich geworfen, begann er zu spielen.

Lange schon hatte Lawretzky nichts Ähnliches gehört; eine süße, leidenschaftliche Melodie ergriff bei den ersten Tönen sein Herz; sie war so licht, so voll von Begeisterung, von Glück und von Schönheit. Sie wuchs und schmolz, berührte alles, was auf Erden teuer, was geheimnisvoll und heilig ist; sie atmete einen seligen Gram und erstarb in himmlischen Sphären. Lawretzky hatte sich aufgerichtet und stand erstarrt und bleich vor Entzücken; diese Klänge drangen in seine Brust, die eben vom Glück der Liebe erschüttert worden war.

»O wiederholen Sie es doch noch einmal!«, rief er aus, als kaum der letzte Akkord verklungen war.

Der Alte warf auf ihn einen Adlerblick, schlug sich mit der Hand vor die Brust und nachdem er in seiner Muttersprache gedehnt folgende Worte gesagt hatte: »Das habe ich geschrieben, weil ich ein großer Musiker bin!«, spielte er seine bezaubernd schöne Komposition aufs Neue. Im Zimmer war es dunkel; schräg drang der Strahl des eben aufgegangenen Mondes in die Fenster; das kleine, armselige Zimmer schien ein Heiligtum zu sein, und hoch und begeistert erhob sich im Zwielicht das Haupt des Greises.

Lawretzky eilte auf ihn zu und umarmte ihn. Anfangs erwiderte Lemm seine Umarmung nicht, stieß ihn sogar mit dem Elbogen zurück; lange blickte er, ohne die geringste Bewegung zu machen, ebenso streng, fast grob und brummte nur zweimal: »Aha!« Endlich ward sein verwandeltes Gesicht ruhiger, sank auf die Brust und auf die heißen Glückwünsche Lawretzkys lächelte er anfangs schwach, fing dann an zu weinen und schluchzte wie ein Kind.

»Wunderbar ist's aber«, sagte er, »dass Sie jetzt, in diesem Augenblick gekommen sind, – doch ich weiß, weiß alles.«

»Wissen Sie alles?«, fragte Lawretzky verlegen.

»Sie haben mich gehört, ich habe Ihnen ja gesagt, dass ich alles wisse.«

Bis zum Morgen konnte Lawretzky nicht einschlafen; die ganze Nacht hindurch saß er auf seinem Bette. Auch Liese schlief nicht; sie betete.

10.

Der Leser weiß jetzt, wie Lawretzky aufwuchs und sich entwickelte. Jetzt wollen wir ein paar Worte über Liesens Erziehung sagen. Sie war zehn Jahre alt, als ihr Vater starb, doch er beschäftigte sich wenig mit ihr. Überhäuft von Arbeiten, immer beschäftigt, sein Vermögen zu vergrößern, gallig, schroff, ungeduldig, gab er, ohne zu geizen, Geld für Lehrer, Gouverneurs, Kleidung und alles, was die Kinder nötig hatten, aus, aber er liebte nicht, wie er sich ausdrückte, die Amme bei den Schreihälsen zu spielen. Ja, – er hatte aber auch keine Zeit, die Amme bei ihnen zu spielen.

Er arbeitete, war in Geschäfte vertieft, schlief wenig, spielte von Zeit zu Zeit Karten und arbeitete wieder; er verglich sich mit einem an eine Dreschmaschine gespannten Pferde.

»Schnell ist mein Leben dahingeeilt!«, meinte er auf seinem Totenbette, mit einem bitteren, spöttischen Lächeln auf den trockenen Lippen. Die Wahrheit zu sagen, beschäftigte sich Maria Dmitriewna mit der Erziehung Liesens gar nicht, obgleich sie vor Lawretzky prahlte, sie allein hätte ihre Kinder erzogen; sie kleidete sie wie eine Puppe, streichelte ihr, wenn Gäste da waren, das Köpfchen und nannte sie ein vernünftiges Kind, ihr Herzchen – und das war alles. Jede beständige Sorge ermüdete die träge Edelfrau.

Bei Lebzeiten ihres Vaters war Liese der Obhut einer Gouvernante, des Fräulein Moreau aus Paris, anvertraut; nach seinem Tode beaufsichtigte sie Martha Timotheewna. Der Leser kennt Martha Timotheewna; Mlle. Moreau aber war ein kleines runzeliges Geschöpf mit Vogelgesten und Vogelgewohnheiten. In der Jugend hatte sie ein sehr zerstreutes Leben geführt, im Alter waren ihr nur zwei Leidenschaften geblieben – für Naschereien und für Karten. Wenn sie satt war, nicht plauderte und nicht Karten spielte, nahm ihr Gesicht einen totenartigen Ausdruck an: Sie sitzt, blickt vor sich hin und atmet – und kein Gedanke scheint durch ihren Kopf gehen zu wollen. Man konnte sie sogar nicht gut nennen; denn die Vögel sind am Ende niemals gut. Sei es infolge einer leichtsinnig vergeudeten Jugend, sei es von der Pariser Luft, die sie von Jugend auf eingeatmet hatte, – es sei dem, wie ihm wolle, aber in ihrem ganzen Wesen nistete ein, wenn auch nicht tiefgefühlter Skeptizismus, der sich gewöhnlich in den Worten: »*tout ça c'est des bétises*«, äußerte. Sie sprach einen fehlerhaften, aber echt Pariser Jargon, liebte Klatschereien nicht und hatte niemals Kaprizen; was konnte man mehr von einer Gouvernante verlangen? Auf Liese hatte sie geringen Einfluss; desto größeren Einfluss hatte auf sie ihre Wärterin Agafia Wlassiewna.

Das Schicksal dieser Frau war bemerkenswert. Sie stammte aus einer Bauernfamilie; sechzehn Jahre alt heiratete sie einen Bauern, doch war ein schroffer Unterschied zwischen ihr und den anderen Bäuerinnen. Ihr Vater war fast zwanzig Jahre Schulze gewesen, hatte sich ein bedeutendes Vermögen erworben und verwöhnte sie. Sie war ungewöhnlich schön, trug sich am Geschmackvollsten, war klug, beredt, unerschrocken; ihr Herr Dmitri Pestoff, Maria Dmitriewnas Vater, ein schlichter und sanfter Mann, hatte sie einst beim Dreschen erblickt, redete sie an, und verliebte sich leidenschaftlich in sie. Sie wurde bald Witwe; Pestoff nahm sie, obgleich er verheiratet war, in sein Haus. Agafia gewöhnte sich sofort an ihre neue Lage, als ob sie ihr Leben lang in derselben gewesen sei. Sie wurde weiß, voll; ihre mit Nesseltuchärmeln bekleideten Arme waren schneefarben und rund, wie bei einer Kaufmannsfrau; den ganzen Tag trank sie Tee, sie wollte keine anderen, als samtene und seidene Kleider tragen, schlief auf Eiderdaunen. Fünf Jahre dauerte dieses selige Leben. Dmitri Pestoff starb; seine Witwe, eine gute Frau, wollte, sein Andenken ehrend, nicht schlecht an ihrer Nebenbuhlerin handeln, besonders da Agafia sich niemals gegen sie vergaß; doch verheiratete sie sie mit dem Oberhirten und schickte sie aus dem Hause fort.

So vergingen drei Jahre. Einst, an einem heißen Sommertage, besuchte die Edeldame ihre Meierei; Agafia brachte ihr so schöne und kalte Sahne, hielt sich so bescheiden, war so reinlich, so fröhlich, mit allem zufrieden, dass die Edelfrau ihr die Verzeihung verkündigte und ihr erlaubte, das Schloss zu besuchen. In einem halben Jahre gewann sie Agafia so lieb, dass sie sie zur Haushälterin ernannte und ihr die ganze Wirtschaft übergab. Die Macht war wieder in Agafias Händen, wieder wurde sie dick und weiß; ihre Herrin hatte ihr das ganze Vertrauen geschenkt. So verflossen fünf Jahr. Zum zweiten Male brach das Unglück über Agafia herein; ihr Mann, den sie zum Diener hatte ernennen lassen, fing an zu trinken, verschwand oft aus dem Hause, und endigte damit, dass er seiner Herrschaft sechs silberne Löffel stahl und selbige, bis er Gelegenheit fände, sie zu verkaufen, in den Koffer seiner Frau versteckte. Dies wurde entdeckt. Wieder wurde er in die Meierei verbannt und auch Agafia fiel in Ungnade. Aus dem Hause wurde sie nicht verjagt, doch ward sie zur Näherin degradiert und musste statt einer Haube, ein Tuch auf dem Kopfe tragen. Zum Erstaunen aller ertrug Agafia den Schlag, der sie getroffen, mit demütiger Ergebenheit. Sie war damals über dreißig Jahre, alle Kinder waren ihr gestorben und auch ihr Mann lebte nicht lange mehr. Es war Zeit, sich zu besinnen: Sie besann sich. Sie redete von jetzt an sehr wenig und ward sehr gottesfürchtig; versäumte keine einzige Messe und verschenkte alle ihre besten Kleider. Fünfzehn Jahre verbrachte sie still, ergeben und ernst, ohne sich mit jemandem zu veruneinigen, und allen nachgebend. Antwortete ihr jemand grob, dankte sie ihm nur, ihn tief grüßend. Ihre Herrin hatte ihr längst verziehen, sie wieder in ihre Gnade aufgenommen und ihr eine Haube von ihrem eigenen Kopfe geschenkt; doch sie selbst wollte sich nicht von ihrem Tuche trennen und trug stets ein schwarzes Kleid. Nach dem Tode ihrer Herrin wurde sie noch stiller und demütiger. Die Russen werden leicht eingeschüchtert und schließen sich leicht an; schwer ist es aber sich ihre Achtung zu erwerben; sie wird nicht leicht, und nicht jedermann geschenkt; Agafia wurde aber von allen geachtet. An ihre früheren Sünden dachte niemand, als wären dieselben mit dem alten Herrn zu Grabe getragen worden.

Als Kalitin Marie Dmitriewna geheiratet hatte, wollte er die Wirtschaft Agafia anvertrauen; sie weigerte sich aber die Stelle anzunehmen, die Versuchung fürchtend. Er schrie sie an, sie grüßte tief und entfernte sich. Der kluge Kalitin hatte Menschenkenntnis: Er verstand Agafia und vergaß sie nicht. Als er in die Stadt übergesiedelt war, machte er Agafia, mit ihrer Einwilligung, zu Liesens Wärterin.

Anfangs fürchtete Liese das ernste und strenge Gesicht ihrer neuen Wärterin; doch bald gewöhnte sie sich an dieselbe und liebte sie herzlich. Sie selbst war ein ernstes Kind; ihre Züge erinnerten an das scharf ausgeprägte und regelmäßige Profil Kalitins; nur ihre Augen waren nicht denen ihres Vaters ähnlich, in ihnen war Sanftmut, Aufmerksamkeit und Güte zu lesen, was bei Kindern selten ist. Mit Puppen liebte sie nicht zu spielen, lachte nicht laut und nicht lange, und hielt sich ernst. Nicht oft versank sie in Gedanken, tat sie es aber, so war es nicht umsonst. Nach einigem Schweigen endigte sie gewöhnlich damit, dass sie sich mit einer Frage an jemanden älteres wandte, was dafür zeugte, dass ihr Kopf an dem neuen Eindruck gearbeitet hatte. Schon in ihrem vierten Jahre sprach sie vollkommen rein. Ihren Vater fürchtete sie, das Gefühl, das sie für ihre Mutter hegte, war unbestimmt; sie fürchtete sie nicht, liebkoste sie aber auch nicht; übrigens liebkoste sie auch Agafia nicht, obgleich sie nur Agafia liebte. Sie waren immer zusammen, und sonderbar war es. Beide dann zu betrachten, Agafia, in einem schwarzen Kleide, den Kopf mit einem schwarzen Tuch umwunden, mit einem mageren, wie Wachs durchsichtigen, aber immer noch schönen und ausdrucksvollen Gesichte sitzt kerzengerade da und strickt an einem Strumpfe, zu ihren Füßen sitzt Liese auf einem kleinen Sessel, auch mit irgendeiner Arbeit beschäftigt, oder ernst ihre hellen Äuglein erhebend, hört sie an, was ihr Agafia erzählt; und Agafia erzählt ihr keine Märchen. Mit ernster und eintöniger Stimme erzählt sie ihr das Leben der Heiligen Jungfrau, das Leben der Heiligen, der Einsiedler, der heiligen Märtyrerinnen; sie erzählt Liese, wie die Heiligen in den Wüsteneien lebten, wie sie beteten, Hunger und Armut ertrugen, – nicht die Herrscher fürchteten, den Heiland lobten; wie ihnen Gottes Vöglein Nahrung brachten und wilde Tiere gehorchten; wie an den Stellen, auf welche ihr Blut träufelte, Blumen emporsprossten. – »Goldlack?«, fragte einst Liese, die Blumen sehr lieb hatte … Agafia sprach mit Liesen ernst und bescheiden, als fühle sie selbst, dass es eigentlich nicht für sie passe, solche heilige und erhabene Worte zu sprechen.

Liese hörte ihr zu – und das Bild des allgegenwärtigen, allwissenden Gottes drängte sich mit süßer Kraft in ihr Herz, erfüllte sie mit reiner, heiliger Furcht, und der Heiland wurde ihr etwas Nahes, Bekanntes, fast Verwandtes; auch beten lehrte sie Agafia. Zuweilen weckte sie Liese früh am Morgen auf, kleidete sie eilig an und führte sie heimlich in die Frühmesse; Liese folgte ihr auf den Fußspitzen, kaum atmend; die Kälte und das Zwielicht des Morgens, die Kühle und die Leere in der Kirche, selbst das Geheimnisvolle dieser unerwarteten Ausflüge, das vorsichtige Zurückkommen nach Hause, ins kleine Bettchen, – diese Verbindung von Verbotenem, Sonderbarem, Heiligem, erschütterte das Mädchen und drang in die tiefste Tiefe ihres Wesens. Niemals sprach Agafia ein Wort des Tadels über jemanden aus, schalt auch Liese nicht, wenn sie unartig war. Wenn sie mit irgendetwas unzufrieden war, schwieg sie nur und Liese verstand dieses Schweigen. Mit dem den Kindern eigenen Scharfsinn verstand sie es auch sehr gut, wenn Agafia mit anderen unzufrieden war, – sei es mit Marie Dmitriewna oder mit Kalitin. Drei Jahre war Agafia die Wärterin Liesens; Mlle. Moreau ersetzte sie. Die leichtsinnige Französin aber, mit ihren trockenen Manieren und ihrem gewöhnlichen Ausrufe: »*tout ça c'est des bêtises*« konnte aus dem Herzen Liesens nicht die ihr so teure Wärterin vertreiben; der Same hatte zu tiefe Wurzeln gefasst. Auch blieb Agafia, obgleich sie nicht mehr die Wärterin Liesens war, im Hause; traf oft mit ihrem gewesenen Zögling zusammen, und Liese vertraute ihr wie früher. Mit Martha Timotheewna aber, als diese in das Haus der Kalitins zog, fand sich Agafia nicht zurecht. Der strenge

Ernst Agafias wollte der ungeduldigen und eigenwilligen Alten nicht gefallen; Agafia bat um die Erlaubnis, ein Kloster zu besuchen und kehrte nicht zurück. Es gingen dunkle Gerüchte, sie hätte sich in ein Kloster der Altgläubigen zurückgezogen.

Der Eindruck, den Agafia auf Liese gemacht hatte, vermischte sich nicht in ihrem Herzen. Wie früher ging sie in die Messe, als wäre es ein Fest für sie, betete mit Wonne, mit einem zurückhaltenden und schamhaften Gefühle, worüber sich Marie Dmitriewna und selbst Martha Timotheewna nicht wenig wunderten, obgleich Letztere Liese freien Willen ließ und nur ihren Eifer zu zügeln suchte, ihr auch nicht erlaubte, zu oft niederzuknien – dies sei keine adlige Gewohnheit. Liese lernte gut, obgleich nicht leicht; Gott hatte ihr keine besonders glänzenden Fähigkeiten, keinen großen Geist verliehen, sie lernte nichts ohne Mühe.

Sie spielte gut Klavier, Lemm allein aber wusste, was ihr das kostete. Sie las nicht viel; sie hatte keine »eigenen Worte«, doch hatte sie eigene Gedanken, – und ging ihren eigenen Weg. Nicht umsonst war sie ihrem Vater ähnlich: Auch er fragte andere nicht, was er zu tun habe. So wuchs sie auf – ruhig, ohne Eile; so erreichte sie ihr neunzehntes Jahr.

Sie war reizend, ohne es selbst zu wissen. Aus jeder ihrer Bewegungen sprach eine unwillkürliche, ungekünstelte Anmut; in ihrer Stimme klang das Silber einer reinen Jugend, das kleinste Gefühl der Freude lockte ein reizendes Lächeln auf ihre Lippen, gab einen tiefen Glanz und eine geheimnisvolle Freundlichkeit ihren glühenden Augen. Von dem Gefühle der Pflicht durchdrungen, obgleich andere zu beleidigen fürchtend, mit einem guten und sanften Herzen begabt, liebte sie alle und keinen besonders; sie liebte Gott allein mit Begeisterung, schüchtern und zärtlich. Lawretzky war der Erste, der sie in ihrem stillen, inneren Leben gestört hatte.

So war Liese.

11.

Den nächsten Tag ging Lawretzky gegen zwölf Uhr zu den Kalitins; unterwegs begegnete er Panschin, der an ihm vorbeigaloppierte, den Hut bis an die Augenbrauen gedrückt. Bei den Kalitins wurde Lawretzky nicht empfangen – das erste Mal, seitdem er ihre Bekanntschaft gemacht hatte. Marie Dmitriewna schlief. »Sie hat Kopfschmerzen«, meldete der Diener, »Martha Timotheewna und Lisawetha Michailowna sind nicht zu Hause.« Lawretzky ging in der Gegend des Gartens hin und her, in der Hoffnung, Liese zu sehen. Er sah aber niemanden. Er kehrte zwei Stunden später zurück und bekam dieselbe Antwort, wobei ihn der Diener scheel ansah. Es schien Lawretzky unpassend, an ein und demselben Tage zum dritten Male dasselbe Haus zu besuchen und er entschloss sich nach Wasiliewskoie zu fahren, wo er außerdem noch Geschäfte hatte. Unterwegs baute er Luftschlösser, das eine schöner als das andere, doch im Dorfe seiner Tante überfiel ihn unsäglicher Kummer; er redete Anton an, der Alte aber hatte auch, wie mit Willen, keine fröhlichen Gedanken. Er erzählte Lawretzky, wie Glaphira Petrowna vor ihrem Tode sich in die eigene Hand gebissen, und fügte, nachdem er einige Augenblicke geschwiegen hatte, hinzu: »Ja, ein jeglicher ist sich selbst zum Fraße bestimmt.« Es war schon spät, als Lawretzky sich auf den Rückweg machte. Die gestrigen Klänge umrauschten ihn, Liesens Bild stieg in seinem Herzen in seiner ganzen, sanften Klarheit empor; er fühlte sich so glücklich bei dem Gedanken, dass sie ihn liebe, und kam an sein kleines Häuschen beruhigt und glücklich.

Das Erste, was ihn bei seinem Eintritt ins Vorhaus erstaunte, war ein Patschuligeruch, der ihm sehr widerwärtig war; hier standen hohe Kisten und Koffer, das Gesicht des herauseilenden Kammerdieners schien ihm sonderbar. Ohne sich von seinen Gedanken Rechenschaft zu geben, trat er in den Saal. Ihm kam, vom Kanapee aufstehend, eine Dame in schwarzseidenem Kleide und ihr bleiches Gesicht mit einem Batisttuche bedeckend, entgegen, trat einige Schritte vor, beugte ihr schön gekämmtes, duftiges Haupt – und fiel ihm zu Füßen … hier erst erkannte er sie. Diese Dame war seine Frau.

Sein Atem stockte … er lehnte sich an die Wand.

»Theodor! Jagen Sie mich nicht fort!«, sagte sie auf Französisch und ihre Stimme durchschnitt, einem scharfen Messer gleich, sein Herz. Er starrte sie gedankenlos an, bemerkte aber doch unwillkürlich, dass sie weißer und stärker geworden war.

»Theodor«, fuhr sie fort, von Zeit zu Zeit die Augen aufschlagend und vorsichtig ihre schönen Hände, die rosafarbene Nägel hatten, faltend, »Theodor, ich bin vor Ihnen schuldig, ich sage mehr, ich bin eine Verbrecherin; hören Sie mich aber an; mich martert die Reue; ich bin mir selbst zur Last geworden, ich konnte meine Lage nicht länger ertragen; wie oft dachte ich, mich an Sie zu wenden, ich fürchtete aber ihren Zorn; ich habe mich entschlossen, jedes Band mit der Vergangenheit zu zerreißen … *Puis, j'ai été si malade* – ich war so krank«, fügte sie hinzu, und fuhr mit der Hand über Stirne und Wangen, »ich benutzte das Gerücht von meinem Tode, habe alles verlassen; ohne mich aufzuhalten eilte ich Tag und Nacht hierher; lange schwankte ich, ob ich vor Ihnen, meinem Richter, erscheinen sollte – *paraître devant vous, mon juge*; endlich habe ich mich jedoch entschlossen, zu Ihnen zu reisen, denn ich erinnerte mich Ihrer steten Güte; Ihre Adresse erfuhr ich in Moskau. Glauben Sie mir«, fuhr sie fort, sich leise von der Diele erhebend und sich auf den Rand des Stuhles setzend, »ich habe oft an den Tod gedacht und hätte Mut genug gefunden, mir ihn zu gehen! – Ach, das Leben ist jetzt für mich eine unerträgliche Last! Der Gedanke aber an meine Tochter, an meine Ada, hielt mich zurück; sie ist hier, schläft in der Nebenstube, das arme Kind! Sie ist müde – Sie werden sie sehen; sie wenigstens ist vor Ihnen unschuldig … und so unglücklich, so unglücklich!«, rief Madame Lawretzky und brach in Tränen aus.

Lawretzky kam endlich wieder zu sich, entfernte sich von der Wand und wollte gehen.

»Sie gehen?«, rief verzweifelnd seine Frau. »Oh, das ist grausam! Ohne mir ein Wort zu sagen, ohne sogar einen Vorwurf auszusprechen … Diese Verachtung tötet mich, es ist schrecklich!«

Lawretzky hielt inne.

»Was wollen Sie von mir hören?«, sagte er mit klangloser Stimme.

»Nichts, nichts«, erwiderte sie lebhaft; »ich weiß es, ich habe nicht das Recht, etwas von Ihnen zu fordern; ich bin nicht wahnsinnig, glauben Sie mir, ich hoffe nicht, dass Sie mir verzeihen werden, ich darf es nicht hoffen. Ich wage nur, Sie zu bitten, mir zu befehlen, was ich tun, wo ich leben soll? Wie eine Sklavin werde ich Ihren Befehlen mich unterwerfen, welcher Art sie auch sein werden.«

»Ich habe Ihnen nichts zu befehlen!«, erwiderte Lawretzky mit ebenso klangloser Stimme wie vorher. »Sie wissen, zwischen uns ist alles aus … und jetzt noch mehr als früher. Sie können leben, wo Sie wollen und wenn Sie an Ihrer Pension nicht genug haben ...« – »Ach, sprechen Sie nicht so entsetzliche Worte aus!«, unterbrach ihn Warwara Pawlowna. »Schonen Sie mich, sei es … sei es um dieses Engels willen!« Und Warwara Pawlowna eilte aus dem Zimmer, kehrte aber sofort zurück, mit einem kleinen, geschmackvoll gekleideten Mädchen auf den Armen. Dichte, braune Locken fielen auf das hübsche, frische Gesichtchen, auf die großen schlaftrunkenen Augen. Es lächelte, blinzelte vor dem Feuer und hielt sich mit den vollen Ärmchen an den Nacken ihrer Mutter.

»*Ada, vois, c'est ton père*«, sagte Warwara Pawlowna, ihr die Locken von den Augen wegnehmend und sie heiß küssend, »*prie le avec moi* …«

»*C'est ça, papa?*«, lispelte das Mädchen.

»*Oui, mon enfant, n'est ce pas que tu l'aimes?*«

Länger konnte Lawretzky es nicht ertragen.

»In welchem Melodram ist eine ganz ähnliche Szene?«, sagte er und ging fort.

Eine Zeit lang blieb Warwara Pawlowna stehen, zuckte mit den Achseln, brachte das Kind in die Nebenstube, kleidete es aus und legte es schlafen; nahm dann ein Buch, setzte sich an die Lampe, wartete ungefähr eine Stunde und legte sich endlich auch zu Bette.

»*Eh bien, madame*«, fragte, beim Abnehmen des Korsetts, sie ihr Kammermädchen, eine Französin, die sie aus Paris mitgebracht hatte.

»*Eh bien, Justine*«, erwiderte sie, »er ist alt geworden, doch scheint er mir immer noch denselben guten Charakter zu haben. Geben Sie mir meine Handschuhe auf die Nacht, bereiten Sie mir auf morgen ein bis oben anschließendes graues Kleid und vergessen Sie nicht Schöpsenkoteletts für Ada. Freilich ist es schwer, hier welche zu finden, aber Sie müssen sich etwas Mühe geben.«

»*A la guerre – comme à la guerre*«, erwiderte Justine und löschte das Licht aus.

12.

Über zwei Stunden irrte Lawretzky in den Straßen der Stadt umher. Er erinnerte sich der Nacht, die er in der Umgegend von Paris zugebracht hatte. Sein Herz blutete, sein Kopf war leer und wie betäubt, und es drehten sich in ihm immer dieselben dunklen, rasenden, boshaften Gedanken. »Sie lebt, sie ist hier«, murmelte er vor sich hin, mit beständig wiederkehrendem Erstaunen. Er fühlte es, dass Liese für ihn verloren sei. Er erstickte fast an Galle; dieser Schlag hatte ihn zu plötzlich getroffen. Wie hatte er so leicht dem unsinnigen Geplauder eines Feuilletons, einem kleinen Stück Papier glauben können? »Nun, gesetzt ich hätte nicht geglaubt«, sagte er, »welcher Unterschied wäre denn da gewesen? Ich hätte nicht gewusst, dass Liese mich liebt, und auch sie hätte es nicht gewusst.« Er konnte nicht von sich das Bild, die Stimme, die Blicke seiner Frau vertreiben, er verfluchte sie, er verfluchte alles auf Erden.

Ermattet kam er gegen Tagesanbruch zu Lemm. Lange klopfte er vergebens; endlich zeigte sich am Fenster der mit einer Nachtmütze bedeckte Kopf des Alten. Das Gesicht war griesgrämig gefaltet und ganz und gar dem begeistert ernsten Gesichte unähnlich, welches vor vierundzwanzig Stunden von der Höhe seiner Künstlergröße gebieterisch Lawretzky geblickt hatte.

»Was brauchen Sie?«, fragte Lemm. »Ich kann nicht jede Nacht spielen, ich habe Dekokt getrunken.«

Wahrscheinlich war aber Lawretzkys Gesicht sehr sonderbar; der Alte machte sich mit seinen Händen ein Schild über die Augen, betrachtete aufmerksam seinen nächtlichen Gast und ließ ihn ein.

Lawretzky trat ins Zimmer und setzte sich auf einen Stuhl; der Alte blieb vor ihm stehen, hüllte sich fest in seinen bunten alten Schlafrock, krümmte sich und biss sich in die Lippen.

»Meine Frau ist angekommen«, sagte Lawretzky, hob den Kopf auf und brach plötzlich in ein krampfhaftes Gelächter aus.

Lemms Gesicht drückte Erstaunen aus, er lächelte nicht, und hüllte sich fester in seinen Schlafrock.

»Sie wissen nicht«, fuhr Lawretzky fort, »ich dachte ... ich hatte in einer Zeitung gelesen, sie sei tot.«

»Oh – oh, das hatten Sie unlängst gelesen?«, fragte Lemm.

»Unlängst.«

»Oh, oh«, meinte der Alte, und zog die Augenbrauen in die Höhe. »Und sie ist angekommen?«

»Angekommen, sie ist jetzt bei mir, und ich ... ich bin unglücklich.« Er musste wieder krampfhaft lächeln.

»Sie sind unglücklich«, wiederholte langsam Lemm.

»Christophor Feodoritsch«, begann Lawretzky, »werden Sie es wohl auf sich nehmen, einen Brief zu bestellen?«

»Hm – kann man erfahren, an wen?«

»An Liese.«

»Ach, – ja, ja, ich verstehe. Gut. Und wann soll der Brief bestellt werden?«

»Morgen, so früh als möglich.«

»Hm. Man kann Catharina, meine Köchin schicken. Nein, ich will selbst hingehen.«

»Und werden Sie mir eine Antwort bringen?«

»Auch die Antwort werde ich Ihnen bringen.«

Lemm seufzte tief. »Sie sind in der Tat ein unglücklicher junger Mann; ja, das ist wirklich wahr, mein armer junger Freund.«

Lawretzky schrieb Liese einige Zeilen, benachrichtigte sie von der Ankunft seiner Frau, bat, ihm ein Rendezvous zu bestimmen, und warf sich mit dem Gesicht auf das schmale Kanapee; der Alte legte sich aufs Bett, drehte sich lange von einer Seite auf die andere, hustete und trank schluckweise seinen Dekokt. Der Morgen brach an; beide standen auf. In diesem Augenblick war Lawretzky dem Selbstmord nahe. Lemms Köchin brachte ihnen schlechten Kaffee; es schlug sieben Uhr, Lemm nahm seinen Hut, sagte, dass er seine Stunde bei den Kalitins erst um zehn Uhr gebe, dass er aber einen passenden Vorwand finden würde, jetzt hinzugehen und machte sich auf den Weg.

Lawretzky warf sich auf das kleine Kanapee, und wieder brach aus seines Herzens Tiefe ein bitteres, krampfhaftes Lachen. Er dachte daran, wie seine Frau ihn aus dem Hause vertrieben hatte, er stellte sich Liesens Lage vor, schloss die Augen und schlug die Hände über dem Kopfe zusammen. Endlich kehrte Lemm zurück und brachte ihm ein kleines Stückchen Papier, worauf Liese mit Bleistift folgende Worte geschrieben hatte:

»Heute können wir uns nicht sehen; vielleicht morgen Abend. Leben Sie wohl!«

Lawretzky dankte Lemm trocken und zerstreut, und ging nach Hause.

Er fand seine Frau beim Frühstück; Ada, den Kopf mit Locken bedeckt, in ein weißes Kleidchen mit blauen Bändern gekleidet, aß ein Hammelkotelett. Warwara Pawlowna stand, sobald Lawretzky ins Zimmer getreten war, sofort auf und ging, Demut im Gesichte, auf ihn zu. Er bat sie, ihm in sein Kabinett zu folgen, schloss hinter sich die Tür, und ging mit großen Schritten im Zimmer auf und ab; sie setzte sich, faltete bescheiden die Hände, und folgte seinen Bewegungen mit ihren noch immer schönen Augen. Lange konnte Lawretzky sich nicht entschließen, zu reden; er fühlte, dass er sich nicht beherrschen konnte; sah klar, dass Warwara Pawlowna ihn nicht fürchtete, obgleich sie sich den Anschein gab, als würde sie sofort in Ohnmacht fallen.

»Hören Sie, Madame«, begann er endlich, tief atmend und von Zeit zu Zeit seine Lippen wund beißend; »wir brauchen einander nichts vorzuheucheln; ich glaube an Ihre Reue nicht, ja – und wäre sie auch wahr, – mit Ihnen mich wieder vereinigen, mit Ihnen zusammenleben, wäre mir unmöglich.«

Warwara Pawlowna kniff die Lippen zusammen.

»Das ist Abscheu«, dachte sie, »es ist aus, für ihn bin ich sogar kein Weib mehr.«

»Es ist unmöglich«, wiederholte Lawretzky und knüpfte seinen Rock bis oben zu. »Ich weiß es nicht, warum Sie hergekommen sind; wahrscheinlich ging Ihnen das Geld aus.«

»Ach, Sie beleidigen mich!«, lispelte Warwara Pawlowna.

»Es sei dem aber, wie ihm wolle – Sie sind einmal leider meine Frau, Sie aus dem Hause jagen, kann ich nicht … Ich schlage Ihnen also Folgendes vor: Sie können, meinethalben heute, wenn es Ihnen gefällig ist, nach Lawriky fahren und dort leben; ich habe daselbst, wie Sie wissen, ein schönes Haus; Sie werden alles, was Sie brauchen, und außerdem noch Ihre Pension erhalten. Sind Sie damit zufrieden?«

Warwara Pawlowna bedeckte sich das Gesicht mit einem reichgestickten Schnupftuche.

»Ich habe Ihnen schon gesagt«, antwortete sie mit einem nervösen Zucken der Lippen, »dass ich mit allem einverstanden sein werde, was Sie über mich verhängen wollen. Für jetzt bleibt mir nur eins übrig, Sie zu fragen, ob Sie mir erlauben, Ihnen für Ihre Großmut zu danken?«

»Lassen wir das Danken, ich bitte Sie – so ist es besser«, beeilte sich Lawretzky zu sagen. »Also«, fuhr er fort, sich der Tür nähernd, »also kann ich darauf rechnen ...«

»Morgen werde ich in Lawriky sein«, sagte Warwara Pawlowna, ehrfurchtsvoll aufstehend. »Aber Feodor Iwanitsch ...«, – sie nannte ihn nicht mehr Theodor ...

»Was wünschen Sie noch?«

»Ich weiß es, dass ich nichts getan habe, um eine Vergebung zu verdienen; darf ich aber hoffen, dass mit der Zeit ...«

»Ach, Warwara Pawlowna«, unterbrach sie Lawretzky, »Sie sind eine kluge Frau, ich bin aber auch nicht auf den Kopf gefallen; ich weiß es, dass Ihnen an der Vergebung nicht im Geringsten gelegen ist. Übrigens habe ich es Ihnen auch längst vergeben; zwischen uns aber gähnt ein Abgrund.«

»Ich werde mich in mein Schicksal zu fügen wissen«, erwiderte Warwara Pawlowna, und neigte den Kopf auf die Brust. »Ich habe meine Schuld nicht vergessen; ich würde mich auch nicht gewundert haben, wenn ich erfahren, dass Sie sich über die Nachricht meines Todes gefreut hätten«, fügte sie sanft hinzu, mit einer leichten Handbewegung auf die auf dem Tische liegende und von Lawretzky unbeachtet gelassene Zeitungsnummer weisend.

Lawretzky fuhr zusammen: Das Feuilleton war mit Bleistift unterstrichen. Warwara Pawlowna blickte mit noch größerer Demut auf ihn. – In diesem Augenblicke war sie reizend schön. Das graue, in Paris gefertigte Kleid zeichnete die Umrisse ihrer schlanken, fast siebzehnjährigen Gestalt; ihr feiner, zarter Nacken, umgeben von einem, weißen Kragen, die gleichmäßig atmende Brust, die Hände ohne Bracelets und Ringe, alles an ihrer Gestalt, von den glänzenden Haaren bis zur Spitze des verschämt unter dem Kleide hervorblickenden Stiefelchens, war so aristokratisch. Lawretzky, einen boshaften Blick auf sie werfend, hätte bald gerufen: »Bravo!«, hätte sie bald mit der Faust auf die Schläfe geschlagen – doch entfernte er sich schweigend.

Eine Stunde später war er schon auf dem Wege nach Wasiliewskoie; zwei Stunden später ließ Warwara Pawlowna den besten Wagen in der Stadt mieten, setzte einen einfachen Strohhut mit einem schwarzen Schleier auf, warf eine bescheidene Mantille um, vertraute Ada Justinen an und fuhr zu den Kalitins. Aus den Fragen, die sie an das Gesinde gerichtet, hatte sie erfahren, dass ihr Mann dieses Haus täglich besuche.

13.

Der Tag, als Lawretzkys Frau in der Stadt O. ankam, war für ihn ein trauriger Tag; ebenso traurig war er auch für Liese. Kaum war sie hinuntergegangen und hatte ihrer Mutter einen Guten Morgen gewünscht, als sie am Fenster stehend Pferdegetrappel vernahm und mit geheimen Schrecken Panschin erblickte, der in den Hof hereinritt.

»Er ist so früh gekommen, um eine entscheidende Antwort zu erhalten«, dachte sie, und irrte sich nicht.

Nachdem er sich einige Zeit in dem Saal herumgedreht hatte, schlug er vor in den Garten zu gehen, und forderte sie dort auf, ihm die Entscheidung seines Schicksals zu verkünden.

Liese fasste Mut und sagte ihm, sie könne nicht seine Frau werden. Er hörte sie bis zu Ende an, an ihrer Seite stehend – seinen Hut hatte er tief auf die Stirn gedrückt; artig, aber mit veränderter Stimme, fragte er, ob das ihr letztes Wort sei, und ob nichts sie in ihrem Entschlusse würde wankend machen können? Dann drückte er seine Hand an die Augen, atmete tief auf und riss die Hand wieder vom Gesichte.

»Ich wollte nicht den glatt getretenen Pfad gehen«, sagte er mit dumpfer Stimme, »ich wollte mir eine Gefährtin finden, die mir mein Herz erwählen sollte; doch will es das Schicksal nicht, wie es mir scheint. Lebe wohl, du Traum!« Er grüßte Liese tief und ging ins Haus zurück. Sie hoffte, dass er sofort das Haus verlassen würde; er ging aber ins Kabinett zu Maria Dmitriewna und blieb ungefähr eine Stunde bei ihr. »*Votre mère vous appelle – Adieu à jamais* ...«, sagte er, sprang in den Sattel und sprengte von der Treppe an im gestreckten Galopp davon. Liese ging zu Maria Dmitriewna, und fand sie in Tränen schwimmend; Panschin hatte ihr sein Unglück mitgeteilt.

»Warum gibst du mir den Todesstoß? Warum gibst du mir den Todesstoß?«, begann die betrübte Witwe ihr Wehklagen. »Was hast du noch nötig? Inwiefern ist er für dich kein Mann? Kammerjunker! Nicht geldgierig! Auch in Petersburg hätte er das erste beste Hoffräulein heiraten können! Und ich hatte gehofft! Und ist es lange her, dass deine Gesinnungen sich gegen ihn verändert haben? Diese Wolke kommt von irgendeiner Seite her, nicht du selbst hast sie geschaffen. Ist es nicht jener Dummkopf? Einen schönen Rat hast du gefunden!«

»Und er, der Gute«, fuhr Maria Dmitriewna fort, »wie ehrfurchtsvoll er ist, in seinem Grame selbst, wie aufmerksam! Er hat mir versprochen, mich nicht alleinzulassen. Ach, ich ertrage es nicht! Ach, ich sterbe vor Kopfschmerzen! Schicke Palaschka zu mir. Du wirst mich töten, wenn du dich nicht besinnst – hörst du?« Und nachdem sie sie zweimal undankbar genannt hatte, schickte sie Liese fort.

Liese ging in ihr Zimmer. Noch hatte sie keine Zeit gehabt, nach ihren qualvollen Unterredungen mit ihrer Mutter und mit Panschin, wieder zu sich zu kommen, als sich ein neues Gewitter über ihrem Haupte entlud, und von einer Seite, wo sie dies am wenigsten erwartet hätte. Martha Timotheewna kam zu ihr ins Zimmer und schlug sofort hinter sich die Tür zu. Das Gesicht der Alten war bleich, die Haube saß schief, die Augen glänzten, Hände und Lippen zitterten. Liese stutzte. Noch niemals hatte sie ihre kluge und verständige Tante in einem solchen Zustande gesehen.

»Wunderschön, wunderschön, Mademoiselle!«, begann Martha Timotheewna mit zitternder, gebrochener, und doch leiser Stimme. »Wunderschön! Bei wem hast du das nur gelernt, meine Teure? Gib mir Wasser, es ist mir unmöglich zu sprechen.«

»Beruhigen Sie sich, Tante, was haben Sie?«, sagte Liese, indem sie ihr ein Glas Wasser brachte. »Sie waren, wenn ich mich nicht irre, selbst keine große Freundin von Herrn Panschin.«

Martha Timotheewna stieß das Glas von sich.

»Ich kann nicht trinken; meine letzten Zähne schlage ich mir aus am Glase. Was hat hier Panschin zu tun; wozu ist hier Panschin nötig? Sage du mir lieber, wer es dir gelehrt hat, des Nachts Rendezvous zu geben! – Was? Mein Kind!«

Liese erblasste.

»Aber ich bitte dich um Gottes willen, leugne es doch nicht«, fuhr Martha Timotheewna fort. »Schurotschka selbst hat alles gesehen und hat es mir erzählt. Ich habe ihr verboten, ein Wort darüber fallen zu lassen; Schurotschka aber wird nicht lügen.«

»Ich leugne aber auch nicht, Tante!«, lispelte Liese kaum hörbar.

»Ach, ach! So stehen also die Sachen? Du hast also ihm, dem alten Sünder, dem Scheinheiligen, ein Rendezvous bestimmt.«

»Nein.«

»Wie das?«

»Ich ging in den Salon, mir ein Buch zu holen; er war im Garten – und rief mich.«

»Und du gingst zu ihm? Wunderschön! Also liebst du ihn?«

»Ich liebe ihn«, erwiderte Liese kaum hörbar.

»Du großer Himmel! Sie liebt ihn, sie liebt ihn!«

Martha Timotheewna riss sich die Haube vom Kopfe.

»Einen verheirateten Mann! Sie liebt ihn? Was?«

»Er hat mir gesagt ...«, begann Liese.

»Was hat er dir gesagt, der Hochedele, was?!«

»Er hat mir gesagt, seine Frau sei gestorben.«

Martha Timotheewna schlug das Zeichen des Kreuzes. »Gott habe sie selig«, sagte sie leise, »ein kopfloses Weib war sie – nicht zum Vorwurf sei es ihr gesagt. So stehen also die Sachen! Die eine Frau hat er ins Grab gelegt und will gleich eine andere haben. Ein Tausendsassa! Eins nur will ich dir, Nichte, sagen: Zu meiner Zeit, als ich jung war, gingen solche Sachen den Mädchen nicht leicht von der Hand. Du musst dich nicht über mich ärgern, meine Teure; über Wahrheit ärgern sich nur Narren allein. Ich habe heute befohlen, ihn nicht zu empfangen. Ich liebe ihn, dies aber werde ich ihm niemals verzeihen. Seht einmal! Also Witwer! Gib mir Wasser. Dass du aber Panschin mit langer Nase hast abziehen lassen, dafür lobe ich dich; sitze nur nicht des Nachts mit diesem Ziegenbart, mit Männern im Allgemeinen; mach mir alten Frau keinen Gram, denn nicht immer liebkose ich; – ich verstehe auch zu beißen. Also Witwer!«

Martha Timotheewna ging fort, Liese aber setzte sich in einen Winkel und weinte bitterlich. Schwer war es ihr ums Herz, sie hatte solch eine Erniedrigung nicht verdient. Ihre Liebe weissagte ihr keine Freude; seit gestern Abend weinte sie das zweite Mal. Kaum hatte in ihrem Herzen ein neues, unerwartetes Gefühl Wurzel gefasst, und schon musste sie schwer für dieses Gefühl büßen. Mit so roher Hand berührten Fremde ihr heiliges Geheimnis! Scham und Schmerz und Bitterkeit füllten ihr Herz; doch sie fühlte weder Zweifel noch Furcht, – sie liebte Lawretzky noch heißer. Sie hatte gewankt, so lange sie sich selbst noch nicht verstand; nach jenem Zusammentreffen aber, nach jenem Kusse, – da konnte sie nicht mehr wanken. Sie wusste, dass sie liebte, – sie liebte ehrlich, nicht zum Spaße hatte sie sich für ihr ganzes Leben gefesselt. – Sie fürchtete keine Drohungen, sie fühlte, dies Band könne nicht gewaltsam zerrissen werden.

14.

Maria Dmitriewna geriet in große Unruhe, als man ihr die Ankunft von Warwara Pawlowna Lawretzky meldete; sie wusste sogar nicht, ob sie sie empfangen sollte oder nicht, sie fürchtete Feodor Iwanitsch zu beleidigen. Endlich siegte die Neugier.

»Was ist es am Ende«, dachte sie, »auch sie ist ja eine Verwandte«, und sich in einen Sessel werfend, sagte sie dem Diener: »Bitte die Dame, hereinzukommen!«

Einige Augenblicke vergingen; die Tür öffnete sich; schnell, mit kaum hörbaren Schritten näherte sich Warwara Pawlowna der Hausfrau und ohne ihr Zeit zu lassen, vom Sessel aufzustehen, kniete sie fast vor ihr nieder.

»Ich danke, Tante«, begann sie mit leiser und bewegter Stimme auf Russisch, »ich danke, eine solche Herablassung hätte ich nicht zu hoffen gewagt; Sie sind so gut wie ein Engel!«

Nach diesen Worten ergriff Warwara Pawlowna unerwartet die Hand Maria Dmitriewnas und nachdem sie dieselbe leicht in ihren, mit blasslilafarbenen Genfer Handschuhen bekleideten Händen gedrückt hatte, brachte sie sie an ihre roten und vollen Lippen.

Maria Dmitriewna wusste nicht, wie ihr geschah, als sie ein so hübsches, reizend gekleidetes Weib fast vor sich knien sah; sie konnte sich selbst nicht raten, was sie tun sollte; sie wollte ihr die Hand wegnehmen und wünschte sie auf einen Stuhl zu setzen, wollte ihr etwas Schmeichelhaftes sagen und endigte endlich damit, dass sie ihr die glatte und parfürmierte Stirn küsste … Warwara Pawlowna schien bei diesem Kusse in Ohnmacht fallen zu wollen.

»Wie geht es, *bon jour*!«, sagte Maria Dmitriewna. »Freilich dachte ich nicht … Übrigens bin ich freilich froh, Sie zu sehen, Sie verstehen mich, meine Teure, – es ist nicht meine Sache, mich zum Richter zwischen Ihnen und Ihrem Manne aufzuwerfen …«

»Ich allein bin schuld«, unterbrach sie Warwara Pawlowna, »mein Mann hat in jeder Hinsicht recht.«

»Dies sind sehr lobenswerte Gefühle, – sehr lobenswerte. Sind Sie schon lange hier? Haben Sie ihn gesehen? Setzen Sie sich aber doch, ich bitte.«

»Ich bin gestern angekommen«, erwiderte Warwara Pawlowna, sich bescheiden auf einen Stuhl setzend. »Ich habe Feodor Iwanitsch gesehen, habe mit ihm gesprochen.«

»Ach! Nun, und was hat er gesagt?«

»Ich fürchtete, dass meine plötzliche Ankunft ihn erzürnen würde«, fuhr Warwara Pawlowna fort, »er hat sich aber nicht von mir abgewendet.«

»Das heißt, er hat nicht ...«, sagte Maria Dmitriewna. »Sein Äußeres ist nur etwas grob, er hat aber ein gutes Herz.«

»Feodor Iwanitsch hat mir nicht verziehen; er wollte mich sogar nicht anhören ... er war aber so gut, mir Lawriky als Wohnsitz zu bestimmen.«

»Ach! Ein sehr schönes Gut!«

»Morgen begebe ich mich dorthin, um seinem Willen nachzukommen; ich hielt es aber für meine Pflicht, Sie erst zu besuchen.«

»Ich bin Ihnen sehr dankbar, sehr dankbar, meine Teure! Man darf die Verwandten nicht vergessen. Wissen Sie aber, dass ich mich wundere, wie gut Sie Russisch sprechen. *C'est étonnant!*«

Warwara Pawlowna seufzte tief.

»Ich bin zu lange im Ausland gewesen, Maria Dmitriewna, ich weiß es, doch mein Herz blieb immer russisch; ich habe mein Vaterland nicht vergessen.«

»Recht, ganz recht! Feodor Iwanitsch erwartete Sie aber nicht. Ja. – Glauben Sie meiner Erfahrung: *la partie avant tout.* Ach, zeigen Sie mir Ihre Mantille, ich bitte, wie reizend sie ist!«

»Sie gefällt Ihnen?«

Warwara Pawlowna nahm sie eilig von den Schultern ab. »Sie ist sehr einfach. Von Madame Baudran.«

»Das sieht man gleich. Von Madame Baudran! ... Wie reizend, und wie geschmackvoll! Ich bin versichert, Sie haben eine Menge schöner Sachen mitgebracht! Sehen möchte ich sie wenigstens.«

»Meine ganze Garderobe steht Ihnen zu Diensten, teure Tante. Wenn Sie erlauben, kann ich einiges Ihrer Kammerjungfer zeigen. Ich habe ein Dienstmädchen aus Paris mitgebracht, eine ausgezeichnete Nähterin.«

»Sie sind sehr gut, meine Teure, aber, wirklich, ich mache mir ein Gewissen ...«

»Ein Gewissen?«, wiederholte Warwara Pawlowna vorwurfsvoll. »Wollen Sie mich denn nicht glücklich machen? Betrachten Sie mich als Ihr Eigentum.«

Maria Dmitriewna taute auf.

»*Vous êtes charmante*«, sagte sie. »Ja, warum nehmen Sie aber nicht Ihren Hut, Ihre Handschuhe ab?«

»Wie? Sie erlauben?«, fragte Warwara Pawlowna und faltete andächtig die Hände.

»Versteht sich; Sie werden ja mit uns zu Mittag essen, hoffe ich. Ich … will Ihnen meine Tochter vorstellen.« Maria Dmitriewna wurde etwas verlegen. »Nun A gesagt ist, muss auch B gesagt werden!«, dachte sie. »Dabei ist auch Liese heute nicht ganz wohl.«

»*O ma tante!* Wie gut Sie doch sind!«, rief Warwara Pawlowna und bedeckte sich die Augen mit ihrem Schnupftuche.

Der Bediente meldete Gedeonowsky. Der alte Schwätzer trat ein, nach allen Seiten hin grüßend und süßlich lächelnd. Maria Dmitriewna stellte ihn Warwara Pawlowna vor. Im Anfang war er verlegen, Warwara Pawlowna betrug sich aber sehr kokett-ehrfurchtsvoll gegen ihn, sodass er sich bald heimisch fühlte, und Erfindungen, Klatschereien, Liebenswürdigkeiten wie Honig von seinen Lippen flossen.

Warwara Pawlowna blickte ihn an, lächelte zurückhaltend und wurde bald selbst gesprächiger. Sie erzählte mit vieler Bescheidenheit von Paris, von ihren Reisen, von Baden-Baden; brachte einige Mal Maria Dmitriewna zum Lachen und seufzte dann jedes Mal tief, als werfe sie sich selbst ihre unpassende Fröhlichkeit vor; bat um Erlaubnis Ada mitzubringen, nahm die Handschuhe ab, und zeigte mit ihren glatten, mit *savon à la guimauve* gewaschenen Händen, wo und wie die *volants, ruches*, Spitzen, *choux*, getragen werden; versprach ein Fläschchen mit neuer englischer Parfümerie, Victoria-Essenz, mitzubringen, und freute sich wie ein Kind, als Maria Dmitriewna dies als Geschenk anzunehmen versprach; weinte bei der Erinnerung dessen, was sie gefühlt hatte, als sie zum ersten Male wieder russische Glocken vernahm. »So tief war ihr Klang ihr ins Herz gedrungen«, sagte sie.

In diesem Augenblicke trat Liese ein. Seit dem Morgen, seit jenem Augenblicke, als sie, vor Schrecken erstarrend, den kleinen Brief Lawretzkys gelesen hatte, bereitete sie sich auf das Zusammentreffen mit seiner Frau vor; sie ahnte, dass sie sie sehen würde. Sie hatte sich entschlossen, ihr nicht aus dem Wege zu gehen; zur Strafe für ihre eigenen, wie sie sich ausdrückte, verbrecherischen Hoffnungen. Der plötzliche Wendepunkt in ihrem Schicksale hatte sie bis ins Innerste erschüttert; in zwei Stunden war ihr Gesicht magerer geworden, doch keine einzige Träne war ihren Augen entquollen. »Es geschieht mir recht«, sagte sie zu sich selbst, mit Mühe in ihrem Herzen bittere, boshafte, sie selbst entsetzende Gedanken unterdrückend. »Nun, ich muss gehen«, dachte sie, sobald sie vom Besuche der Lawretzky gehört hatte, und sie ging. Lange stand sie vor der Saaltüre, bevor sie sich entschloss, sie zu öffnen. Mit dem Gedanken »Ich bin schuldig vor ihr« trat sie über die Schwelle, und zwang sich, Warwara Pawlowna anzublicken, zwang sich, ihr zuzulächeln. Warwara Pawlowna war ihr entgegengegangen, sobald sie sie erblickt hatte, und hatte sich, obgleich nur leicht, doch ehrfurchtsvoll vor ihr verbeugt.

»Erlauben Sie, mich Ihnen vorzustellen«, begann sie mit einschmeichelnder Stimme, »Ihre Mama ist so herablassend gegen mich, dass ich hoffe, auch Sie werden gut sein.«

Der Ausdruck des Gesichtes Warwara Pawlownas, als sie die letzten Worte sprach, ihr kalter und zugleich weicher Blick, ihr schlaues Lächeln, die Bewegungen ihrer Schultern und ihrer Hände, selbst ihr Kleid, ihr ganzes Wesen erweckten in Liese ein Gefühl des Widerwillens, sodass sie ihr nichts antworten konnte, und kaum die Kraft hatte, ihr die Hand zu reichen.

»Diesem Fräulein gefalle ich nicht sehr«, dachte Warwara Pawlowna, indem sie fest die kalten Finger Liesens drückte, und sich zu Maria Dmitriewna wendend, sagte sie halblaut: »*Mais elle est délicieuse!*« Eine leichte Röte erglühte auf Liesens Wangen; in diesen Worten hörte sie Spott, Beleidigung. Doch war sie entschlossen, ihren Eindrücken nicht zu trauen, und setzte sich ans Fenster an ihren Stickrahmen.

Auch hier ließ sie Warwara Pawlowna nicht in Ruhe, ging zu ihr, lobte ihren Geschmack, ihre Kunstfertigkeit. Schnell und krampfhaft schlug Liesens Herz; sie hatte kaum die Kraft, sich selbst zu beherrschen, kaum die Kraft, an ihrem Platze zu bleiben. Ihr schien's, Warwara Pawlowna wisse alles und verspotte sie, im Geheimen triumphierend. Zu ihrem Glücke begann Gedeonowsky mit Warwara Pawlowna zu sprechen und zog ihre Aufmerksamkeit ab. Liese beugte sich über ihren Stickrahmen und beobachtete sie im Geheimen. »Und dieses Weib«, dachte sie, »hat er geliebt!« Aber sofort verbannte sie jeden Gedanken an Lawretzky; sie fürchtete, ihre Selbstbeherrschung zu verlieren, sie fühlte, dass ihr der Kopf zu schwindeln anfange. Maria Dmitriewna lenkte die Unterhaltung auf Musik.

»Ich habe gehört, meine Teure«, begann sie, »sie seien eine große Künstlerin.«

»Es ist schon lange her, dass ich nicht gespielt habe«, erwiderte Warwara Pawlowna und setzte sich sofort ans Klavier. Ihre Finger eilten über die Tasten. »Befehlen Sie.«

»Ich bitte.«

Warwara Pawlowna spielte meisterhaft eine brillante und schwierige Etude von Herz; sie hatte viel Fingerkraft und Fertigkeit.

»Eine Sylphide!«, rief Gedeonowsky.

»Wunderbar!«, bekräftigte Maria Dmitriewna. »Nun, Warwara Pawlowna, ich gestehe«, sagte sie, diese zum ersten Male beim Namen nennend: »Sie haben mich in Erstaunen gesetzt; Sie könnten Konzerte geben. Hier haben wir einen Musiker, einen alten Deutschen, der ein Sonderling, aber dabei sehr gelehrt ist; er gibt Liese Stunden. Dem werden Sie einfach den Kopf verdrehen.«

»Ist Lisawetha Michailowna auch eine Musikerin?«, fragte Warwara Pawlowna, indem sie den Kopf leicht zu ihr wandte.

»Ja, sie spielt nicht übel und liebt die Musik; wie kann sie sich aber mit Ihnen messen! Hier haben wir einen jungen Mann, dessen Bekanntschaft Sie machen müssen; dieser ist Künstler in seiner Seele und komponiert recht hübsch. Er allein kann Sie verstehen.«

»Ein junger Mann?«, sagte Warwara Pawlowna. »Wer ist's? Irgendein armer Schlucker?«

»Im Gegenteil, der erste Kavalier bei uns, und nicht allein bei uns – *et à Pètersbourg*. Ein Kammerjunker, besucht die beste Gesellschaft; Sie haben wahrscheinlich von ihm schon reden hören: Panschin Wladimir Nikolaitsch. Er ist hier, mit Aufträgen der Regierung, ... ein künftiger Minister!«

»Und Künstler?«

»Ein Künstler in seiner Seele, und so liebenswürdig. Sie werden ihn sehen, er war diese ganze Zeit über sehr oft bei uns; ich habe ihn eingeladen, heute Abend zu uns zu kommen; ich *hoffe*, dass er kommen wird«, fügte Maria Dmitriewna mit einem kurzen Seufzer und bitterem Lächeln hinzu.

Liese verstand die Bedeutung dieses Lächelns, doch jetzt hatte sie andere Gedanken.

»Und jung?«, wiederholte Warwara Pawlowna, leicht aus einer Tonart in die andere modulierend.

»Achtundzwanzig Jahr und das glücklichste Äußere. *Un jeune homme accompli.*«

»Mit einem Wort: ein musterhafter Jüngling, kann man sagen«, bemerkte Gedeonowsky.

Warwara Pawlowna begann plötzlich einen geräuschvollen Walzer von Strauß zu spielen, der mit einem so starken und schnellen Triller anfing, dass Gedeonowsky zusammenfuhr. Mitten im Walzer ging sie in ein trauriges Motiv über und endigte mit der Arie aus Lucia: fra poco; sie hatte sich erinnert, dass fröhliche Musik nicht zu ihrer Lage passe. Die Arie aus Lucia, mit besonderer Betonung der sentimentalen Noten, rührte Maria Dmitriewna sehr.

»Welch eine Seele!«, sagte sie halblaut.

»Eine Sylphide!«, wiederholte Gedeonowsky und hob die Augen zur Decke.

Die Mittagsstunde kam; Martha Timotheewna kam herunter, als schon die Suppe auf dem Tisch stand. Ihr Betragen gegen Warwara Pawlowna war sehr trocken; mit halben Worten nur antwortete sie auf ihre Liebenswürdigkeiten, – sah sie nicht an. Warwara Pawlowna begriff recht bald, dass sie mit dieser alten Frau keine große Freundschaft schließen würde, und redete sie nicht mehr an. Maria Dmitriewna ward noch freundlicher gegen Warwara Pawlowna; sie ärgerte sich über die Unartigkeit ihrer Tante. Doch nicht Warwara Pawlowna allein sah Martha Timotheewna nicht an, auch auf Liese blickte sie kein einziges Mal, obgleich ihre Augen glühten. Sie saß da, als wäre sie von Stein, gelb, bleich, mit zusammengepressten Lippen und aß keinen Bissen. Liese schien ruhig; sie war in eine Apathie, – die Apathie, welche zum Tode Verurteilte fühlen, – versunken.

Beim Mittagessen sprach Warwara Pawlowna wenig; sie schien wieder schüchtern geworden zu sein, und auf ihrem Gesichte malte sich der Ausdruck bescheidener Melancholie. Gedeonowsky allein belebte die Unterhaltung durch seine Erzählungen, obgleich er alle Augenblicke furchtsam auf Martha Timotheewna blickte; ihn überkam immer ein Hüsteln, wenn er in ihrer Gegenwart lügen wollte; doch sie störte ihn nicht, sie unterbrach ihn nicht. Nach Tisch erwies es sich, dass Warwara Pawlowna sehr gern Preference spiele; das gefiel Maria Dmitriewna so sehr, dass sie ganz gerührt wurde und bei sich dachte: »Was muss aber Feodor Iwanitsch für ein Esel sein! Solch eine Frau hat er nicht verstehen können!« Sie setzte sich mit ihr und Gedeonowsky an den Kartentisch, Martha Timotheewna aber führte Liese zu sich hinauf, indem sie sagte, sie sähe so blass aus, dass sie wahrscheinlich Kopfschmerzen hätte.

»Ja, sie hat furchtbare Kopfschmerzen«, sagte Maria Dmitriewna, die Augen verdrehend und sich zu Warwara Pawlowna wendend, »ich selbst habe solche Migräne ...«

»Wirklich!«, entgegnete Warwara Pawlowna.

Liese ging in das Zimmer ihrer Tante und sank ermattet auf einen Stuhl. Martha Timotheewna betrachtete sie lange schweigend, sank leise vor ihr auf die Knie hin – und begann, immer ohne ein Wort zu sagen, ihr bald die eine, bald die andere Hand zu küssen. Liese beugte sich vor, wurde purpurrot und brach in Tränen aus, hob aber Martha Timotheewna nicht auf, entzog ihr nicht ihre Hände; sie fühlte, sie habe kein Recht, die Alte in dem Ausdrucke ihrer Reue, ihrer Teilnahme zu stören, sie zu hindern, um Verzeihung für das, was gestern geschehen war, zu bitten, und Martha Timotheewna konnte nicht genug diese armen, bleichen, kraftlosen Hände küssen – wortlose Tränen rannen aus ihren Augen und aus den Augen Liesens. Nur der Kater Matrose knurrte auf dem breiten Sessel neben dem Knäuel und dem Strickstrumpfe; die längliche Flamme bewegte sich kaum in der Lampe vor dem Gottesbilde. In der Nebenstube stand hinter der Tür Nastasia Karpowna und trocknete sich auch heimlich die Augen mit einem, zu einem Knäuel zusammengerollten, bunten Schnupftuche.

15.

Inzwischen ging unten die Preference ihren Gang, Marie Dmitriewna gewann und war deswegen in sehr guter Stimmung. Der Diener meldete die Ankunft Panschins.

Marie Dmitriewna ließ die Karten fallen und wurde auf ihrem Stuhle unruhig; Warwara Pawlowna blickte auf sie mit einem kaum merklichen Lächeln, und wandte dann ihre Blicke zur Tür. Panschin trat ein, in einem schwarzen, bis oben zugeknöpften Frack und mit hohen englischen Vatermördern.

»Mir war es schwer zu gehorchen; doch sehen Sie, ich bin gekommen«, das drückte sein melancholisches, eben erst rasiertes Gesicht aus.

»Aber, Woldemar«, rief Marie Dmitriewna, »früher kamen Sie ja, ohne sich anmelden zu lassen!«

Panschin antwortete nur durch einen Blick, grüßte sie tief, küsste ihr aber nicht die Hand. Sie stellte ihm Warwara Pawlowna vor; er trat einen Schritt zurück und grüßte sie ebenso artig, aber mit einem Ausdruck von Eleganz und Achtung und setzte sich an den Kartentisch. Die Preference war bald zu Ende, Panschin erkundigte sich nach Lisawetha Michailowna, erfuhr, sie sei nicht ganz wohl, drückte sein Bedauern aus, unterhielt sich dann mit Warwara Pawlowna, auf diplomatische Art jedes seiner Worte abwägend und abrundend, und jede ihrer Antworten bis zu Ende anhörend. Doch der Ernst seiner diplomatischen Stimme hatte keinen Einfluss auf Warwara Pawlowna, teilte sich ihr nicht mit, im Gegenteil, sie blickte ihm mit fröhlicher Aufmerksamkeit ins Gesicht, sprach sehr frei und ihre feinen Lippen zitterten, gleichsam von unterdrücktem Lachen. Marie Dmitriewna ergoss sich in Lobsprüchen über ihr Talent; Panschin neigte sehr artig, so viel es ihm seine englischen Vatermörder erlaubten, den Kopf und sagte, er sei davon im Voraus überzeugt, lenkte dann die Unterhaltung, ich glaube, selbst auf Metternich. Warwara Pawlowna blinzelte mit ihren samtenen Augenlidern, und nachdem sie halblaut: »Sie sind ja auch ein Künstler, *un confrére*«, gesagt hatte, fügte sie noch leiser hinzu: »*Venez!*«, mit dem Kopfe nach dem Klaviere hinweisend. Dieses einzige hingeworfene Wort: »*Venez!*« veränderte gleichsam wie auf den Wink eines Zauberstabes die Haltung Panschins, sein bekümmertes Äußere verschwand; er lächelte, belebte sich, knüpfte seinen Frack auf, und indem er wiederholte »Was bin ich für ein Künstler, ach! Sie, habe ich gehört, sind eine echte Künstlerin!«, folgte er Warwara Pawlowna zum Klavier.

»Sagen Sie ihm, dass er die Romanze vom schwimmenden Monde singen solle«, rief Marie Dmitriewna.

»Sie singen?«, fragte Warwara Pawlowna, auf ihn einen hellen und flüchtigen Blick werfend: »Setzen Sie sich.«

Panschin suchte sich loszureden.

»Setzen Sie sich«, wiederholte sie, ungeduldig auf der Lehne des Stuhles trommelnd.

Er setzte sich hin, hustete, schlug seine Vatermörder zurück und sang seine Romanze.

»Charmant«, sagte Warwara Pawlowna, »Sie singen vortrefflich. *Vous avez du style*, – noch einmal.« Sie ging um das Klavier herum und setzte sich Panschin gegenüber. Er wiederholte seine Romanze, indem er seiner Stimme ein melodramatisches Zittern gab. Warwara Pawlowna sah ihn fest an, indem sie sich auf das Klavier lehnte und ihre weißen Hände in einer Linie mit ihren Lippen hielt. Panschin endigte.

»*Charmante, charmante idée*«, sagte sie mit dem Aplomb einer Kennerin. »Sagen Sie; haben Sie etwas für eine Frauenstimme, für mezzo soprano geschrieben?«

»Ich schreibe fast nichts«, antwortete Panschin, »das tue ich nur so in freien Augenblicken … Singen Sie denn?«

»Ich singe.«

»Oh, singen Sie uns doch etwas«, sagte Marie Dmitriewna.

Warwara Pawlowna warf mit der Hand die Haare von den rot gewordenen Wangen zurück und schüttelte den Kopf.

»Unsere Stimmen müssen zueinanderpassen«, sagte Sie, sich zu Panschin wendend, »singen wir ein Duett. Kennen Sie *Son geloso*, oder *La ci darem*, oder *Mira la bianca luna*?«

»Ich habe einst *Mira la bianca luna* gesungen, aber ich habe es schon lange vergessen«, antwortete Panschin.

»Das schadet nichts, wir werden leise repetieren. Kommen Sie nur!«

Warwara Pawlowna setzte sich ans Klavier, Panschin stellte sich neben sie. Sie sangen halblaut das Duett, wobei ihn Warwara Pawlowna ein paarmal verbesserte, dann sangen sie es laut, und wiederholten zweimal: *Mira la bianca lu…u…una.* Die Stimme Warwara Pawlownas hatte ihre Frische verloren, doch sie wusste vortrefflich die ihr gebliebenen Stimmkräfte zu benutzen. Panschin war im Anfang verlegen und machte einige Schnitzer, indem er etwas falsch sang. Endlich fasste er Mut, und obgleich er nicht tadellos sang, so bewegte er seine Schultern, seinen ganzen Körper, und hob von Zeit zu Zeit, wie ein echter Sänger, seinen Arm auf.

Warwara Pawlowna spielte zwei, drei Kompositionen von Thalberg und sang kokettierend eine kleine französische Arie. Marie Dmitriewna wusste nicht, wie sie ihre Freude ausdrücken sollte; einige Mal war sie auf dem Punkte, Liese holen zu lassen. Auch Gedeonowsky fand keine Worte und schüttelte nur mit dem Kopfe. Mit einem Male gähnte er aber unerwartet und hatte kaum Zeit, sich den Mund mit der Hand zu bedecken. Dieses Gähnen blieb von Warwara Pawlowna nicht unbemerkt. Mit einem Male wandte sie sich mit dem Rücken zum Klavier, und sagte: »*Assez de musique, comme ça;* wir wollen lieber plaudern«, und kreuzte die Arme. »*Oui, assez de musique*«, wiederholte fröhlich Panschin und knüpfte mit ihr eine Unterhaltung an, – leicht, witzig, auf Französisch.

»Ganz wie in dem besten Pariser Salon«, dachte Marie Dmitriewna, indem sie die von Calembours und doppelsinnigen Redensarten strotzende Unterhaltung mit anhörte. Panschin war äußerst gut gestimmt; seine Augen glänzten, er lächelte. Anfangs strich er mit der Hand über sein Gesicht, runzelte die Stirn, seufzte, wenn er den Augen Marie Dmitriewnas begegnete; bald vergaß er sie aber und gab sich ganz dem halb weltlichen, halb künstlerischen Geplauder hin.

Warwara Pawlowna bewies sich als große Philosophin: Auf alles hatte sie sogleich eine Antwort; sie schwankte nie, sie zweifelte an nichts; man sah, dass sie sich oft und viel mit klugen Leuten aller Art unterhalten hatte. Alle ihre Gedanken, alle ihre Gefühle drehten sich um Paris, Panschin sprach von Literatur, es erwies sich, dass sie, ganz wie er, nur französische Bücher gelesen hatte: Georges Sand erregte ihren Unwillen, Balzac achtete sie, obgleich er sie ermüdete, in Eugène Sue und Scribe sah sie große Kenner der menschlichen Seele, Dumas und Feval vergötterte sie. In ihres Herzens Grunde zog sie vor allen Paul de Kock vor, doch nannte sie, wie selbstverständlich, seinen Namen nicht.

Eigentlich gesagt, beschäftigte sie die Literatur wenig; Warwara Pawlowna wich geschickt allem aus, was im Geringsten an ihre Lage erinnern konnte; in keinem ihrer Worte war die geringste Anspielung auf Liebe; im Gegenteil, sie äußerte sich eher streng gegen die Stürme der Leidenschaften, schien enttäuscht, in ihr Schicksal ergeben zu sein. Panschin antwortete ihr; doch sie war mit ihm nicht einverstanden – und sonderbar! – im selben Augenblicke, als ihren Lippen Worte der oft allzu strengen Verdammung entströmten, – war der Klang ihrer Stimme so einschmeichelnd und ihre Augen sprachen … Was aber diese schönen Augen sprachen, war schwer zu sagen; doch waren es nicht strenge, es waren undeutliche und süße Reden.

Panschin wollte ihren geheimen Sinn verstehen, suchte selbst mit den Augen zu sprechen, doch er fühlte, dass er nichts hervorbrachte; er gestand es sich, dass Warwara Pawlowna als wahre, als französische Löwin unvergleichlich höher stand als er, deswegen war er auch nicht ganz seiner selbst mächtig.

Warwara Pawlowna hatte die Gewohnheit, wenn sie sich mit jemandem unterhielt, ihn von Zeit zu Zeit leise am Ärmel zu zupfen. Diese kaum einen Moment dauernden Berührungen regten Wladimir Nikolaitsch sehr auf. Warwara Pawlowna kannte die Kunst, leicht mit jedem Bekanntschaft zu schließen; keine zwei Stunden waren vergangen, als es schon Panschin schien, er kenne sie sein Leben lang, und Liese, dieselbe Liese, die er doch liebte, der er den Tag vorher seine Hand angeboten hatte, verschwand gleich einem Nebelbilde.

Man brachte den Tee; die Unterhaltung wurde noch ungezwungener. Marie Dmitriewna klingelte und ließ Liese durch den Diener sagen, sie solle herunterkommen, wenn sie nicht mehr solche Kopfschmerzen hätte. Als Panschin den Namen Liesens nennen hörte, sprach er von Aufopferung und davon, wer fähiger zu Opfern sei, Männer oder Frauen. Marie Dmitriewna kam gleich in Aufregung, begann zu behaupten, eine Frau sei zu Opfern fähiger, sagte, sie könne es in zwei Worten beweisen, kam in Verwirrung und endigte mit einem ziemlich ungeschickten Gleichnisse.

Warwara Pawlowna nahm ein Notenheft, bedeckte ihr Gesicht zur Hälfte damit, und sich auf die Seite Panschins neigend, an einem Biskuit nagend, sagte sie mit einem ruhigen Lächeln auf den Lippen und mit Blicke: »*Elle n'a pas invente la poudre, la bonne dame.*« Panschin erschrak ein wenig und war über die Kühnheit Warwara Pawlownas erstaunt; doch er begriff nicht, wie viel Verachtung zu ihm selbst in diesem unerwarteten Ergusse verborgen war, und alle Freundlichkeit und Zuneigung Marie Dmitriewnas, die Mittage, die er bei ihr gegessen, das Geld, das sie ihm so oft geborgt hatte, vergessend, sagte er (der Unglückliche!) mit demselben Lächeln und derselben Stimme: »*Je crois bien*«, und sogar nicht »*Je crois bien*«, sondern »*J'crois ben*«!

Warwara Pawlowna warf ihm einen freundlichen Blick zu und stand auf. Liese kam herein; vergebens beredete sie Martha Timotheewna zu bleiben; sie wollte die Folter bis zu Ende ertragen. Warwara Pawlowna und Panschin gingen ihr entgegen; auf dem Gesichte des Letzteren zeigte sich der frühere Diplomatenausdruck.

»Wie befinden Sie sich?«, fragte er Liesen.

»Mir ist jetzt wohler, ich danke!«, antwortete sie.

»Wir haben uns hier etwas mit Musik beschäftigt; schade, dass Sie Warwara Pawlowna nicht gehört haben. Sie singt ausgezeichnet, *en artiste consommée.*«

»Kommen Sie doch her zu mir!«, erklang die Stimme Marie Dmitriewnas.

Mit dem Gehorsam eines Kindes gehorchte ihr sofort Warwara Pawlowna und setzte sich auf einen kleinen Schemel zu ihren Füßen. Marie Dmitriewna hatte sie gerufen, um, wenn auch nur auf einen Augenblick, ihre Tochter mit Panschin alleinzulassen; noch immer hoffte sie im Geheimen, dass Liese sich besinnen würde. Außerdem war ihr ein Gedanke gekommen in den Kopf, den sie durchaus sofort in Ausführung bringen wollte.

»Wissen Sie was«, raunte sie Warwara Pawlowna ins Ohr, »ich will versuchen, Frieden zwischen Ihnen und Ihrem Manne zu schließen; für den Erfolg bürge ich nicht, versuchen will ich's aber doch. Ich habe, wie Sie wissen, vielen Einfluss auf ihn.«

Warwara Pawlowna erhob langsam ihre Augen, blickte Marie Dmitriewna an und faltete die Hände auf eine reizende Weise.

»Sie würden meine Retterin sein, *ma tante*«, sagte sie mit trauriger Stimme; »ich weiß nicht, wie ich Ihnen für Ihre Freundlichkeit danken soll. Doch meine Schuld gegen Feodor Iwanitsch ist zu groß, er kann mir nicht verzeihen.«

»Haben Sie denn … in der Tat …?«, begann Marie Dmitriewna neugierig.

»Fragen Sie mich nicht!«, unterbrach sie Warwara Pawlowna und senkte die Augen. »Ich war jung, leichtsinnig übrigens will ich mich nicht rechtfertigen.«

»Nun, … aber doch, … warum es nicht versuchen? Verzweifeln Sie nicht!«, antwortete Marie Dmitriewna und wollte sie in die Wange kneifen; doch sie blickte ihr ins Gesicht und wagte es nicht. »Bescheiden ist sie, ja, sehr bescheiden«, dachte sie, »aber doch eine wahre Löwin.«

»Sind Sie krank?«, fragte inzwischen Panschin Liese.

»Ja, ich bin unwohl.«

»Ich verstehe Sie«, sagte er nach einem ziemlich langen Schweigen, »ja, ich verstehe Sie.«

»Wie?«

»Ich verstehe Sie«, wiederholte bedeutungsvoll Panschin, der ganz einfach nicht wusste, was er sagen sollte.

Liese ward verlegen, dachte aber dann: »Meinethalben!«

Panschin nahm ein geheimnisvolles Wesen an und schwieg, streng seitwärts blickend.

»Es hat aber, wenn ich mich nicht irre, schon elf geschlagen«, bemerkte Marie Dmitriewna.

Die Gäste verstanden den Wink und nahmen Abschied. Warwara Pawlowna musste versprechen, den folgenden Tag zu Mittag zu kommen und Ada mitzubringen; Gedeonowsky, der, in seinem Winkel sitzend, beinahe eingeschlafen wäre, erbot sich, sie nach Hause zu begleiten. Panschin nahm feierlich von allen Abschied, auf der Treppe aber drückte er Warwara die Hand, und sie in den Wagen hebend, rief er ihr nach: »À revoir!«

Gedeonowsky setzte sich an ihre Seite; den ganzen Weg über amüsierte sie sich damit, dass sie, als wäre es von ungefähr, ihre Fußspitze auf seinen Fuß stellte. Er war in großer Verlegenheit, machte ihr Komplimente; sie kicherte, liebäugelte mit ihm, wenn das Licht der Straßenlaterne in den Wagen schien. Der von ihr gespielte Walzer hatte sie aufgeregt; wo sie war, brauchte sie nur Licht, einen Ballsaal, das schnelle Drehen bei den Klängen der Musik sich vorzustellen und ihr Herz entzündete sich, ihre Augen bekamen eine sonderbare dunkle Glut, ein Lächeln irrte auf ihren Lippen, etwas Graziös-Bacchantisches ergoss sich über ihren ganzen Körper.

An ihrem Hause angelangt, sprang Warwara Pawlowna leicht aus ihrem Wagen – nur Löwinnen können so springen – wandte sich zu Gedeonowsky und lachte ihm plötzlich laut ins Gesicht.

»Ein liebenswürdiges Geschöpf«, dachte der Staatsrat, indem er nach Hause schlich, wo ihn sein Diener mit einem Fläschchen Opodeldoc erwartete, »gut ist's noch, dass ich ein solider Mann bin … Worüber lachte sie aber nur?«

Die ganze Nacht saß Martha Timotheewna an Liesens Bette.

16.

Lawretzky verbrachte anderthalb Tage in Wasiliewskoie und irrte fast die ganze Zeit in der Umgegend umher; er konnte nicht lange an einer und derselben Stelle bleiben, denn in ihm nagte der Gram. Er fühlte alle Qualen der nie endenden, heißen, vergeblichen Sehnsucht; er gedachte jenes Gefühles, das sein Herz den Tag nach seiner Ankunft in seinem Dorf erfüllt hatte; er gedachte seiner damaligen Pläne und zürnte sich selbst. Was konnte ihn losreißen von dem, was er für seine Pflicht, die einzige Aufgabe seiner Zukunft hielt? Durst nach Glück, – wieder Durst nach Glück! – »Wahrscheinlich hat Michalewitsch recht«, dachte er. »Du wolltest es aufs Neue im Leben kosten«, sagte er zu sich selbst, »hattest vergessen, dass auch das schon Überfluss, eine unverdiente Gnade sei, wenn das Glück einen einmal im Leben besucht. Es war nicht vollkommen, es hat dir gelogen, wirst du sagen; beweise aber deine Rechte auf ein vollkommenes, auf ein wahres Glück! Blicke um dich und sage, wer da glücklich ist, wer genießt! Da geht ein Bauer Heu mähen; vielleicht ist er mit seinem Schicksal zufrieden … Nun? Möchtest du wohl mit ihm teilen? Denke doch an deine Mutter: Wie nichtig klein waren die Ansprüche, die sie an das Leben stellte, und welches Los war ihr beschieden! Wahrscheinlich wolltest du dich vor Panschin brüsten, als du ihm sagtest, du seist nach Russland gekommen, um zu ackern; nein, du bist gekommen, um in deinem Alter jungen Mädchen die Cour zu machen. Du hörtest kaum, du seist frei, und gleich warfst du alles hin, vergaßest alles, liefst, gleich einem Kinde, nach einem Schmetterling.« Fortwährend schwebte ihm das Bild Liesens vor; er suchte es von sich zu treiben, ebenso wie ein anderes Bild, andere listige, schöne und verhasste Züge.

Der alte Anton bemerkte, dass sein Herr unwohl sei; nachdem er einige Male vor der Tür tief, auf der Schwelle noch tiefer geseufzt hatte, entschloss er sich, sich ihm zu nähern und riet ihm, etwas Warmes zu trinken. Lawretzky schrie ihn an, befahl ihm, die Stube zu verlassen und entschuldigte sich gleich darauf bei ihm; Anton wurde aber noch trauriger. Lawretzky konnte nicht im Saale bleiben; ihm schien es fortwährend, sein Urgroßvater Andrei blicke verächtlich aus seinem Rahmen auf seinen schwächlichen Enkel. »Ach du Urenkel! Wie erbärmlich bist du doch!«, sagten, so schien es ihm, die sarkastisch lächelnden Lippen. »Ist's möglich«, dachte er, »dass ich nicht Herr über mich selbst werde, – dass ich mich hingeben werde diesem … Unsinn?«

Schwer Verwundete nennen gewöhnlich ihre Wunden »Unsinn«; wenn der Mensch sich nicht selbst betrügt, ist es besser für ihn, er lebt nicht mehr auf Erden. »Bin ich wirklich ein Knabe nur? Nun, ja: Ich habe das Glück in meiner Nähe gesehen, hielt fest in meinen Händen die Möglichkeit, für mein ganzes Leben glücklich zu sein, und plötzlich ist sie verschwunden; ja, so ist es auch in der Lotterie – hätte sich das Rad noch ein wenig gedreht, wäre am Ende der Arme zum Reichen geworden. Ist es hin, so ist es hin, – und damit hat es ein Ende. Zähneknirschend werde ich mich an die Arbeit spannen und werde mir zu schweigen befehlen. Gut ist es noch, dass dies nicht das erste Mal ist, dass ich mich besiegen muss! Und warum floh ich, warum sitze ich hier, gleich einem Strauß meinen Kopf in einen Busch versteckend? Vielleicht ist es schrecklich, dem Unglück ins Auge zu schauen! – Unsinn! – Anton!«, rief er laut. »Sage, dass man mir sogleich meinen Wagen anspanne.« – »Ja«, dachte er wieder, »ich werde meinem Herzen zu schweigen befehlen, ich muss mich fest in die Hände nehmen …!«

Mit solchen Gedanken fuhr Lawretzky fort, sich in seinem Schmerz zu trösten, doch der Schmerz war groß und heftig; und Apraxea selbst, die nicht sowohl blödsinnig, als für alles Gefühl abgestumpft war, schüttelte den Kopf und folgte ihm mit den Augen, als er sich in den Wagen setzte, um in die Stadt zu fahren. Pfeilschnell sprengten die Pferde dahin; er saß unbeweglich und seine Augen blickten ebenso unbeweglich vor sich hin auf den Weg.

17.

Den Tag vorher hatte Liese Lawretzky geschrieben, dass er den Abend zu ihnen kommen solle, doch fuhr er zuerst in seine Wohnung. Von seinen Leuten erfuhr er, dass weder seine Frau noch seine Tochter zu Hause sei, dass beide bei den Kalitins wären. Diese Nachricht setzte ihn in Erstaunen und in Wut.

»Warwara scheint entschlossen zu sein, mich zu töten«, dachte er, und sein Herz schlug mit des Zornes Heftigkeit. Mit unruhigen

Schritten ging er im Zimmer hin und her, warf fortwährend mit Händen und Füßen Kinderspielzeug, Bücher, jene Kleinigkeiten, die die Damen gern um sich haben, auf die Seite; er rief Justine und befahl ihr, diesen »Schund« auf die Seite zu schaffen.

»*Oui, monsieur!*«, sagte sie kokettierend und fing an die Stube in Ordnung zu bringen, indem sie sich mit Grazie niederbückte, und durch jede ihrer Bewegungen Lawretzky zu verstehen gab, dass sie ihn für einen ungeschliffenen Bären halte.

Mit Hass sah er auf ihr abgelebtes, aber noch immer »pikantes«, spöttisches, Pariser Gesicht, auf ihre weißen Manschetten, ihre seidene Schürze, ihre leichte Haube. Endlich schickte er sie fort, und entschloss sich nach langem Wanken (Warwara Pawlowna kehrte immer noch nicht zurück) zu den Kalitins zu fahren. – Nicht zu Maria Dmitriewna (für nichts auf der Welt wäre er in ihren Saal, in jenen Salon, wo sich seine Frau befand, getreten), aber zu Martha Timotheewna; er erinnerte sich, dass eine Treppe aus der Gesindestube gerade zu ihr führte. Der Zufall stand ihm bei: Auf dem Hofe traf er Schurotschka, und diese führte ihn zu Martha Timotheewna. Er fand sie, gegen ihre Gewohnheit, allein; sie saß in einem Winkel, mit wallenden Haaren, gebückt, mit auf der Brust gekreuzten Armen. Als die Alte Lawretzky erblickte, fuhr sie auf, und lief eilig im Zimmer hin und her, als suche sie ihre Haube.

»Ja, da bist du denn endlich, ja!«, sagte sie, indem sie seinem Blicke auswich und geschäftig hin und her lief. »Nun, Guten Abend. Was machst du? Was ist zu tun? Wo warst du gestern? Nun, sie ist gekommen; nun ja; nun, es musste doch so … auf irgendeine Art.«

Lawretzky sank auf einen Stuhl nieder.

»Nun, setze dich, setze dich«, fuhr die Alte fort. »Du bist herausgekommen? Nun, ja, versteht sich! Was jetzt? Bist du nur gekommen, mich zu sehen? Schönen Dank!«

Die Alte schwieg, Lawretzky wusste nicht, was er ihr sagen sollte; sie aber verstand ihn.

»Liese … ja, Liese war eben hier«, fuhr Martha Timotheewna fort, indem sie die Bänder ihres Ridiculs bald schürzte, bald wieder löste. »Sie ist nicht ganz wohl. Schurotschka, wo bist du? Komm doch her, kannst du nicht einen einzigen Augenblick auf deinem Platze bleiben? Auch ich habe Kopfschmerzen; wahrscheinlich von *diesem* Singsang und von der Musik.«

»Von was für einem Singsang, Tante?«

»Wie denn, jetzt haben wir hier, – wie nennt Ihr das doch – Duette. Und alles auf Italienisch: *tschitschi* und *tschatscha.* Wenn sie zu singen anfangen, scheint es, sie wollen einem das Herz aus dem Leibe reißen. Dieser Panschin und dann die Deinige. Und wie dies alles sich schnell ausgeglichen hat, ganz wie es unter Verwandten sein soll, ohne alle Zeremonien. Übrigens muss man auch das sagen, selbst der Hund sucht sich eine Zuflucht; warum soll er verloren gehen, wenn ihn Leute nicht von sich treiben.«

»Übrigens, gestehe ich, hätte ich dies nicht erwartet; dazu gehört doch eine große Dreistigkeit.«

»Nein, lieber Freund, keine Dreistigkeit, nur Berechnung. Nun, Gott mit ihr! Man sagt, du schickst sie nach Lawriky, ist es wahr?«

»Ja, ich überlasse dieses Gut Warwara Pawlowna.«

»Hat sie bei dir schon nach Geld gefragt?«

»Bis jetzt noch nicht!«

»Nun, das wird schon bald genug kommen. Jetzt aber habe ich dich endlich angesehen. Bist du gesund?«

»Ja!«

»Schurotschka«, rief auf einmal Martha Timotheewna, »gehe und sage Lisawetha Michailowna – das heißt, nein, frage sie … wo sie mein Buch hingetan hat? Sie weiß schon welches.«

»Gleich.«

Wieder lief die Alte geschäftig hin und her, und öffnete eine Schublade nach der andern, Lawretzky blieb unbeweglich auf seinem Stuhle sitzen.

Mit einem Male hörte man leichte Schritte auf der Treppe, – Liese trat ein.

Lawretzky stand auf und grüßte; Liese blieb an der Türe stehen.

»Liese, Lieschen!«, sagte Martha Timotheewna geschäftig. »Wo hast du mir mein Buch hingetan?«

»Was für ein Buch denn, Tante?«

»Ja, das Buch, mein Gott! Ich habe dich übrigens nicht gerufen … nun komme, das ist einerlei. Was macht Ihr dort unten? Da ist auch Feodor Iwanitsch gekommen. – Wie geht es mit deinen Kopfschmerzen?«

»Besser.«

»Du sagst immer: ›Besser‹. Was ist bei Euch dort unten? – Wieder Musik?«

»Nein, man spielt Karten.«

»Ja, sie hat ja Talent zu allem. Schurotschka, ich sehe, du möchtest im Garten herumlaufen. Geh nur.«

»Aber nein, Martha Timotheewna ...«

»Ich bitte dich, mir nicht zu widersprechen; geh nur. Nastasia Karpowna ist im Garten, bleibe bei ihr. Du musst der Alten doch einen Gefallen tun.«

Schurotschka ging fort.

»Wo ist nur meine Haube? Wo ist sie denn geblieben?«

»Ich will sie suchen!«, sagte Liese.

»Bleib nur sitzen. Ich selbst habe meine Beine noch nicht verloren. Wahrscheinlich ist sie in meiner Schlafstube«, und Martha Timotheewna ging fort, nachdem sie einen Seitenblick auf Lawretzky geworfen hatte. Sie hatte die Tür offen gelassen, mit einem Male kehrte sie aber zurück und warf sie zu. Liese stützte sich auf die Lehne des Stuhles und bedeckte sich das Gesicht mit ihren Händen. Lawretzky blieb auf der Stelle, wo er gestanden.

»Also so sollten wir uns wiedersehen!«, sagte er endlich.

Liese nahm die Hände vom Gesichte.

»Ja, wir sind schnell bestraft worden«, sagte sie mit dumpfer Stimme.

»Bestraft? – Wofür aber bestraft?«, fragte Lawretzky.

Liese schlug die Augen auf; diese drückten weder Gram noch Unruhe aus, doch schienen sie kleiner und trüber geworden zu sein. Ihr Gesicht war bleich; auch die nicht ganz geschlossenen Lippen waren blass geworden.

Mitleid und Liebe durchdrangen Lawretzkys Herz.

»Sie haben mir geschrieben: Alles ist aus – ja, alles ist aus, bevor noch etwas begonnen hatte.«

»Dies alles muss vergessen werden«, sagte Liese. »Ich bin froh, dass Sie gekommen sind; ich wollte Ihnen schreiben, so ist es jedoch besser. Diese Augenblicke müssen aber benutzt werden; wir beide müssen unsere Pflicht erfüllen. Sie müssen sich mit Ihrer Frau versöhnen.«

»Liese!«

»Ich bitte Sie darum; dadurch allein kann man die Vergangenheit verwischen. Bedenken Sie sich, – und Sie werden es mir nicht abschlagen.«

»Liese! Um Gottes willen! Fordern Sie von mir nicht das Unmögliche! Ich will alles tun, was sie mir befehlen; doch kann ich mich jetzt nicht mit ihr versöhnen! … Ich bin mit allem einverstanden, ich habe alles vergessen; aber ich kann doch nicht mein Herz zwingen … Allmächtiger Gott! Das ist zu grausam!«

»Ich fordere das auch nicht von Ihnen … das, was Sie meinen … leben Sie nicht mit ihr, wenn Sie es nicht können; schließen Sie aber Frieden!«, antwortete Liese und bedeckte wieder ihre Augen mit der Hand. »Denken Sie an Ihre Tochter; tun Sie das für mich.«

»Gut«, sagte Lawretzky zwischen den Zähnen, »damit wäre also meine Pflicht erfüllt. Nun, und Sie – was ist Ihre Pflicht?«

»Das weiß ich nicht!«

Lawretzky fuhr wieder auf.

»Wollen Sie vielleicht Panschin heiraten?«, fragte er.

Ein kaum merkliches Lächeln eilte über Liesens Lippen.

»O nein!«, sagte sie.

»Liese! Liese!«, rief Lawretzky. »Wie glücklich hätten wir sein können!«

Liese blickte wieder auf ihn.

»Jetzt sehen Sie selbst, Feodor Iwanitsch, dass das Glück nicht von uns, dass es nur von Gott abhängt.«

»Ja, weil Sie ...«

Die Tür der Nachbarstube ward plötzlich geöffnet und Martha Timotheewna trat, die Haube in der Hand, herein.

»Endlich habe ich sie gefunden«, sagte sie, sich zwischen Liese und Lawretzky stellend. »Ich selbst habe sie verlegt. Das kommt, wenn man alt wird; es ist ein wahres Unglück. Übrigens taugt auch die Jugend nichts mehr. Wirst du deine Frau nach Lawriky selbst begleiten?«, fügte sie hinzu, sich zu Feodor Iwanitsch wendend.

»Mit ihr nach Lawriky? Ich! Ich weiß es nicht«, sagte er nach einigen Augenblicken.

»Wirst du nicht hinuntergehen?«

»Heute – nein!«

»Nun gut. Du weißt es besser, was du zu tun hast; du aber, Liese, würdest guttun, hinunterzugehen. Ach, du großer Gott, ich habe vergessen, dem Dompfaffen sein Futter zu geben! Warte ein wenig, ich werde gleich ...«, und Martha Timotheewna lief fort, ohne ihre Haube aufzusetzen.

Lawretzky ging eilig auf Liese zu.

»Liese«, sagte er mit flehender Stimme, »wir trennen uns jetzt auf ewig, mein Herz ist gebrochen, – geben Sie mir Ihre Hand zum Abschiede.«

Liese erhob den Kopf und heftete auf ihn ihren müden, fast verloschenen Blick.

»Nein«, sagte sie und nahm die schon ausgestreckte Hand nicht. »Nein, Lawretzky«, – sie nannte ihn so zum ersten Male –, »ich werde Ihnen meine Hand nicht geben. Wozu? Entfernen Sie sich von mir, ich bitte Sie. Sie wissen, dass ich Sie liebe … ja, ich liebe Sie; doch nein … nein.« Sie bedeckte ihre Lippen mit dem Schnupftuche.

»Geben Sie mir wenigstens dieses Tuch.«

Die Tür knarrte.

»Nehmen Sie«, sagte Liese eilig.

Das Schnupftuch gleitete an ihren Knien hinab; Lawretzky ergriff es im Fallen, steckte es schnell in die Seitentasche und begegnete, indem er sich umdrehte, den Augen Martha Timotheewnas.

»Liese! Mir scheint es, deine Mutter ruft dich.«

Liese stand auf und ging.

Wieder setzte sich Martha Timotheewna in ihren Winkel.

Lawretzky nahm von ihr Abschied.

»Fedia!«, sagte sie mit einem Male.

»Was wollen Sie, Tante?«

»Bist du ein ehrlicher Mann?«

»Wie das?«

»Ich frage dich, ob du ehrlich bist?«

»Ich hoffe, dass ich es bin.«

»Hm, gib mir aber dein Ehrenwort, dass du ehrlich bist.«

»Da haben Sie es. – Warum aber?«

»Ich weiß warum. Und auch du, mein Lieber, wenn du nachdenkst, wirst wissen warum – denn dumm bist du nicht. Jetzt Gute Nacht. Meinen Dank, dass du mich besucht hast; erinnere dich aber dessen, was du mir gesagt hast, Fedia, und gib mir einen Kuss. Ach, ich weiß, dir ist's schwer ums Herz; ist dies aber auch nicht mit allen von uns der Fall? Ich zum Beispiel beneidete früher die Fliegen: Die, dachte ich, haben ein schönes Leben; eine Nacht aber hörte ich, wie eine Fliege, in einem Spinnengewebe gefangen, summte, – nein, dachte ich damals, auch die Fliegen leben nicht so glücklich. Was ist zu tun, Fedia? Erinnere dich aber dessen, was du mir gesagt hast. – Jetzt gehe, – gehe.«

Lawretzky ging die Gesindetreppe hinunter und war schon der Tür nahe … als ihn ein Diener einholte.

»Maria Dmitriewna bittet Sie, zu ihr zu kommen«, sagte er zu Lawretzky.

»Sage ihr, dass ich jetzt nicht kann«, antwortete Lawretzky.

»Es ist befehlen, Sie recht sehr zu bitten«, fuhr der Diener fort; »Maria Dmitriewna lässt Ihnen sagen, dass sie allein sei.«

»Sind denn die Gäste fort?«, fragte Lawretzky.

»Ja«, antwortete der Diener mit einem dummen Lächeln.

Lawretzky zuckte die Achseln und folgte ihm.

18.

Maria Dmitriewna saß in ihrem Kabinett allein auf einem Voltaire-Sessel und brachte alle Augenblicke ein Fläschchen mit *Eau de Cologne* an ihre Nase; neben ihr stand auf einem Tischchen ein Glas mit *Fleur d'orange*. Sie war in großer Aufregung und sogar scheinbar in Furcht.

Lawretzky trat ein. »Sie wünschten mich zu sehen?«, sagte er, sie kalt grüßend.

»Ja«, antwortete Maria Dmitriewna, und trank einige Schluck Wasser. »Ich habe erfahren, dass sie zur Tante gegangen wären, und habe befohlen, Sie zu bitten, zu mir zu kommen, ich muss mit Ihnen reden. Setzen Sie sich, ich bitte.«

Maria Dmitriewna atmete tief. »Sie wissen«, fuhr sie fort, »dass Ihre Frau angekommen ist.«

»Ich weiß es«, sagte Lawretzky.

»Nun, ja, das heißt, ich wollte sagen, sie ist zu mir gekommen und ich habe sie empfangen; übrigens wollte ich mit Ihnen über Folgendes reden, Feodor Iwanitsch. Ich habe, Gott sei Dank, ich kann es sagen, mir allgemeine Achtung erworben, um nichts auf der Welt würde ich etwas Unschickliches tun. Obgleich ich es im Voraus sah, dass es Ihnen unangenehm ist, habe ich mich nicht entschließen können, ihr es abzuschlagen. Feodor Iwanitsch, sie ist meine Verwandte – durch Sie; stellen Sie sich meine Lage vor: Was für ein Recht habe ich, sie nicht zu empfangen, – nicht wahr?«

»Sie regen sich ganz ohne Grund auf, Maria Dmitriewna«, antwortete Lawretzky. »Sie haben ganz recht gehandelt, ich ärgere mich nicht im Geringsten über Sie. Ich habe ganz und gar nicht die Absicht, Warwara Pawlowna nicht zu gestatten, ihre Bekannten zu sehen. Ich bin nur deswegen nicht herein gekommen, weil ich sie nicht sehen wollte, – das ist alles.«

»Ach, wie bin ich froh, das von Ihnen zu hören, Feodor Iwanitsch!«, rief Maria Dmitriewna aus. »Übrigens habe ich dies immer von Ihren edlen Gefühlen erwartet. Dass ich aber aufgeregt bin – ist nicht wunderbar: Ich bin ja Weib und Mutter. Ihre Gemahlin aber … freilich kann ich mich nicht als Richterin zwischen Ihnen und ihr aufwerfen; sie ist aber eine so liebenswürdige Dame, dass sie einem nur Vergnügen bereiten kann.«

Lawretzky lächelte und spielte mit seinem Hute.

»Und ich wollte Ihnen noch das sagen, Feodor Iwanitsch«, fuhr Maria Dmitriewna fort, ihren Stuhl langsam zu ihm rückend, »hätten Sie gesehen, wie bescheiden, wie ehrerbietig sie ist! Wirklich, das war rührend! Und hätten Sie gehört, wie sie von Ihnen spricht! Ich, sagte sie, trage alle Schuld; ich habe ihn nicht zu würdigen gewusst; er ist ein Engel und kein Mensch. Wirklich sie sagte so, ein Engel; sie fühlt eine so lebhafte Reue wie sie mir – bei Gott! – noch nicht vorgekommen ist.«

»Erlauben Sie mir, Maria Dmitriewna, Sie zu fragen«, sagte Lawretzky, »man sagt, sie hätte bei Ihnen gesungen – sang sie vielleicht in einem Anfalle von Reue, – wie?«

»Ach, schämen Sie sich nicht, so etwas zu sagen? Sie sang und spielte nur, um mir einen Gefallen zu erweisen, und weil ich sie dringend darum bat, ihr es fast befahl. Ich sehe, wie schwer es ihr ums Herz ist, und da möchte ich sie zerstreuen, – ich hatte auch gehört, dass sie ein so schönes Talent besitze. Aber, um Gottes willen, Feodor Iwanitsch, sie ist ganz niedergeschlagen, fragen Sie meinethalben Sergei Petrowisch; ein halb totes Weib *tout-à-fait,* was denken Sie.«

Lawretzky zuckte nur mit den Achseln.

»Und dann, was ist diese Ada für ein Engel, welch' ein reizendes Kind! – Sie ist so hübsch, so klug, und wie spricht sie Französisch! Versteht auch Russisch – mich hat sie Tante genannt. Und wissen Sie, sie ist nicht scheu, wie fast alle Kinder in ihren Jahren, – ganz und gar nicht; und wie ähnlich ist sie Ihnen! Augen, Augenbrauen … nun – Sie, ganz Sie. Ich bin keine besondere Freundin von kleinen Kindern, das muss ich gestehen; in Ihre Tochter aber bin ich verliebt.«

»Maria Dmitriewna«, sagte auf einmal Lawretzky, »erlauben Sie mir zu fragen, warum Sie dies alles erzählen?«

»Warum?« Maria Dmitriewna roch wieder an ihrem *Eau de Cologne* und trank einen Schluck Wasser. »Ich sage dies, Feodor Iwanitsch, deswegen … weil … ich bin ja Ihre Verwandte und nehme den größten Anteil an Ihnen … ich weiß, Sie haben das beste Herz. Hören Sie, *mon cousin*, – ich habt doch Erfahrung, und werde niemals ins Gelage hineinreden; verzeihen Sie, verzeihen Sie Ihrer Frau.« Die Augen Maria Dmitriewnas füllten sich plötzlich mit Tränen. »Hören Sie: Jugend, Unerfahrenheit … nun, sie hatte auch keine Mutter, die sie zurechtweisen konnte. Verzeihen Sie ihr, Feodor Iwanitsch; sie ist genug bestraft worden!«

Tränen rannen über die Wangen Maria Dmitriewnas; sie trocknete dieselben nicht, denn Weinen war ihre Leidenschaft. Lawretzky saß wie auf Kohlen. »Du großer Gott«, dachte er, »was ist das für eine Marter, was habe ich doch heute für einen Unglückstag!«

»Sie antworten nicht«, sagte aufs Neue Maria Dmitriewna. »Wie soll ich Sie verstehen? Können Sie wirklich so grausam sein? Nein, ich will es nicht glauben; eine geheime Stimme sagt mir, dass meine Worte Sie überzeugt haben, Feodor Iwanitsch, Gott wird Sie für Ihre Güte segnen; empfangen Sie denn aus meinen Händen Ihre Frau ...«

Unwillkürlich sprang Lawretzky von seinem Stuhle auf; auch Maria Dmitriewna stand auf und führte, schnell hinter eine spanische Wand gehend, von dort Warwara Pawlowna hervor. Bleich, halb tot, mit gesenkten Augen, schien sie jedem eigenen Gedanken, jedem eigenen Willen zu entsagen, – sich ganz in die Hände Maria Dmitriewnas gegeben zu haben. Lawretzky trat einen Schritt zurück.

»Sie waren hier?«, rief er.

»Klagen Sie sie nicht an«, beeilte sich Maria Dmitriewna zu sagen. »Um nichts auf der Welt wollte sie hierbleiben, ich befahl ihr aber, da zu bleiben; ich habe sie hinter der spanischen Wand versteckt. Ihre Frau versicherte auch, dass dies Sie noch mehr ärgern würde; ich wollte sie aber nicht hören. Ihre Frau kennt Sie nicht so gut wie ich.«

»Empfangen Sie Ihre Frau aus meinen Armen; gehen Sie, Warwara, fürchten Sie sich nicht, umarmen Sie Ihren Mann« – sie zupfte Warwara Pawlowna am Arme – »und empfangen Sie meinen Segen.«

»Warten Sie, Maria Dmitriewna«, unterbrach sie Lawretzky mit dumpfer, aber erschütternder Stimme. »Sie lieben wahrscheinlich sentimentale Szenen« – Lawretzky irrte sich nicht; von der Schule her hatte Maria Dmitriewna eine kleine Leidenschaft für das Theatralische bewahrt – »solche Szenen machen Ihnen Vergnügen, andere aber haben darunter zu leiden. Übrigens werde ich mit Ihnen nicht reden; in *dieser* Szene spielen Sie nicht die erste Rolle. Was wollen Sie von mir, Madam?«, fügte er hinzu, sich zu seiner Frau wendend. »Habe ich nicht für Sie getan, was ich nur konnte? Antworten Sie mir nicht, dass nicht Sie dieses Rendezvous erfunden haben; ich werde Ihnen nicht glauben, und Sie wissen, dass ich Ihnen nicht glauben kann. Was beabsichtigen Sie? Sie sind klug und tun nichts ohne Ziel; Sie müssen begreifen, dass ich nicht mehr mit Ihnen so leben kann, wie ich gelebt habe, – ich bin dies nicht imstande, nicht weil ich Ihnen zürne, nein, aber weil ich ein anderer Mensch geworden bin. Ich habe es Ihnen den Tag nach Ihrer Rückkunft gesagt, und in jenem Augenblicke waren Sie mit mir in Ihrer Seele einverstanden. Sie wünschen sich aber in der öffentlichen Meinung zu rehabilitieren; es ist Ihnen nicht genug in meinem Hause zu leben, Sie wünschen unter einem Dache mit mir zu leben, nicht wahr?«

»Ich wünsche, dass Sie mir verzeihen«, sagte Warwara Pawlowna, ohne die Augen aufzuschlagen.

»Sie wünscht, dass Sie ihr verzeihen möchten«, sagte Maria Dmitriewna.

»Und nicht für mich, sondern für Ihre Ada«, wiederholte Warwara Pawlowna.

»Vortrefflich. Das wünschen Sie?«, sagte Lawretzky mit Anstrengung. »Meinethalben.«

Warwara Pawlowna warf einen schnellen Blick auf ihn, Maria Dmitriewna aber rief: »Nun, Gott sei Dank!«, und zog Warwara wieder am Arme. »Nehmen Sie denn von mir ...«

»Halt!«, unterbrach sie Lawretzky. »Ich willige ein mit Ihnen, Warwara Pawlowna, zu leben«, fuhr er fort. »Das heißt, ich werde Sie nach Lawriky bringen und mit Ihnen dort, so lange ich die Kraft dazu habe, leben, – dann werde ich verreisen, – und werde Sie von Zeit zu

Zeit besuchen. Sie sehen, ich will Sie nicht betrügen; fordern Sie aber nichts weiter von mir. Sie selbst würden laut auflachen, sollte ich den Wunsch unserer geehrten Verwandten erfüllen und Sie an mein Herz drücken, wenn ich Ihnen versichern wollte, dass … die Vergangenheit nicht mehr existiere, dass ein gefällter Baum wieder grünen könnte. Ich sehe aber, man muss sich in sein Schicksal ergeben. Dieses Wort werden Sie nicht so verstehen, wie ich … das ist aber einerlei. Ich wiederhole es: Ich werde mit Ihnen leben, oder nein, ich kann Ihnen dies nicht versprechen; ich werde mich Ihnen wieder nähern, werde Sie aufs Neue meine Frau nennen ...«

»Geben Sie ihr wenigstens die Hand darauf«, sagte Maria Dmitriewna, deren Tränen längst versiegt waren.

»Bis jetzt habe ich Warwara Pawlowna noch niemals betrogen, sie wird mir auch ohne Handschlag glauben«, erwiderte Lawretzky. »Ich werde Sie nach Lawriky bringen, – erinnern Sie sich aber, Warwara Pawlowna: Unser Vertrag ist gebrochen, sobald Sie Lawriky verlassen. Jetzt erlauben Sie mir, mich zu entfernen.«

Er grüßte die beiden Damen und eilte hinaus.

»Sie nehmen Sie nicht mit sich?«, rief ihm Maria Dmitriewna nach.

»Lassen Sie ihn«, raunte ihr Warwara Pawlowna zu, und umarmte sie sofort, küsste ihr die Hände, nannte sie ihre Retterin.

Herablassend nahm Maria Dmitriewna ihre Liebkosungen an, im Geheimen aber war sie weder mit Lawretzky, noch mit Warwara Pawlowna, noch mit der ganzen von ihr vorbereiteten Szene zufrieden. Sie war ihr nicht sentimental genug. Warwara Pawlowna hatte ihrer Meinung nach sich zu den Füßen ihres Mannes werfen sollen.

»Wie haben Sie mich aber nicht verstanden?«, sagte sie. »Ich sagte Ihnen ja: Fallen Sie ...«

»So ist es besser, Tante; alles ist wunderschön!«, wiederholte Warwara Pawlowna.

»Nun, freilich, er ist kalt, wie ein Stück Eis«, bemerkte Maria Dmitriewna. »Gesetzt, Sie haben nicht geweint, dafür schwamm ich aber in Tränen. Er will Sie in Lawriky einsperren? Was? – Auch mich können Sie nicht besuchen? Alle Männer sind gefühllos«, schloss sie und schüttelte gedankenvoll den Kopf.

»Dafür wissen die Frauen Güte und Großmut zu würdigen«, sagte Warwara Pawlowna und sank langsam vor ihr auf die Knie. Sie umfing mit ihren Armen den vollen Körper Maria Dmitriewnas und drückte ihr Gesicht an denselben. Dieses Gesicht lächelte, aus den Augen Maria Dmitriewnas aber rannen wieder Tränen.

Lawretzky ging nach Hause, schloss sich in das Stübchen seines Kammerdieners ein, warf sich aufs Kanapee und lag so bis zum Morgen.

19.

Der folgende Tag war ein Sonntag. Der Glockenklang, der zur Frühmesse rief, weckte Lawretzky nicht auf, denn er hatte die ganze Nacht kein Auge geschlossen, erinnerte ihn aber an einen andern Sonntag, als er, dem Wunsche Liesens gemäß, in die Kirche ging. Er stand eilig auf; eine geheime Stimme sagte ihm, er würde sie auch heute in der Kirche treffen. Geräuschlos verließ er das Haus, ließ Warwara Pawlowna, die noch schlief, sagen, er würde zu Mittag nach Hause kommen, und ging mit großen Schritten dorthin, wohin ihn der einförmig traurige Glockenklang rief. Er kam früh; noch war die Kirche fast leer. Am Altare las ein Sakristan die Horen. Seine von Zeit zu Zeit von Husten unterbrochene Stimme tönte einförmig bald laut, bald leise.

Lawretzky stellte sich nicht weit vom Eingange hin, die Andächtigen kamen eins nach dem andern, blieben stehen, schlugen das Zeichen des Kreuzes und grüßten nach allen Seiten hin; ihre Schritte klangen durch die Leere und Stille wieder, dumpf unter den Wölbungen widerhallend. Eine schwache alte Frau in einem abgetragenen alten Kleide, in eine Kapuze gehüllt, kniete neben Lawretzky und betete andächtig; ihr zahnloses, gelbes, runzliges Gesicht drückte andächtige Spannung aus; die roten Augen blickten fest in die Höhe und waren auf die Gottesbilder geheftet; sie streckte die knöcherne Hand unter der Kapuze hervor und machte langsam und fest ein großes und breites Kreuz.

Ein Bauer mit dichtem Bart, mit finsteren Zügen, struppigen Haaren und fahlem Gesichte kam in die Kirche, kniete gleichfalls nieder, und schlug das Zeichen des Kreuzes, sich bald zurückwerfend, bald mit dem Kopfe nach jedem Kreuze schüttelnd. Es sprach sich solch bitteres Leid in seinem Gesichte, in allen seinen Bewegungen aus, dass Lawretzky sich entschloss, zu ihm zu gehen, und ihn zu fragen, was er hätte.

Erschreckt und finster wich der Bauer zurück und blickte ihn an. »Mein Sohn ist tot«, sagte er eilig und fing wieder an zu beten.

»Was kann den Leuten der Trost der Kirche ersetzen?«, dachte Lawretzky und versuchte selbst zu beten; ihm war es aber so schwer ums Herz, er war so erbittert, und seine Gedanken waren fern. Er erwartete Liese, – sie kam aber nicht. Die Messe begann. Der Diakon hatte das Evangelium gelesen, man läutete zum Schlusse; Lawretzky trat einige Schritte vor – und erblickte mit einem Male Liese. Sie war früher als er gekommen, er hatte sie aber nicht bemerkt; sie hatte sich in einen Winkel zwischen der Mauer und dem Altar gedrückt, blickte sich nicht um und rührte sich nicht. Lawretzky sah sie unverwandt an; er nahm Abschied. Das Volk ging auseinander, sie aber rührte sich nicht; sie schien die Entfernung Lawretzkys abwarten zu wollen. Endlich bekreuzte sie sich zum letzten Mal und ging, ohne sich umzusehen; nur ein Kammermädchen war bei ihr. Lawretzky folgte ihr und erreichte sie auf der Straße; sie ging sehr schnell, mit gesenktem Haupte und das Gesicht mit einem Schleier bedeckt.

»Guten Tag, Lisawetha Michailowna«, sagte er laut, indem er sich Mühe gab, vergnügt zu scheinen; »darf ich Sie begleiten?«

Sie sagte nichts und er ging neben ihr.

»Sind Sie mit mir zufrieden?«, fragte er, die Stimme senkend. »Sie haben gehört, was gestern geschehen ist?«

»Ja, ja«, sagte sie leise, »das ist recht.«

Sie ging noch schneller.

»Sind Sie zufrieden?«

Liese nickte nur mit dem Kopfe.

»Feodor Iwanitsch«, begann sie mit ruhiger, aber schwacher Stimme, »ich wollte Sie bitten, kommen Sie nicht mehr zu uns, verreisen Sie bald; wir können uns später wiedersehn, – irgendwann, über ein Jahr. Jetzt aber tun Sie das für mich; um Gottes willen erfüllen Sie meine Bitte.«

»Ich bin bereit, Ihnen in allem zu gehorchen, Lisawetha Michailowna; sollen wir uns aber so trennen? Werden Sie mir kein einziges Wort sagen?«

»Feodor Iwanitsch, jetzt gehen Sie neben mir … und doch sind Sie schon so fern, so fern von mir. Und nicht Sie allein, sondern ...«

»Sprechen Sie aus, ich bitte Sie!«, rief Lawretzky. »Was wollen Sie sagen?«

»Sie werden vielleicht hören … geschehe aber was da wolle, vergessen Sie … nein, vergessen Sie mich nicht, erinnern Sie sich meiner.«

»Ich – Sie vergessen …?«

»Genug, leben Sie wohl, folgen Sie mir nicht.«

»Liese!«, begann Lawretzky wieder.

»Leben Sie wohl, leben Sie wohl!«, wiederholte sie, senkte ihren Schleier noch tiefer und begann fast zu laufen.

Lawretzky blickte ihr nach, senkte den Kopf und ging zurück. Er stieß auf Lemm, welcher, mit fast auf die Augen gedrücktem Hut und finster auf die Erde blickend, daher ging. Sie blickten sich schweigend an.

»Nun, was sagen Sie?«, fragte endlich Lawretzky.

»Was ich sage?«, erwiderte Lemm mit finsterem Blicke. »Ich sage nichts; alles ist tot und wir sind tot. Sie müssen rechts gehen, nicht wahr?«

»Rechts.«

»Und ich links; leben Sie wohl!«

Den folgenden Morgen reiste Feodor Iwanitsch mit seiner Frau nach Lawriky. Sie fuhr, in Begleitung von Ada und Justine, in einem Wagen voraus; er folgte in einer leichten Kalesche. Während des ganzen Weges wich das hübsche Kind nicht vom Wagenfenster; alles setzte sie in Erstaunen: die Bauern, die Bäuerinnen, die Hütten, die Brunnen, die Krummhölzer der Pferde, die Glöckchen unter diesen Hölzern und die Menge von Raben auf dem Felde. Justine teilte ihr Erstaunen; Warwara Pawlowna lachte über ihre Bemerkungen und Ausrufungen. Sie war gut gelaunt; vor ihrer Abreise aus der Stadt O. hatte sie eine Erklärung mit ihrem Manne gehabt.

»Ich begreife Ihre Lage«, sagte sie ihm, – und aus dem Ausdrucke ihrer klugen Augen konnte er schließen, dass sie seine Lage vollkommen begreife; – »Sie werden mir aber die Gerechtigkeit widerfahren lassen, dass es sich mit mir leicht leben lässt. Ich werde mich Ihnen nicht aufdrängen, Sie nicht beunruhigen; ich wollte die Zukunft Adas sichern; mehr brauche ich nicht.«

»Und Sie haben Ihr Ziel erreicht«, sagte Feodor Iwanitsch.

»Jetzt habe ich nur einen Gedanken: Mich auf ewig in der Einsamkeit zu begraben; ewig werde ich Ihrer Wohltaten gedenken.«

»Pfui! Hören Sie auf!«, unterbrach er sie.

»Ich werde Ihre Unabhängigkeit und Ihre Ruhe zu ehren wissen«, endigte sie ihren vorbereiteten Satz.

Lawretzky grüßte sie tief. Warwara Pawlowna verstand, dass ihr Mann ihr im Herzen dankte.

Am folgenden Tag kamen sie gegen Abend nach Lawriky; eine Woche später reiste Lawretzky nach Moskau, seiner Frau fünftausend Rubel hinterlassend; den Tag nach der Abreise Lawretzkys meldete sich Panschin, den Warwara Pawlowna eingeladen hatte, sie in ihrer Einsamkeit nicht zu vergessen. Sie empfing ihn mit großer Zuvorkommenheit und bis spät in die Nacht klangen die hohen Zimmer und der Garten von Musik, Gesang und fröhlichem, französischem Geplauder wieder. Drei Tage blieb Panschin bei Warwara Pawlowna; als er von ihr Abschied nahm, und ihr fest die schönen Hände drückte, versprach er, wiederzukommen, – und er hielt Wort.

20.

Liese hatte ein besonderes, kleines Zimmer im zweiten Stock des Hauses ihrer Mutter; dies Zimmer war rein, hell, mit einem weißen Bette; vor den Fenstern und in den Winkeln standen Blumen; an einem Fenster war ein kleiner Schreibtisch, an dem anderen eine Bibliothek, an der Wand hing ein Kruzifix. Dieses Zimmer trug den Namen der Kinderstube; Liese war hier geboren. Als sie aus der Kirche, wo sie Lawretzky gesehen hatte, zurückgekehrt war, brachte sie mehr denn jemals alles in Ordnung, wischte überall den Staub ab, durchblätterte alle ihre Hefte, alle Briefe ihrer Freundinnen, verschloss alle Schubladen, begoss ihre Blumen und berührte mit der Hand jede derselben. Alles dies tat sie ohne Eile, still, mit freundlich besorgtem Gesichte. Sie blieb endlich mitten in der Stube stehen, blickte sich langsam um, trat an den Tisch, über welchem das Kruzifix hing, sank auf die Knie, legte ihren Kopf auf die gefalteten Hände und blieb unbeweglich. Martha Timotheewna trat ins Zimmer und fand sie in dieser Stellung; Liese hatte ihre Ankunft nicht bemerkt. Die Alte ging wieder auf den Zehen aus dem Zimmer, blieb an der Türe stehen und hustete einige Male laut. Liese sprang auf und trocknete sich die Augen, in denen helle, unbewegliche Tränen blinkten.

»Du hast, sehe ich, deine Zelle wieder in Ordnung gebracht«, sagte Martha Timotheewna, indem sie sich zu einem Rosenstocke niederbeugte; »welch schöner Geruch!« Liese blickte gedankenvoll ihre Tante an.

»Welch' ein Wort haben Sie ausgesprochen!«, lispelte sie.

»Was für ein Wort, welches?«, sagte Maria Timotheewna lebhaft. »Was willst du sagen? Das ist schrecklich«, sagte sie, indem sie ihre Haube abwarf und sich auf Liesens Bett setzte. »Das geht über meine Kräfte; heute ist der vierte Tag, dass ich wie auf Kohlen gehe, länger kann ich nicht heucheln, dass ich nichts bemerke, – ich kann es nicht ruhig mit ansehen, dass du immer bleicher und bleicher wirst, abmagerst; dass du weinst, – ich kann es nicht, ich kann es nicht.«

»Was ist nur mit Ihnen, Tante?«, sagte Liese. »Ich habe nichts ...«

»Nichts?«, rief Martha Timotheewna. »Das kannst du andern erzählen, mir aber nicht! Nichts! Wer lag aber eben auf den Knien? Wessen Wimpern sind noch nass von Tränen? Nichts! Blicke nur in den Spiegel; was hast du aus deinem Gesicht gemacht? Wo sind deine Augen hin? – Nichts! Weiß ich denn nicht alles?«

»Dies wird vergehen, Tante! Überlassen Sie es nur der Zeit!«

»Vergehen, und wann? Du großer, allmächtiger Gott! Liebst du ihn denn wirklich so? Er ist ja aber ein Greis, Lieschen! Nun, ich streite nicht, er ist gut, beißt nicht; was tut dies aber? Wir sind alle gute Leute; die Erde ist nicht mit Brettern verschlagen; solcher Leute gibt es noch viele auf Erden.«

»Ich sage Ihnen aber, alles dies wird vergehen, alles ist schon vergangen.«

»Höre Lieschen, was ich dir sagen will«, sagte mit einem Male Martha Timotheewna, Liese an ihre Seite aufs Bett ziehend, und sich bald etwas an ihren Haaren, bald an ihrem Halstuche zu schaffen machend, »es scheint dir nur jetzt, im ersten Augenblicke, dass es für deinen Schmerz keinen Trost gebe! Sage dir nur selbst: ›Nein, beugen lass ich mich nicht, Gott mit ihm!‹, und du wirst dich dann selbst wundern, wie sich alles schnell und gut gestalten wird; halte es nur ein wenig aus!«

»Tante«, erwiderte Liese, »es ist schon vergangen, alles ist vergangen!«

»Vergangen? Was vergangen? Selbst deine kleine Nase ist spitz geworden und du sagst: Vergangen! Schön vergangen.«

»Ja, vergangen, Tante, wenn Sie mir mir helfen wollen«, sagte Liese mit plötzlicher Begeisterung und umarmte Martha Timotheewna. »Liebe Tante, seien Sie meine Freundin, stehen Sie mir bei, ärgern Sie sich nicht, verstehen Sie mich ...«

»Was ist, was ist, mein Kind? Erschrecke mich nicht, ich bitte dich; ich werde gleich schreien, sieh mich nicht so an; sag' schnell, was du haben willst!«

»Ich … ich will ...« Liese verbarg ihr Gesicht auf der Brust Martha Timotheewnas. »Ich will ins Kloster gehen«, sagte sie dumpf.

Die Alte sprang auf.

»Schlag ein Kreuz, Lieschen, besinne dich; was sprichst du nur, o großer Gott!«, sagte sie endlich. »Lege dich ins Bett, mein Kind, schlafe ein wenig; das kommt bei dir von den schlaflosen Nächten.«

Liese erhob den Kopf; ihre Wangen glühten.

»Meine Tante«, sagte sie; »sprechen Sie nicht so, ich habe mich entschlossen, habe gebetet, habe Gott um Rat angefleht; alles ist aus, aus ist mein Leben mit Ihnen. Nicht umsonst ist eine solche Lehre; es ist auch nicht das erste Mal, dass ich daran denke. Das Glück wollte nicht zu mir kommen; selbst dann, als ich auf Glück hoffte, stach es mich schmerzlich durchs Herz. Ich weiß alles, kenne meine, kenne fremde Sünden, weiß, wie mein Vater unsern Reichtum erworben hat; ich weiß alles. Abbeten, abbeten muss ich dies alles! Sie, meine Mutter, Lenchen, sie alle tun mir leid, doch es ist nichts zu tun; ich fühle, hier kann ich nicht bleiben. Ich habe schon allen Lebewohl gesagt, habe alle im Hause zum letzten Male gegrüßt; ein Etwas ruft mich fort von hier; mir ist so schwer ums Herz, ich möchte mich auf ewig einschließen. Halten Sie mich nicht zurück, bereden Sie mich nicht zu bleiben, helfen Sie mir, sonst gehe ich allein fort ...«

Mit Entsetzen hörte Martha Timotheewna ihre Nichte an.

»Sie ist krank, hat das Fieber«, dachte sie; »ich muss nach einem Arzte schicken. Nach welchem aber? Gedeonowsky lobte neulich einen, er lügt aber alles – doch vielleicht hat er diesmal die Wahrheit gesagt.« Als sie sich aber überzeugt hatte, dass Liese nicht krank sei und nicht das Fieber habe, als auf alle ihre Entgegnungen Liese beständig ein und dasselbe antwortete, erschrak Martha Timotheewna und wurde tief betrübt. –

»Du weißt es aber nicht, mein Kind«, begann sie sie zu überreden, »was für ein Leben man in den Klöstern führt! Man wird dich, mein

Kind, mit grünem Hanföl füttern, man wird dich in grobe, große Wäsche kleiden, wird dich zwingen in eisiger Kälte umherzugehen; dies alles wirst du nicht ertragen können, Lieschen. Dieser Gedanke kommt dir von Agafia; sie hat dir diesen Wahnsinn beigebracht; sie hat aber damit angefangen, dass sie gelebt, und gut gelebt hat; so lebe denn auch du. Lass mich wenigstens ruhig sterben und tue dann, was du willst. Wer hat es aber auch je gesehen, dass ein junges Mädchen wegen solch eines Ziegenbartes, verzeih mir Gott, wegen eines Mannes ins Kloster gehe? Nun, wenn du nicht anders kannst, so fahre in ein Kloster, bete vor den heiligen Reliquien, lass eine Messe lesen, bedecke dich aber nicht mit dem schwarzen Schleier.«

Und Martha Timotheewna weinte bitterlich.

Liese tröstete sie, weinte selbst, blieb aber unerschütterlich. Aus Verzweiflung nahm Martha Timotheewna ihre Zuflucht zu der Drohung, alles ihrer Mutter zu sagen; aber auch das half nichts. Nur infolge der unausgesetzten Bitten ihrer Tante verstand sich Liese dazu, die Ausführung ihrer Absicht auf ein halbes Jahr hinauszuschieben und die Einwilligung Marie Dmitriewnas zu erwirken, wenn sie in sechs Monaten ihren Entschluss nicht geändert hätte.

Als der Winter kaum begonnen hatte, zog Warwara Pawlowna, nachdem sie sich mit Geld versorgt hatte, trotz ihres Versprechens sich in der Einsamkeit zu vergraben, nach Petersburg, wo sie eine bescheidene, aber reizende Wohnung mietete, welche Panschin, welcher früher als sie das Gouverment O. verlassen hatte, für sie auffand. In der letzten Zeit seines Aufenthaltes in O. war er bei Marie Dmitriewna in Ungnade gefallen; er besuchte sie nicht mehr und verließ fast niemals Lawriky. Warwara Pawlowna hatte ihn zum Sklaven gemacht, denn mit einem andern Worte kann man ihre unbegrenzte, despotische, eigenwillige Gewalt über ihn nicht ausdrücken.

Lawretzky verlebte den Winter in Moskau; den nächsten Frühling erfuhr er, dass Liese den Schleier im Kloster B. in einem der entferntesten Gegenden von Russland genommen habe.

Epilog

Acht Jahre waren vergangen. Es war wieder Frühling ... Wir wollen aber erst einige Worte über das Schicksal Michalewitschs Panschins, Madame Lawretzkys sagen, – und von ihnen Abschied nehmen. Nach langen Irrfahrten kam Michalewitsch auf den richtigen Weg: Er bekam die Stelle eines Oberlehrers in einer Kronanstalt. Er ist mit seinem Schicksale sehr zufrieden und seine Zöglinge »vergöttern« ihn, obgleich sie über ihn ihre Witze machen. Panschin hat eine schöne Karriere gemacht und wird dieser Tage Direktor einer Kanzlei; er geht etwas gebückt, wahrscheinlich ist ihm das Komturkreuz des Wladimir-Ordens, das er am Halse trägt, zu schwer. In ihm hat der Beamte den Künstler besiegt, sein noch immer jugendliches Gesicht ist gelb, seine Haare sind dünn geworden; er singt nicht mehr, zeichnet nicht mehr, beschäftigt sich aber im Geheimen mit Literatur; er hat eine kleine Komödie, im Geschmack der »Sprichwörter« geschrieben und da jetzt alle, die etwas schreiben, durchaus einen »Charakter zeichnen« müssen, so hat er eine Kokette in seiner Komödie »gezeichnet« und liest diese im Geheimen zwei oder drei ihm gewogenen Damen vor. Geheiratet hat er nicht, obgleich sich ihm einige sehr glänzende Partien darboten. Daran ist Warwara Pawlowna schuld.

Was letztere betrifft, so lebt sie, wie früher, beständig in Paris, Feodor Iwanitsch hat ihr einen Wechsel auf sich gegeben und sich von ihr und der Möglichkeit eines nochmaligen Überfalles losgekauft. Sie ist gealtert und dick geworden, doch ist sie noch immer mit Geschmack gekleidet. Jedermann hat sein Ideal. Warwara Pawlowna hat das Ihrige gefunden – in den dramatischen Werken Herrn Dumas, des Sohnes. Sie besucht fleißig das Theater, wenn auf die Szene schwindsüchtige und sentimentale Kamelien kommen. Madame Doche zu sein, scheint ihr der Gipfel des menschlichen Glückes, sie hat sich einst geäußert, sie wünsche ihrer Tochter kein schöneres Los; man muss hoffen, dass das Schicksal Mademoiselle Ada vor einem solchen Glücke behüten wird. Aus einem pausbäckigen, vollen Mädchen ist diese eine hektische bleiche Demoiselle geworden; sie leidet schon an Nerven. Die Zahl der Verehrer Warwara Pawlownas hat sich gelichtet, doch hat sie noch immer welche; einige derselben wird sie wahrscheinlich bis zum Tode bewahren. Der eifrigste unter ihnen war in letzterer

Zeit ein gewisser Sakurdalo-Skubyrnikoff, ein verabschiedeter Gardeoffizier, ein Mann von ungefähr achtunddreißig Jahren und besonders starker Konstitution. Die französischen Besucher des Salons der Madame Lawretzky nennen ihn »*le gros taureau d'Ukraine*«, zu ihren Modesoireen ladet ihn Warwara Pawlowna nicht ein, er genießt aber ihre volle Gunst.

Also ... acht Jahre waren vergangen. Wieder wehte vom Himmel des Frühlings seliges Glück, wieder lächelte er der Erde und den Menschen, wieder blühte und sang alles unter seinem Kusse. Die Stadt O. hatte sich in diesen acht Jahren wenig verändert; doch das Haus Marie Dmitriewnas schien jung geworden zu sein. Seine Mauern waren frisch und weiß geworden; die Scheiben der offenen Fenster glühten und glänzten in der untergehenden Sonne. Aus diesen Fenstern hallten auf die Straße die Klänge lauter, junger Stimmen, eines ununterbrochenen Gelächters; das ganze Haus schien von Fröhlichkeit überzusprudeln. Seit Langem ruhte die Hausfrau im Grabe, sie war zwei Jahre, nachdem Liese den Schleier genommen, gestorben und Martha Timotheewna hatte ihre Nichte nicht lange überlebt; sie ruhen nebeneinander auf dem Stadtkirchhofe. Auch Nastasia Karpowna ist tot; die treue Alte ging während einiger Jahre an das Grab ihrer Freundin zu beten ... Ihre Zeit kam, und ihre Gebeine ruhen neben denen ihrer Freundin.

Das Haus Martha Timotheewnas ging nicht in fremde Hände über, ging nicht für ihre Nachkommenschaft verloren, das Nest ward nicht zerstört. Lenchen, die sich in ein schlankes, hübsches Mädchen verwandelt hatte, und ihr Bräutigam – ein blonder Husarenoffizier, der Sohn Marie Dmitriewnas der sich eben in Petersburg verheiratet hatte, und mit seiner jungen Frau nach O. gekommen war, um hier den Frühling zu verbringen, die Schwester seiner Frau, ein sechzehnjähriges Mädchen mit roten Wangen und hellen Augen, Schurotschka, die auch groß und hübsch geworden war, – das war die Jugend, von dessen Gelächter und Gesprächen die Mauern des Kalitin'schen Hauses wiederklangen.

In ihm war alles verändert, alles war den neuen Bewohnern angepasst. Bartlose, junge Diener, die zu lachen und zu spaßen liebten, hatten die früheren, ernsten Greise ersetzt; dort, wo einst die fette Roska einherschritt, machten zwei Windspiele einen Höllenspektakel und sprangen auf den Diwans herum; im Stalle standen breitschultrige

Passgänger, flinke Deichselpferde, feurige Seitenpferde mit geflochtener Mähne, donische Reitpferde. Die Stunden des Frühstücks, des Mittags, des Abendbrots waren in Verwirrung geraten; es herrschte, wie sich die Nachbarn ausdrückten, »eine verrückte Ordnung«.

An jenem Abend, von dem wir sprechen, beschäftigten sich die Bewohner des Kalitin'schen Hauses (der Älteste derselben, Lenchens Bräutigam war kaum vierundzwanzig Jahre) mit einem sehr einfachen, für sie aber – ihrem lauten Gelächter nach zu urteilen, sehr interessanten Spiele: Sie liefen in den Stuben hin und her und haschten einander. Auch die Hunde liefen umher und bellten, und die Kanarienvögel, in den vor den Fenstern hängenden Käfigen schrien um die Wette und vergrößerten den allgemeinen Lärm durch ihr rasendes Gezwitscher.

Mitten in diesem betäubenden Zeitvertreib fuhr an die Pforte ein mit Kot bedeckter Reisewagen, und ein fünfundvierzigjähriger Mann im Reiseanzuge stieg aus demselben und blieb erstaunt stehen. Einige Zeit stand er unbeweglich, betrachtete das Haus mit aufmerksamen Augen, trat durch das Pförtchen in den Hof und ging langsam die Treppe hinauf. Im Vorhaus traf er niemanden, doch die Saaltüre wurde schnell geöffnet und aus ihr sprang, rot und erhitzt, Schurotschka heraus, und augenblicklich folgte ihr mit lautem Geschrei die ganze junge Schar. Sie blieb plötzlich stehen und verstummte beim Anblick eines Fremden; doch die hellen, auf ihn gehefteten Augen blickten ebenso freundlich, die frischen Gesichter lachten noch immer. Der Sohn Maria Dmitriewnas ging auf den Gast zu und fragte ihn, was er wünsche?

»Ich bin Lawretzky«, sagte der Gast.

Ein allgemeines Freudengeschrei war die Antwort – nicht aber, dass diese Jugend sich besonders über die Ankunft des entfernten, fast vergessenen Verwandten freute, einfach, weil sie bereit war, bei jeder günstigen Gelegenheit zu lärmen und sich zu freuen.

Lawretzky wurde umringt; Lenchen nannte sich, als alte Bekannte, zuerst, versicherte ihm, dass sie ihn nach ein paar Augenblicken sicher erkannt haben würde, und stellte ihm die ganze übrige Gesellschaft vor, alle, selbst ihren Bräutigam, mit Verkleinerungsnamen nennend. Durch das Speisezimmer rückte die ganze Schar in das Gastzimmer; die Tapeten in beiden Stuben waren verändert, die Möbel aber waren dieselben geblieben; Lawretzky erkannte das Klavier, sogar der Stickrahmen am Fenster war derselbe, stand ganz so wie früher

– und Lawretzky schien es, dass sogar die halb beendigte Stickerei dieselbe wie vor acht Jahren war. Man setzte ihn auf einen bequemen Sessel, alle setzten sich ehrbar rings um ihn; Fragen, Ausrufungen, Erzählungen kreuzten sich.

»Wir haben Sie lange nicht gesehen«, bemerkte Lenchen ganz naiv, »auch Warwara Pawlowna haben wir nicht gesehen.«

»Schönes Wunder!«, unterbrach sie schnell ihr Bruder. »Ich brachte dich nach Petersburg, Feodor Iwanitsch aber lebte immer in seinem Dorfe.«

»Seitdem ist aber auch Mama gestorben.«

»Und Martha Timotheewna«, sagte Schurotschka.

»Und Nastasia Karpowna«, fügte Lenchen hinzu, »und auch Herr Lemm ...«

»Wie? Auch Lemm ist tot?«, fragte Lawretzky.

»Ja«, erwiderte der junge Kalitin, »er ist von hier nach Odessa gereist. Man sagt, jemand hätte ihn überredet, mit dorthin zu kommen, dort ist er auch gestorben.«

»Wissen Sie nicht, ob er Noten hinterlassen hat?«

»Ich weiß nicht, aber schwerlich.«

Alle schwiegen und blickten einander an; ein Wölkchen des Kummers flog über die jungen Gesichter.

»Der Kater Matrose lebt aber«, sagte auf einmal Lenchen.

»Und Gedeonowsky lebt auch noch«, fügte ihr Bruder hinzu.

Bei Gedeonowskys Namen brachen alle in ein lautes Gelächter aus.

»Ja, er lebt, und lügt wie früher«, fuhr der Sohn Maria Dmitriewnas fort, »und stellen Sie sich vor, diese Hexe da« – er zeigte auf das junge Mädchen, die Schwester seiner Frau – »hat ihm gestern Tabak in seine Dose geschüttet.«

»Wie hat er geniest!«, rief Lenchen aus und aufs Neue erscholl lautes Gelächter.

»Unlängst hatten wir Nachricht von Liese«, sagte der junge Kalitin, – und wieder ward alles ringsumher still. »Sie fühlt sich glücklich, ihre Gesundheit bessert sich jetzt nach und nach.«

»Ist sie noch immer in demselben Kloster?«, fragte Lawretzky nicht ohne Selbstüberwindung.

»Ja, immer noch in demselben.«

»Schreibt sie Ihnen?«

»Nein, niemals, doch wir bekommen Nachrichten durch andere.«

Es folgte ein plötzliches, tiefes Schweigen; »ein stiller Engel fliegt durchs Zimmer«, dachten alle.

»Wollen Sie nicht in den Garten?«, fragte Kalitin Lawretzky. »Er ist jetzt sehr hübsch, obgleich wir ihn etwas haben verwildern lassen.«

Lawretzky ging in den Garten, und das Erste, worauf sein Auge fiel, war jene Bank, auf welcher er einst mit Liese einige glückliche Augenblicke, die sich niemals wiederholten, verbracht hatte. Sie war alt und schief geworden, doch er erkannte sie und seiner Seele bemächtigte sich jenes Gefühl, das nichts Gleiches in Glück und in Schmerz hat, – das Gefühl einer Erinnerung an verschwundene Jugend, an ein Glück, das man genossen. Mit den jungen Leuten ging er durch die Alleen: Die Linden waren etwas älter geworden und in den letzten acht Jahren gewachsen, ihr Schatten war dichter; alle Gebüsche waren in die Höhe geschossen, die Himbeersträucher waren kräftig geworden, die Haselnusssträucher waren ganz verwildert, und von überall wehte der frische Duft von Wald und Gras, von Blumen und Holunder.

»Hier ist schön Kämmerchen zu vermieten«, rief auf einmal Lenchen, indem sie aus einem kleinen grünen, von Linden umgebenen Rasenplatz kam, »wir sind gerade fünf.«

»Hast du Feodor Iwanitsch vergessen, oder rechnest du dich selbst nicht?«, bemerkte ihr Bruder.

Ein leichtes Rot flog über Lenchens Wangen.

»Kann aber Feodor Iwanitsch, in seinen Jahren ...«, begann sie.

»Ich bitte, spielen Sie«, beeilte sich Lawretzky, sie zu unterbrechen, »geben Sie nicht acht auf mich. Mir selbst wird es angenehmer sein, zu wissen, dass ich Sie nicht störe. Sie brauchen mich nicht zu unterhalten. Wir alten Leute haben eine Beschäftigung, die sie noch nicht kennen, und die keine Zerstreuung ersetzen kann: Es ist die Erinnerung.«

Die jungen Leute hörten Lawretzky mit freundlicher, obgleich etwas spöttischer Achtung an, ganz als hätte ein Lehrer ihnen eine Lektion vorgelesen, eilten auf den Rasenplatz, vier von ihnen stellten sich an die Bäume – und der Spaß begann.

Lawretzky kehrte aber ins Haus zurück, ging ans Klavier und berührte eine der Tasten; es erklang ein leiser, aber reiner Ton und machte sein Herz im Stillen vibrieren. Mit dieser Note begann jene begeisterte Melodie, durch die, vor langer Zeit, in jener glücklichen Nacht, Lemm, der verstorbene Lemm, ihn in solches Entzücken versetzt hatte. Dann ging Lawretzky ins Gastzimmer und blieb lange darin. In diesem Zimmer, wo er so oft Liese gesehen hatte, stand ihr Bild am lebhaftesten vor seinen Augen; ihm schien's, er sehe um sich die Spuren ihres Daseins. Aber der Schmerz um sie war qualvoll und schwer, in ihm war nicht die Ruhe, die der Tod ihm gibt.

Liese lebte irgendwo, in dumpfer Abgeschiedenheit; er dachte an sie, wie an eine Lebendige und erkannte nicht das Mädchen, das er einst geliebt hatte, in jenem dunklen, bleichen Bilde, das, in ein Nonnengewand gehüllt, von Weihrauchwolken umgeben war. Lawretzky hätte sich selbst nicht erkannt, hätte er auf sich so blicken können, wie er in seinen Gedanken auf Liese blickte. Im Laufe dieser acht Jahre hatte die Krisis seines Lebens stattgefunden, jene Krisis, die viele nie kennen, ohne welche man jedoch nicht ein ehrlicher Mann bleiben kann. Er hatte aufgehört, ans eigene Glück, an egoistische Ziele zu denken. Er war ruhig geworden, und, warum die Wahrheit verbergen, war nicht allein an Gesicht, sondern in der Seele alt geworden; bis zum Alter ein junges Herz bewahren, wie einige sich ausdrücken, ist schwer und fast lächerlich: Schon der kann zufrieden sein, der nicht den Glauben an das Gute, feste Willenskraft, Lust zur Tätigkeit verloren hat. Lawretzky hatte das Recht, zufrieden zu sein: Er war wirklich ein guter Landwirt geworden, hatte wirklich zu ackern gelernt und arbeitete nicht für sich allein; er hatte, so viel er es konnte, das Los seiner Bauern gesichert.

Lawretzky ging aus dem Haus in den Garten, setzte sich auf die ihm bekannte Bank – und auf diesem teuren Platze. Angesichts jenes Hauses, in welchem er zum letzten Mal seine Hände zu jenem Zauberkelche, in welchem der goldene Wein des Genusses sprudelt und perlt, – blickte er, ein einsamer, trauriger Wanderer, bei den zu seinen Ohren dringenden, lustigen Klängen der jungen Generation, die ihn schon ersetzt hatte – auf sein Leben zurück. Traurig war es ihm ums Herz, doch nicht schwer. Er hatte Ursache, zu bedauern, aber keine sich zu schämen.

»Spielet, freut euch, wachset auf«, dachte er, und in seinen Gedanken war keine Bitterkeit. »Vor euch liegt das Leben und euch wird es leichter sein zu leben, ihr werdet nicht brauchen, wie wir, euch den Weg zu bahnen, zu ringen, zu fallen und wieder aufzustehen, vom Dunkel umgeben; wir hatten zu sorgen, dass wir ganz blieben! Und wie viele von uns sind nicht ganz geblieben! Ihr werdet arbeiten müssen, und der Segen von uns alten Leuten wird mit euch sein. Mir aber bleibt nach dem heutigen Tage, nach allem dem, was ich heute gefühlt habe, nur, euch zum letzten Mal zu grüßen – und, obgleich mit Trauer, aber ohne Neid, ohne dunkle Gefühle, angesichts des Endes, angesichts des erwartenden Gottes zu sagen: Ich grüße dich, einsames Alter! Brenne zu Ende, unnützes Leben!«

Lawretzky stand still auf und entfernte sich still; niemand bemerkte ihn, niemand hielt ihn zurück; lauter noch als früher klangen die fröhlichen Rufe im Garten, hinter der dichten, grünen Wand der hohen Linden. Er setzte sich in seinen Reisewagen und befahl dem Kutscher langsam nach Hause zu fahren.

»Und das Ende?«, wird vielleicht der unbefriedigte Leser fragen. »Was ist später aus Lawretzky, was aus Liese geworden?« Was soll man aber von Leuten sagen, die noch leben, die aber schon vom Schauplatze des Lebens abgetreten sind? Warum zu ihnen zurückkehren? Man sagt, Lawretzky hätte jenes ferne Kloster besucht, wohin sich Liese zurückgezogen hatte – und hätte sie gesehen. Sie ging von Altar zu Altar wandernd, an ihm vorüber, ging mit den gemessenen eiligen demütigen Schritten einer Nonne – und blickte ihn nicht an; doch zitterte kaum merklich die Wimper des seiner Seite zugekehrten Auges, doch senkte sie noch tiefer das magere Gesicht und die vom Rosenkranz umschlungenen Hände schlossen sich noch fester ineinander. Was dachten, was fühlten beide? Wer kann es erraten, wer kann es sagen? Im Leben gibt es solche Augenblicke, solche Gefühle auf die man nur zeigen und – vorübergehen kann.

Biografie

1818 *9. November:* Iwan Sergejewitsch Turgenew wird auf dem Gut Spaakoje bei Orel als Sohn eines russischen Landadeligen geboren. Seine grausame, dominierende Mutter übt einen großen negativen Einfluss auf sein Leben.
Turgenew beginnt als Lyriker, wendet sich aber unter dem Einfluss von Nikolaj Gogol der Erzählung zu.

1833 Turgenew studiert in Moskau.

1834–37 Studium in St. Petersburg.

1838–41 Im Alter von 19 Jahren reist Turgenew nach Deutschland. Studium in Berlin. Er wird ein enthusiastischer Fürsprecher der Modernisierung von Russland. Seine frühen Schriften werden in Nekrasovs Journal »Sovremennik« (»Der Zeitgenosse«) veröffentlicht.

1841 Turgenew beginnt seine Karriere im russischen Staatsdienst.

1843–45 Er arbeitet für kurze Zeit im Ministerium für Innere Angelegenheiten.

1843 »Parasha«.

1845 »Razgovor«.

1846 »Andrej«.
»Pomeshchik«.

1847 Er erwirbt sich ersten Erfolg mit »Khor und Kalinich«, einer Schilderung des ländlichen Lebens.

1850 »Dnevnik Lishnego Cheloveka« (»Das Tagebuch eines überflüssigen Mannes«).

1851 »Provintsialka« (»Die provinzielle Dame«).

1852 Berühmt machen ihn die erschienenen »Aufzeichnungen eines Jägers«, Skizzen mit eindrucksvollen Naturbildern, die vom Alltagsleben der Bauern und Gutsherren erzählen. Turgenew hat auch Bühnenwerke geschaffen, die zwar äußerst geistvoll sind, aber der dramatischen Kraft entbehren. In seinen zahlreichen Novellen hat er die Kunst der Charakterzeichnung zu höchster Meisterschaft entwickelt.

1855 »Yakov Pasynkov«.

1850–60 Turgenews fruchtbarste Periode ist diese Dekade, deren letzte Hälfte er in Westeuropa verbringt. In seinen Romanen dieser Periode, die »Rudin« (1855), »Dvorianskoe Gnedo«, (»Haus der Aristokratie«, 1859) und »Nakanune«, (1860) miteinschließen, berührt Turgenew russische soziale und politische Probleme.

1862 Sein Meisterwerk, »Otcy i deti« (»Väter und Söhne«), ist ein Traktat über nihilistische Philosophie und ein Zeugnis persönlichen und sozialen Aufstands. Der Roman wird streng kritisiert und Turgenew ist gezwungen, sich außerhalb Russlands aufzuhalten, um seine lebenslängliche Liebesaffäre mit der französischen Sängerin und Komponistin Pauline Viardot-Garcia fortsetzen zu können.

1867 »Dym« (»Rauch«).

1869 »Pervaia Liubov« (»Erste Liebe«).

1870 »Stepnoy Korol' Lir« (»Ein König Lear der Steppe«) erscheint.

1872 »Mesiats v Derevne« (»Ein Monat auf dem Lande«, Schauspiel).

»Veshinye Vody« (»Strom der Frühlings«).

1877 »Nov« (»Unberührter Boden«) behandelt soziale Themen.

1878 »Senilia« (»Poeme in Prosa«).

1883 *3. September:* Iwan Sergejewitsch Turgenew stirbt in Bougival bei Paris.

CPSIA information can be obtained
at www.ICGtesting.com
Printed in the USA
LVHW040105210323
742063LV00001B/195

9 783847 853213